Nuovi Coralli   40

© 1958 Giulio Einaudi editore s.p.a., Torino

Impostazione grafica di copertina: Federico Luci

ISBN 88-06-34751-9

Leonardo Sciascia
Gli zii di Sicilia

Einaudi

Gli zii di Sicilia

La zia d'America

Filippo fischiò dalla strada alle tre del pomeriggio. Mi affacciai alla finestra. Gridò – arrivano –. Di corsa infilai le scale, mia madre mi gridò dietro qualcosa.

Nella strada che abbagliava di sole non c'era un cane. Filippo stava mezzo nascosto nel portone della casa di fronte. Mi raccontò che in piazza stavano il podestà l'arciprete e il maresciallo, aspettavano gli americani, un contadino aveva portato la notizia che arrivavano, erano al ponte del Canalotto.

In piazza c'erano invece due tedeschi: avevano spiegata per terra una carta e uno di loro vi segnava con la matita una strada, pronunciava un nome e alzava gli occhi verso il maresciallo che diceva – sí, va bene –. Poi ripiegarono la carta e andarono verso la chiesa, sotto il portico stava un'automobile coperta di rami di mandorlo. Tirarono fuori una forma di pane, del prosciutto. Chiesero vino. Il maresciallo mandò un carabiniere a prenderne un fiasco dalla casa dell'arciprete. Stavano sulle spine con quei due tedeschi che mangiavano tranquilli, avevano in corpo paura e impazienza: tanta da decidere l'arciprete a mollare un fiasco di vino. I tedeschi mangiarono, scolarono il fiasco, accesero i sigari. Partirono senza un cenno di saluto. Il maresciallo si accorse allora di noi due, ci gridò di andar via minacciando un calcio.

Niente americani, dunque. Erano tedeschi, gli americani chi sa quando sarebbero arrivati. Per consolarci, ce ne andammo verso il cimitero; era un punto alto, si vedevano gli aeroplani a due code rovesciarsi sullo stradale di

Montedoro, risalire nel cielo mentre lungo lo stradale si gonfiavano nere nuvole, poi sentivamo un rumore come di quartare che si rompessero. Restavano gli autocarri neri sulla strada, il silenzio si dilatava; e quelli a due code tornavano a pungerlo di scoppi. Era bello vedere come piombavano sulla strada, e subito alti nel cielo. A volte giravano bassi sopra di noi, e agitavamo le mani a salutare l'americano che credevamo stesse a guardarci. Ma quella sera stessa portarono in paese un carrettiere col ventre squarciato e un bambino dell'età nostra ferito a una coscia: avevano agitato le mani, e quello a due code giú a sventagliare mitraglia. Facevano del tiro a bersaglio, quelli a due code, sparavano anche sul grano abbicato, sui buoi che pascolavano tra le stoppie. L'indomani Filippo ed io andammo nella campagna dove il carrettiere era stato colpito, c'erano intorno bossoli grossi come quelli del calibro dodici di mio padre. Ce ne riempimmo le tasche. Tutta la campagna era nostra, silenziosa e splendente. I contadini non potevano uscire dal paese, c'erano i militi a bloccare le strade, noi prendevamo un viottolo da capre, ci portava a una cava di pietre e poi nella campagna aperta. Di frutti c'erano le mandorle dalla scorza verde e aspra, dentro bianche come latte, mandorle cagliate qui si chiamano; e le prugne maggioline che allappavano la bocca, verdi ancora e agre. Ne coglievamo quanto potevamo portarne, le commerciavamo poi con i soldati, ci davano in cambio le milit. Le milit erano la nostra grande risorsa, per tutto un anno furono una grande risorsa. Gli uomini fumavano di tutto in quel tempo; mio zio aveva provato i pampini di vite spruzzati di vino e messi al forno, le foglie di melanzana spruzzate di miele e vino e poi seccate al sole, la barba dei carciofi messa a macerare nel vino e poi infornata; perciò una milit la pagava anche mezza lira. Io facevo prima il prezzo, chiedevo un acconto: poi tiravo fuori le due o tre sigarette della giornata. La sera tentavano di riprendersi i soldi o cercavano altre sigarette: io fingevo di dormire e vedevo che scuotevano i vestiti, frugavano nelle tasche. Mai niente trovavano, curavo sempre di spendere fino all'ultimo soldo prima di rientrare a casa, e se sigarette mi restavano le nascondevo, entrando, nel porta ombrelli. Nessuno voleva guastarsi con me per via di quelle sigarette che procuravo a mio zio, quando mio padre si arrabbiava per quel mio agire da strozzino lo zio lo calmava temendo quel commercio morisse. Mio zio si aggirava per la casa dicendo sempre – senza fumare muoio – mi guardava con odio e poi dolcemente mi chiedeva se non avessi una milit. Una volta un soldato che veniva da Zara per due uova che avevo rubato a casa mi diede un pacchetto da venti serraglio, mio zio lo pagò dodici lire. La sera non avevo piú un soldo, mio padre voleva ammazzarmi: ma c'era di mezzo mio zio a proteggermi, era costretto a farlo se no l'indomani non avrebbe avuto la sigaretta nemmeno dopo il caffè d'orzo, che era il momento in cui il desiderio del fumo lo strozzava. Da quando avevano suonato le campane per l'emergenza, e dalla strada ci avevano gridato la notizia che gli americani erano a Gela, mio zio faceva come un pazzo: e le milit io le avevo portate a una lira. Al terzo giorno di emergenza il bidello delle scuole, passando, gridò a mio zio che stava alla finestra – li abbiamo ricacciati, alla Favarotta i tedeschi hanno attaccato, un macello c'è stato – e mio zio rientrò urlando – tra la sabbia e il mare, lo diceva il duce, tra la sabbia e il mare – e dichiarò che non avrebbe pagato piú di mezza lira per sigaretta. La notizia era falsa, e in serata la quotazione di una lira fu ristabilita.

Filippo vendeva le sigarette al fratello, ed anche al cameriere del circolo dei nobili, che poi le rivendeva a qualche socio guadagnandoci. I soldi ce li giocavamo a battimuro o a testa e scritto con altri ragazzi, compravamo una poltiglia dolciastra fatta di carrube, e c'era ogni sera il cinema. Filippo aveva una particolare abilità a colpire con uno sputo un due soldi a dieci passi di distanza, il muso di un gatto che se ne stava al sole, la pipa dei vecchi che

stavano seduti a chiacchierare davanti al circolo del Mutuo Soccorso. Io sbagliavo il bersaglio di un buon palmo,
ma al cinema andava bene lo stesso, non c'era da sgarrare.
Era un vecchio teatro, e ce ne andavamo sempre in loggione. Dall'alto, al buio, passavamo due ore a sputare in
platea, ad ondate, con qualche minuto di intervallo, tra
un attacco e l'altro: la voce dei colpiti si alzava violenta
nel silenzio – le mamme puttane –. Tornava il silenzio,
lo stappo di qualche bottiglia di gazosa; poi di nuovo –
le mamme... – e anche la voce della guardia municipale
veniva su minacciosa da quel pozzo – se vengo su vi
squarto, quant'è vero Dio – ma noi stavamo certi che mai
si sarebbe deciso a venir su. Quando nel film c'erano scene
d'amore cominciavamo a soffiar forte, come in preda a un
desiderio incontenibile, o facevamo quel rumore di suc-
chiare lumache, che voleva essere il suono dei baci; era
una cosa che in loggione anche i grandi facevano. E anche questo suscitava le proteste della platea, ma con una
certa indulgenza e compatimento – e che, stanno morendo? mai donne hanno visto, figli di puttane – non
sospettando che gran parte di quel chiasso lo facevamo
noi due, che nelle storie d'amore dei film trovavamo estro
a sputare su quei baccalà che guardavano allocchiti.

Ma nei giorni dell'emergenza il cinema era chiuso. Non
si poteva andare per le strade senza il permesso scritto
del maresciallo, mio padre l'aveva per andare in ufficio,
c'erano solo carabinieri e militi per le strade deserte.
Nelle scuole i soldati se ne stavano buttati sulle brande,
giocavano a morra, bestemmiavano; e avevano fame. Il
maggiore col pizzo bianco che li comandava non si vedeva
piú, né il capitano, né il tenente. C'era il sergente maggiore che andava ciondolando di noia, quando non suonava la cornetta come un dannato. Quando c'era il cinema
nessuno di loro aveva voglia di andarci, qui c'era ancora
il cinema muto, a loro sembrava cosa da ridere. Ora non
c'era nemmeno il cinema, all'alba del dieci luglio suonarono a martello le campane e il paese diventò vuoto come

una conchiglia: la vita aveva un suono vuoto e indecifrabile, proprio come ad accostare una conchiglia all'orecchio; la gente chiusa nelle case; le botteghe spiragliate come quando passa un trasporto funebre; e un murmure di attesa, di ansia. Noi andavamo rasentando i muri, infilandoci nei portoni per evitare di incontrare i carabinieri. Bello era quel paese vuoto e pieno di sole, mai avevamo sentito il suono delle fontane cosí fresco e dolce; e gli aerei lucenti che vibravano nel cielo che ci pareva anch'esso piú vuoto e lontano. Avevamo l'impressione che gli americani non volessero venirci in questo paese cosí silenzioso, cosí morto; che stessero per avvolgerlo in un cerchio e lasciarlo cosí, nell'ansia di aspettare: bastava loro guardarlo dall'alto, bianco e silenzioso come un cimitero.

Il padre di Filippo faceva il falegname; era stato socialista, spesso lo chiamavano in caserma e lo tenevano per qualche giorno; guardando i militi Filippo diceva sempre – cornuti – e quando poteva li medagliava di sputi sul dorso. Aspettava perciò gli americani, suo padre voleva passarsi il gusto di fargliela vedere a tutti quei cornuti che lo facevano chiamare in caserma. Benché mio padre dei fascisti non avesse mai detto male io stavo dalla parte di Filippo, di suo padre che aveva una bottega odorosa di legno e vernice, e fuori il pentolino della colla che sul fornello fumava, un fumo dolciastro che mi metteva un certo sapore in bocca. Aspettavo anch'io gli americani. Mia madre mi raccontava dell'America, che c'era una sua sorella ricca e con uno storo[1] grande, e aveva quattro figli, e uno già grande che poteva essere tra quei soldati che aspettavamo. E l'America era per me lo storo grande di mia zia, che era una bottega quanto la piazza del Castello piena di cose buone, di vestiti e caffè e tocchi di carne, e il figlio di mia zia soldato che si portava dietro di quelle buone cose, e certo era bravo a fare a fàit[2], a

[1] Storo: *store*, negozio.
[2] Fàit: *fight*, pugno.

raccontare dello storo d'America e a mollare fàit ai cornuti che gli avrebbe indicato il padre di Filippo.

Ma gli americani non venivano. Forse si erano fermati al paese vicino, se ne stavano sulle brande a giocare come qui i soldati nostri che gridavano numeri scattando le dita dal pugno chiuso, bestemmiavano e dicevano che sarebbero finiti prigionieri. Un giorno ci chiesero dei vecchi vestiti, ché volevano mettersi in borghese per non finire prigionieri. Ne parlai a mia madre, e mi diede tutta la roba smessa di mio padre e di mio zio, anche Filippo portò qualcosa. I soldati ne furono contenti, quelli che restarono senza si misero in giro a cercarne. Era una cosa che mi piaceva, perché voleva dire che gli americani arrivavano sul serio.

Il giorno in cui si disse che gli americani stavano arrivando, e invece erano i due tedeschi di passaggio, la notizia misteriosamente si diffuse per il paese: mio padre e mio zio si diedero a bruciare tessere del fascio ritratti di Mussolini opuscoli sul Mediterraneo e l'impero; i distintivi e i fregi metallici delle divise li buttarono sul tetto della casa di fronte. Ma l'indomani altrettanto misteriosamente si diffuse la voce che i tedeschi, stavolta sul serio, buttavano a mare gli americani, tra Gela e Licata. Il segretario politico, che da qualche giorno prudentemente se ne stava a casa, tornò ad uscire: saettava in giro occhiate che, secondo mio padre, si fermavano agli occhielli dove di solito lo scarafaggio stava attaccato e se lo scarafaggio non c'era guardava in faccia con gelida riprovazione e disprezzo, come a dire che se ne sarebbe ricordato, implacabilmente, di tutti quei vigliacchi che avevano buttato il distintivo sui tetti. Mio padre non credeva che davvero i tedeschi ce la facevano a buttare a mare gli americani, ma le occhiate del segretario politico lo infastidivano. Propose a me e a Filippo la ricerca dei distintivi sul tetto della casa di fronte, promise un compenso di due lire. Non era una cosa difficile, ma mia madre aveva una gran paura, imprecava contro il fascio e i di-

stintivi; e poteva consentire salisse Filippo sul tetto, che
era, lei diceva, piú agile e forte; non suo figlio che aveva
le gambe come stecchi e prendeva il proton. Filippo si
sentiva lusingato ma nicchiava; e io ci tenevo a fare la
scalata. Chiesi anticipato il compenso, mio padre insultan-
domi pagò. Prendemmo la scala a pioli e andammo sul
tetto. Dal balcone di casa nostra mio padre guidava la
ricerca – ma che siete orbi, non vedete uno come luccica?;
piú a destra, dietro di te, davanti agli occhi l'avete, no piú
a sinistra.

Scalzi passeggiavamo sul tetto, ci restammo anche dopo
aver ritrovato i distintivi.

Fu, per mio padre, una perdita secca di due lire: perché
proprio in quell'ora gli americani arrivavano, e i distintivi
dovette di nuovo farli scomparire, ma stavolta se li tenne
a portata di mano, li seppellí nella grasta del prezzemolo.

Stando a passeggiare sul tetto ci sorprese a un tratto
un vociare alto e confuso, come di una radio improvvisamente accesa quando trasmettono le partite di calcio, e
proprio nel momento che sta per scattare il goal. La meraviglia che nel paese silenzioso esplodesse quel clamore
ci tenne per un momento impietriti; ma subito ne intuim-
mo la ragione, scivolammo dalla scala, mettemmo i piedi
dentro le scarpe che avevamo lasciate sulla strada e scal-
cagnando per infilarcele, ché sempre ci toccavano scarpe
strette, ci trovammo di corsa in fondo alla strada mentre
mia madre a crepacuore gridava che tornassimo a casa,
che potevano sparare, che ci avrebbero portati via, negri
c'erano, chi sa dove ci avrebbero portati.

In piazza c'era una gran folla, urlava e applaudiva, ma
su tutte le voci si levava quella dell'avvocato Dagnino, un
uomo alto e robusto che io ammiravo per il modo come
lanciava gli eja, che ora gridava – viva la repubblica stellata – e batteva le mani. Cannate di vino passate di mano
in mano sorvolavano la folla: seguendone il cammino giungemmo agli americani, erano cinque, avevano occhiali neri
e lunghi fucili. Il parroco di San Rocco, in pantaloni e

17

senza colletto, parlava loro, pallido e sudato, dicendo sempre – plis, plis – ma gli americani non lo ascoltavano, sembravano ubriachi, si guardavano intorno e tiravano nervose boccate di fumo. Bicchieri si arrubinavano, con dolce violenza venivano offerti ai soldati che li rifiutavano. L'avvocato Dagnino stava in piedi su una delle sedie del circolo, tuonava sempre – viva la repubblica stellata – e il padre di Filippo che venne a cercarci tra la folla, e ci portò via, andava dicendoci – venite a casa, sentite questo cornuto come grida, tutte le carogne son venute fuori –. A me pareva fosse bello che anche l'avvocato Dagnino stesse a gridare contento, che urlasse – viva la repubblica stellata – come altra volta, dal terrazzo della stazione, aveva gridato – duce, per te la vita –. Quando c'era festa sempre l'avvocato Dagnino gridava; non riuscivo a capire perché al padre di Filippo, che tanto aveva aspettato gli americani, ora non paresse festa, e ci portava via, e aveva la faccia pallida e chiusa, la mano che sentivo tremare sulla mia spalla.

Giunti alla bottega io dissi – vado a casa mia – e scappai. Non volevo perdere niente della festa. In piazza trovai che gli americani erano riusciti a farsi un po' di largo intorno, tenevano i fucili inclinati come quando mio padre, in campagna, aspettava il passo delle calandre: la folla si era addensata sotto le insegne della casa del fascio, con pertiche tentavano farle venire giú, ma erano agganciate al balcone, spinsero uno ad afferrarsi ai ferri del balcone, appena fu dentro lo applaudirono. Le insegne crollarono giú con fracasso, furono prese a calci, trascinate per la piazza. Gli americani guardavano, scambiavano qualche parola tra loro e non badavano al prete che diceva – plis, plis – e all'avvocato Dagnino che ora non gridava piú, si era avvicinato alla pattuglia e sussurrava qualcosa all'orecchio di quello che aveva le strisce nere sulla manica, forse era il caporale. Poi spuntò il brigadiere con quattro carabinieri, i fucili dei soldati si alzarono verso di loro: quando furono vicini un americano girò alle spalle dei carabinieri, sganciò con destrezza le loro pistole. Ancora un applauso scoppiò. – Viva la libertà – gridò l'avvocato Dagnino. D'improvviso una bandiera americana fiorí sulla folla, saldamente la teneva il bidello delle scuole elementari, un uomo che ogni sabato pomeriggio passeggiava in divisa per il paese, e aveva la lasagna rossa di squadrista; e quando si arrabbiava prendeva a calci i ragazzi nell'atrio della scuola e il direttore diceva ai padri di famiglia che andavano a protestare – che volete, questo benedetto uomo è intrattabile, una volta o l'altra mette le mani addosso anche a me; ma ha fatto la marcia, il duce gli ha persino regalato una radio –. Ora teneva la bandiera americana e gridava – viva l'America –. Ma gli americani non badavano al corteo che veniva formandosi dietro la bandiera. Parlarono col prete e il prete disse al brigadiere – vogliono che lei vada con loro –. Il brigadiere disse sí, e andò via con la pattuglia. Ci fosse stato Filippo li avremmo seguiti; ma solo non me la sentivo. Restai a guardare la folla, vicino ai quattro carabinieri disarmati che non sapevano da che parte guardare, sembravano cani bastonati.

Poi d'ogni parte cominciarono ad affluire autoblinde e camionette. La folla si aprí plaudente, i soldati lanciavano sigarette, alla mischia che ne seguiva qualcuno faceva scattare la macchina fotografica.

Non so come, d'improvviso, sentii crescermi dentro una ondata di pianto, forse fu per i carabinieri, per quella bandiera che si levava sulla folla, per Filippo e suo padre che erano rimasti soli nella bottega, per mia madre. Mi assalí struggente, quasi potessi non ritrovarla come l'avevo lasciata, l'ansia della mia casa: di corsa risalii la strada ora festosa di voci; e quando mi chiusi il portone alle spalle mi sentii come dentro a un sogno, che qualcuno sognasse e io fossi dentro quel sogno, a salire stanco le scale e un groppo di pianto che mi serrava la gola.

Mio padre stava parlando di Badoglio. Mio zio, abbattuto che sembrava un sacco di segatura, si animò vedendomi entrare: tirò dalla tasca un pacchetto di sigarette, raleigh, c'era un uomo con la barba, e caricando la voce di ipocrita dolcezza mi chiese – quanto me lo faresti pagare un pacchetto di queste?

Scoppiai a piangere. – Piangi – disse – che davvero ti è finita la cuccagna; anche se mi condannano a morte le sigarette questi non le negano.

– Lascialo stare – disse mia madre.

Attaccarono in piazza manifesti. Uno cominciava – I, *Harold Alexander* – e mio padre disse che volevano i fucili le pistole le sciabole persino. Un altro manifesto diceva che i soldati dovevano stare alla larga dal paese; ma i soldati evidentemente non se ne curavano, di sera la piazzetta era fitta di jeeps, i soldati cercavano donne, le portavano nei caffè e bevevano; tiravano dalle tasche dei pantaloni manciate di soldi, le buttavano sul tavolo e bevevano dalle bottiglie. Si tiravano le donne sulle gambe e bevevano. Erano donne laide e sudice, di sconcertante bruttezza; una ce n'era che in paese la chiamavano «bicicletta», camminava come uno che pedalasse in salita, a me sembrava piuttosto un granchio: quelli se la tiravano sulle ginocchia, passava da un soldato all'altro, le incollavano la bottiglia alla bocca e lei ciondolava fradicia, gemeva oscene parole. I soldati ridevano, poi come un sacco la gettavano sulla jeep, la portavano via. Molti soldati parlavano il dialetto; nei primi giorni si credeva non capissero una parola del dialetto, forse i primi che passarono, che erano di una divisione che si chiamava «Texas», davvero non capivano; ma poi successe in un caffè che un americano chiese una bottiglia, la indicò sullo scaffale, fece segno di voler pagare; un giovane che si trovava nel caffè disse al padrone – domandagli dieci dollari – e l'americano si voltò infuriato – a quel cornuto di tuo padre, deve domandarli – disse in dialetto.

Nutrita di dollari col marchio giallo e di amlire, la lo-

cale ruffianeria era tutta in succhio. Qualcuno procura-
va ai soldati incontri con donne piú *ritirate*, quelle che
non sarebbero mai andate nei caffè, che temevano l'occhio
della gente e particolarmente quello già diffidente delle
suocere; donne che avevano il marito fuori. Per queste
donne gli americani venivano a sera inoltrata: e per far
vuoto il paese, ché non si venisse a sapere che in certe
case si ricevevano uomini a quell'ora, i soldati si mettevano in piazza a tramare una fitta sparatoria; questa era
stata una trovata suggerita dai mezzani, buonissima, tanto
che poi se ne servirono quelli del mercato nero per cari-
care e scaricare i camion senza essere osservati. Alla sparatoria tutti si chiudevano in casa, nemmeno si stava piú
al balcone per il fresco della sera; mio zio che si ostinava
a restarvi, per curiosità credo io, lui diceva perché si sentiva crepare dal caldo, si sentí fischiare una pallottola al-
l'orecchio, si gettò dentro con un tuffo scampanando bestemmie. Ma questa precauzione degli americani a tutela
dell'onore di donne *ritirate*, serviva fino a un certo punto:
egualmente si sapeva delle donne che aprivano la porta,
bastava una lite intorno alla fontanella, una di quelle liti
in cui per attingere l'acqua si fa violenta contestazione di
precedenza, perché accuse circostanziate, giorno ora e nome del mezzano, esplodessero nel paese. Noi eravamo in-
formatissimi: Filippo conosceva quelle del suo quartiere,
io quelle del mio. Quello che queste donne facevano con
gli americani, quel che un uomo poteva fare con una donna, restava per noi in nebulose fantasie. Che le donne si
spogliavano, era certo; noi andavamo spesso a Mattuzzo,
dove c'era una gran fontana, per stare a guardare, nascosti
dietro un roveto, le gambe delle lavandaie: quando si ac-
corgevano di noi ci cacciavano gridando che andassimo a
guardare le nostre mamme o sorelle; forse gli americani
pagavano per stare a guardare senza essere cacciati via e,
come al cinematografo, per baciarle. Rousseau direbbe che
eravamo in quell'età in cui nella mente ci sono piú parole
che cose; e parole veramente ne avevamo, anche per le

cose che non conoscevamo e che non ci riusciva di immaginare, parole le piú sconce ed atroci. Un ragazzo della nostra età che ci portava scatole di « razione K », c'erano caramelle e cubetti di zucchero, un formaggio rosa e biscotti, finiva che lo lasciavamo in pianto a forza di ripetergli – chi te le dà queste cose?, l'americano di tua madre te le dà, hai visto mai quello che tua madre fa con l'americano? – e le piú proibite parole adattavamo a gesti immaginati. Il ragazzo diceva no, che l'americano era un parente, che sua madre non faceva queste cose; poi scoppiava a piangere, e noi lo lasciavamo; ma l'indomani veniva a cercarci di nuovo, portava la « razione K » e diceva – però l'americano è mio zio, quelle cose non le dovete dire – ma sempre allo stesso modo finiva.

Volevano dunque i fucili, gli americani; dicevano che poi li avrebbero restituiti. Sul calcio del suo fucile mio padre fece incidere il nome, era un fucile belga di buona qualità, lui diceva che non c'era l'eguale, si illudeva gliel'o avrebbero riportato e perciò fece incidere il suo nome. Poi tirò fuori un paio di pistole che mai avevo visto, e una era di quelle grandi quanto un braccio, si caricava dalla bocca; e una sciabola già coperta di ruggine, ed era senza punta, ma chi sa se trovandocela in casa gli americani non ci avrebbero fatto passare un guaio. Volli andare anch'io il giorno della consegna: c'era un soldato americano e il brigadiere dei carabinieri, il brigadiere scriveva su un registro, scrisse per noi: un fucile due pistole una sciabola; mio padre disse che avrebbe dovuto anche annotare la matricola e la marca, il brigadiere si seccò, ormai stava meglio di prima, andava a donne con gli americani e aveva, dicevano, una stanza piena di scatolette e stecche di sigarette; disse – lasci tutto, al resto ci penso io – proprio seccato, si vedeva. C'era una catasta di armi, mio padre dolcemente posò il fucile. Credo che in quel momento capí che non c'era speranza di riaverlo, se ne stette incazzato per tutta la giornata, e l'indomani, e ogni volta che si parlava di fucili. Gli restituirono poi un fucile due pistole e una sciabola, ma buona era solo la sciabola, i fucili e le pistole erano cose da vendere come ferraglia.

Filippo era già da un pezzo che si godeva nel cortile della caserma la consegna delle armi. Mio padre andò via e restai anch'io a guardare, era come una processione, appena fatta la consegna i contadini uscivano esplodendo di bestemmie – i ladri ora hanno le mitragliatrici e le persone oneste manco lo schioppo a bacchetta – dicevano; ed era vero, c'erano ladri in giro, due trovati col moschetto e la maschera furono paternamente assolti dal maggiore americano, un uomo tutto bianco e dritto, dicevano al suo paese insegnasse filosofia, forse dicevano cosí perché qui tutto ciò che appare strambo vien fatto scaturire da filosofia. Il maggiore mandò assolti i due ladri, raccomandò loro vita quieta ed onesta, il lavoro; l'interprete traduceva con una faccia che voleva dire – non ci capisco niente, vedete che fessi sono gli americani – e poi l'avvocato difensore, che non era riuscito a piazzare una parola, imprecò persino contro Colombo, cosí assolti era difficile che quei due sganciassero qualche centinaio di lire. A noi il maggiore americano piaceva, gli andavamo dietro per le sale del municipio e mai che ci dicesse di andar via, ogni tanto ci guardava e diceva con stento – piccoli siciliani –. Doveva essere un buon uomo, forse aveva bambini in America, a casa sua. Anche il soldato che stava a guardare la consegna dei fucili aveva una faccia buona, masticava gomma e sorrideva; scambiava qualche parola col brigadiere e poi restava silenzioso a sorridere e masticare. Forse pensava casa sua, l'America tutta di case alte e automobili, e sua madre che guardava da una finestra alta. Non sembrava accorgersi di noi; quando si mosse per porgerci le tavolette di gomma da masticare credemmo volesse mandarci via, invece ci diede le tavolette e disse – è buona, non è menta – certo a lui la menta non piaceva, neanche a me piaceva. Dissi – grazie – e anche Filippo, con gli estranei riuscivamo a passare per ragazzi educati, sapevamo anche fare i sanluigi, ma questo atteggiamento lo sparagnavamo per l'ora della dottrina cristiana. L'americano ci guardava sorridendo. Dissi – c'è mia zia in America – mi pareva di dover fare in qualche modo amicizia.

L'americano disse – oh, in America.

– Sí – dissi – a Brucchilin.

– Ci sto anch'io a Brucchilin – disse l'americano – è grande Brucchilin.

– Quanto è grande – domandai – quanto questo paese?

Sapevo bene che era grande quanto questo paese e Canicattí e Girgenti insieme, e forse di piú, e che era un solo quartiere di Nuova York; ma non volevo lasciar cadere il discorso.

Disse – piú grande, piú grande.

– È grande quanto Palermo – dise Filippo – io lo so; mio padre c'è stato in America.

– Quanto Palermo sí – disse il soldato.

– A Palermo – dissi io – c'è il mare, anche a Porto Empedocle c'è il mare; io ci sono stato a Porto Empedocle, prima della guerra, mi ricordo solo delle barche però. A Brucchilin c'è il mare?

– È vicino il mare – disse il soldato – prendiamo l'automobile e andiamo al mare.

– È bello Brucchilin? – chiese Filippo, e io invece avrei voluto parlare di automobili.

– No – rispose – qui è bello.

– E la guerra – dissi – ti piace fare la guerra?

Il soldato sorrise, disse – è brutta anche la guerra, anche ragazzi come voi muoiono; ma qui è bello.

Sul cortile il cielo era come l'acqua quando vi si scioglie il turchinetto per il bucato, c'erano nuvole come schiuma; e il campanile d'arenaria della chiesa di san Giuseppe pareva d'oro. – Vieni con me? – disse il brigadiere. Il soldato se ne andò senza salutarci.

Ci tornammo l'indomani nel cortile della caserma; il soldato sedeva allo stesso posto, leggeva un libro e masticava. Quando ci vide disse – alò – e si rimise a leggere. Dopo un po' chiuse il libro, tirò fuori il pacchetto della gomma e ci offrí le tavolette. – Ciunga [1] – disse – cosí si chiama.

– E le caramelle come si chiamano? – domandò Filippo.

– Chendi [2] si chiamano – disse – ci sono chendi di tutte le specie in America.

– Qui – io dissi – non ci sono chendi.

– Nemmeno patate ci sono – disse Filippo – io mi sono scordato che gusto hanno le patate, quando ero piccolo sempre le mangiavo.

– Le patate – io dissi – c'è una guardia municipale che di nascosto le vende; le vende care, mio padre dice che conviene comprare carne.

– Sí – disse Filippo – la carne: non c'è pane e vuoi trovare la carne.

– Perché non portate il frumento? – domandai all'americano – mio padre dice che lo buttate a mare il frumento.

– Non è vero che lo buttiamo a mare – disse – non abbiamo navi per portarlo; quando finisce la guerra porteremo il frumento.

– E la guerra presto finisce? – dissi. – Quando la guerra finisce mia zia viene.

– Da Brucchilin – disse lui – viene da Brucchilin; ma è lunga la guerra, chi sa quando finisce.

– Mia zia ha uno storo a Brucchilin – dissi – un grande storo; mandava pacchi prima della guerra, e nelle lettere metteva dollari; a Natale mandava un dollaro anche a me.

– Sua zia è ricca – disse Filippo al soldato.

– Ha due automobili – io dissi – e una è grande, tutta lucente, nella fotografia l'ho vista.

– Finisce la guerra – disse l'americano – e tua zia vie-

[1] Ciunga: *chewing-gum*.
[2] Chendi: *candy*.

25

ne con la bella macchina grande; vengo anch'io con la macchina, qui è bello.

– Hai la macchina? – chiesi – Com'è la tua macchina?

– L'abbiamo tutti, in America; questa è la mia – tirò il portafogli dal taschino, dal portafogli una fotografia. C'era un'automobile lunga e lucente, lui con una mano sullo sportello, una donna grassa con un vestito a fiori e due bambini col maglione; dietro c'erano alberi.

– Tuo padre non c'è – dissi.

– No, non c'è – disse – è morto mio padre.

– Io una volta ho visto un morto – disse Filippo – era un tedesco, lo tirarono morto dall'apparecchio; qui vicino è caduto. Poi la notte l'ho sognato, mi pareva vivo, non ci vado piú a vedere i morti.

– E che ti fanno i morti? – dissi; non ne avevo mai visti, né avrei voluto vederne. – I morti, quando muoiono, non ci sono piú. Io avrei voluto vederlo il tedesco morto. Tu ne hai visti tedeschi morti? – domandai al soldato.

– Sí – rispose – ne ho visti molti; e americani morti ho visto, e inglesi e francesi e australiani.

– Ma i tedeschi sono cattivi – disse Filippo – meglio che muoiano i tedeschi.

– Per ora siamo in guerra ed è meglio che muoiano – disse l'americano – i tedeschi muoiono e noi vinciamo.

– Anche la Russia vince – disse Filippo.

– Oh, la Russia – disse il soldato.

– La Russia non è come l'America – io dissi.

– Sí – disse il soldato – è un'altra cosa la Russia.

Mio zio se ne stava in casa a sentire la radio dalla mattina alla sera. – Figli di puttana – diceva – chi sa dove l'hanno portato.

– Finiscila – scattava qualche volta mio padre – ancora voglia di vestirti da pulcinella hai, non ti è bastato tutto quello che ha fatto?

– E che ha fatto? – diceva mio zio. – L'Italia era rispettata temuta; si stava bene; c'era ordine. E anche tu ti vestivi da pulcinella, e dicevi ch'era un grand'uomo. Che ti ha fatto ora, un pugno in un occhio ti ha dato?

– La guerra che ha voluto niente ti pare? – rispondeva mio padre – Certo che per te è niente, ragione hai, c'è chi la sta scontando: a te non ha fatto né freddo né caldo...

Una sera parlò alla radio Orlando, disse che le cannonate che dalla Sicilia arrivavano sulla Calabria facevano come un anello che congiungeva la Sicilia all'Italia, l'immagine mi restò nella fantasia.

Mio padre diceva – è un grand'uomo Orlando –. Mio zio si torceva le mani e diceva – la salverà lui l'Italia, questo vecchio rimbambito.

– Sí – rispondeva mio padre alzando la voce – questo vecchio ha la testa sulle spalle; il tuo duce invece è pazzo, ma da manicomio, lo diceva anche Bocchini, una volta lo disse in confidenza a Ciccio Cardella, che è pezzo grosso al ministero.

– Uh, Bocchini – faceva mio zio – di Bocchini mi parla: una panierata di traditori erano.

– Lo tradivano tutti – e mio padre alzava sempre piú la voce – tu solo non tradivi, e come potevi tradirlo col culo sempre piantato su questa poltrona e a gridare duce duce nelle feste comandate?

– E non gridare – diceva mio zio – che ti sentono fuori; con la carica che avevo mi vengono a prendere e mi portano dritto dritto ad Orano, se ci arrivo, ché son capaci di buttarmi a mare durante il viaggio.

Mio zio ne stava facendo una malattia, del suo stato io approfittavo, ne cavavo un piccolo divertimento. Mi mettevo a cantare – *duce duce per te vogliam morir* – e lui si precipitava su, perché io andavo a cantare in solaio, dicendo – disgraziato non lo vuoi capire che ci vado di mezzo io; ad Orano mi portano –. Io scoppiavo a ridere e lui assumeva didattica solennità – l'Italia piange e tu ridi; cerca di capire, il nemico in casa abbiamo...

Il soldato americano si chiamava Toni, era nato in Calabria, in America c'era andato che aveva un anno, ora
aspettava una licenza e doveva andare in Calabria, aveva
zii e cugini in un piccolo paese della Calabria. Già gli a-
mericani in Calabria c'erano, l'anello delle cannonate era
finito.

Io domandavo se voleva bene agli zii e ai cugini che
aveva in Calabria, volevo stabilire se mia zia e i suoi figli
potessero voler bene a me e a mia madre. Toni disse –
sono poveri.

Domandai – poveri come? Noi qui siamo poveri?

– Piú poveri di voi sono – disse Toni – dormono con
le pecore, i bambini vanno scalzi.

– E tu gli mandi i soldi dall'America – disse Filippo –
e loro si comprano le scarpe.

– Sí, qualche volta – disse Toni.

– Ora la guerra finisce – dissi con diplomatica intenzione, quasi tutto dipendesse dalle decisioni di Toni – e
gli americani portano scarpe per tutti, le scarpe e il frumento, piroscafi pieni portano.

– Gli americani lavorano – disse Toni – lavorano e
hanno scarpe; hanno anche buoni vestiti belle case e automobili; gli italiani non vogliono lavorare.

– Io voglio lavorare – disse Filippo – e mio padre
lavora; sono i ricchi, dice mio padre, che ci tolgono il
pane.

– E tu devi lavorare per diventare ricco – disse Toni
– in America tutti lavorano e diventano ricchi.

– Mio padre ha uno zio che non lavora – dissi – ed è
ricco.

– Nessuno lavora qui – disse l'americano – né i ricchi
né i poveri; è bello qui per chi è ricco, meglio dell'America è.

– Io ci vorrei andare in America – dissi – mi faccio i
soldi e poi torno; compro una bella automobile e torno.

– Io no – disse Filippo – quando la guerra finisce non
ci saranno piú ricchi.

– Piú di prima ce ne saranno – disse Toni – e quelli che erano ricchi saranno diventati piú ricchi, e ancora nessuno avrà voglia di lavorare.

– Ma non li caccerete i fascisti? – domandò Filippo. – Se li caccerete verrà il socialismo.

– Noi combattiamo e poi voi fate il socialismo – disse Toni – bel guadagno ci facciamo: lo so io a chi lo farei questo discorso.

– A chi lo faresti? – chiesi.

– Ad uno che sta in America – disse.

Suonarono le campane, di sera; mia madre credette ci fosse chi sa che incendio o pericolo, invece gridarono nella strada che c'era stato l'armistizio, mia madre cominciò a dire preghiere di ringraziamento perché tanti figli di mamma cosí la scampavano. Mio zio passeggiava nervoso e diceva – i tedeschi voglio sentire ora; quest'altra vergogna ci voleva; se i tedeschi la pensano come la penso io, lo voglio vedere il maresciallo Badoglio dei miei... e quell'altro voglio vedere, quella mezza cartuccia piena di tradimento.

Mio padre diceva – e che volevi fare? tu dovresti andarci a continuare la guerra, roba da opera dei pupi mi pare: l'onore l'alleanza l'amicizia; vacci tu con la durlindana e metti a posto le cose.

Profittando della discussione che si animava filai fuori. In piazza c'era folla davanti la chiesa di Sant'Anna, l'unica chiesa che non aveva partecipato al coro delle campane, la gente voleva che il parroco le facesse suonare, il parroco affacciato alla finestra della canonica diceva – e che è festa, non lo capite che abbiamo perso, proprio incoscienti siete? – finí che qualcuno perse la pazienza e sparò alle campane, era un modo per farle suonare, il parroco disse – delinquenti siete – e serrò a precipizio la finestra.

Mio zio poi disse che di uomini nel paese c'erano lui e il parroco di Sant'Anna.

Toni era alto e biondo, mio padre non voleva credere che era figlio di calabresi, tutti i calabresi che conosceva erano piccoli e bruni, mio zio diceva che i calabresi hanno la testa dura; l'Italia era grande ma i calabresi avevano la testa dura, i sardi tradimentosi, i romani maleducati, mendicanti i napoletani...

La domenica Toni andava a messa, e all'elevazione si vedeva che nessuno in paese era alto come lui. Dopo la messa, dove prendeva la comunione, andavamo con lui al caffè. Domandavamo se c'erano chiese in America. C'erano chiese, e meglio di qui la gente era religiosa. E com'era la domenica in America domandavamo. Dalle sue parole veniva fuori una domenica malinconica, per noi la domenica era la piazza fitta di gente, le bancarelle e le voci dei venditori, al contrario loro cercavano solitudine e silenzio, a caccia, a pescare.

— E i ragazzi che fanno? — chiedevo.

— Giuocano — rispondeva — fanno tanti giuochi.

— Mia zia — dissi — una volta mi ha mandato i pattini: e che ne faccio io dei pattini?, quando ho voluto provare quasi mi rompevo la testa.

— Qui i pattini non servono — disse — sono cattive le strade.

— E in America come sono le strade?

— Sono grandi e lisce — disse — non c'è polvere, almeno dieci macchine in riga ci passano.

— In America — disse Filippo — i treni camminano anche sottoterra, anche in aria; mi piacerebbe andarci, sottoterra no, in aria mi piacerebbe.

— E che è aeroplano un treno? — dissi io. — Mai l'ho sentito dire che i treni volano.

— No — disse Toni — non volano: ci sono i ponti alti, di ferro, e i treni vi passano; sono ponti alti, il treno cammina sulla città.

— Cammina sulle case il treno? — domandai — e se cade?

– Come vuoi che cada – disse Filippo – il ponte di ferro è; scommetto che tu avresti paura ad andarci.

– Ho paura per le case che ci sono sotto io, a stare in una casa sotto il ponte avrei paura.

– Io di niente ho paura – disse Filippo.

– Dei morti hai paura però – io dissi – vedi un morto e poi la notte hai paura.

– I morti non c'entrano – disse Filippo – vero che i morti non c'entrano? – domandò a Toni.

– È la stessa cosa – disse Toni – uno ha paura dei morti perché non vuole morire.

– Io non voglio morire – dissi.

– Allora hai paura dei morti – disse trionfante Filippo – nessuno vuole morire e tutti abbiamo paura dei morti.

– I soldati vogliono morire – dissi io.

– I soldati debbono cacciare i fascisti e vogliono morire – disse Filippo – mio padre voleva andare in galera e i soldati vogliono morire, questa è un'altra cosa.

– Che facevano i fascisti? – domandò Toni.

– Niente facevano – io dissi – mio zio era fascista e non faceva niente, mai niente ha fatto.

– Forse niente facevano – disse Filippo – mio padre in galera ci voleva andare, mia madre cosí dice.

Mio cugino si trovava in Italia, faceva la guerra qui, dalla lettera non riuscimmo a capire in che posto si trovava: scriveva che se avesse avuto licenza sarebbe venuto a trovarci. Insieme alla sua lettera ce n'era una di mia zia, e cinque o sei biglietti da mille lire.

«Cara sorella – diceva mia zia – mio figlio forse lo portano in Italia, e perciò ti scrivo la presente sperando che vi trovi tutti in buona salute come noi siamo, ringraziando il Signore. Ho questa spina di mio figlio Charlie che parte per la guerra, e spero che la Vergine Santissima lo proteggerà. Le cose a noi vanno bene, mia figlia Grace ha fatto matrimonio con un giuda [1], che è però un giovane buono e lavoratore, ed ha una scioppa [2] di barbiere vicino allo storo nostro; ma per ora è soldato anche lui, la Vergine Santissima lo proteggerà. Questa guerra non ci voleva, ma il Signore non permetterà che entri sventura nella mia casa, io ho promesso alla Madonna del nostro paese l'anello col brillante che porto al dito, quando la guerra finisce verrò io a portarlo, presto dovrebbe finire, l'America è forte e vince... »

Mia madre piangeva di gioia leggendo; le notizie piú importanti le ripeteva a mio padre – Grazia si è sposata, mia sorella ha promesso un anello alla Madonna del Prato – e mio zio quando sentí della forza dell'America e della vittoria cominciò a fare come il gatto quando mastica polmone – l'America vince eh, vigliacchi, tutto hanno dimenticato: quant'erano rispettati, ché prima sugli italiani ci sputavano, il fascio li fece rispettare all'estero; ora tutti ci sputeranno addosso di nuovo, voglio ridere quando questa baraonda finisce –. Non parlava forte per non urtare mia madre, e poi in quel momento; proprio come un gatto col polmone si accaniva e sbuffava.

Dissi a Toni – mia zia ha scritto, dice che l'America vince.

– Vince i fascisti – disse Filippo che aveva quel chiodo – i fascisti e i tedeschi.

– La guerra vinciamo – disse Toni – vinciamo la guerra e torno in America.

– A Brucchilin – dissi io – poi prendi la macchina e ritorni.

– Sí – disse – ritorno, quando non ho voglia di lavorare ritorno, è bello qui quando non si lavora.

Toni partí in un giorno di ottobre, venne una jeep a prenderlo, a me scappava quasi da piangere. Ci regalò pac-

[1] Giuda: *jew*, ebreo.
[2] Scioppa: *shop*, bottega.

chetti di ciunga e chendi di quelle a tubo, dalla jeep ci fece segno e disse – cubbài [1] –. La giornata ci parve lunga e vuota, la passammo nei piú violenti giuochi.

A scuola andavamo di malavoglia, Filippo la passava liscia perché suo padre era nel Comitato di Liberazione, e il maestro era stato capomanipolo; a me andava storta, il maestro mandava a chiamare mio padre e gli diceva che con me era come zappare sull'acqua, mio padre mi imponeva di stare in casa e faceva responsabile mia madre delle mie evasioni; ma sapevo che tutto finiva in niente, appena mio padre attaccava un drammatico discorso sull'educazione mio zio interveniva a dire – quello che si semina si raccoglie, c'era l'educazione e non l'avete voluta, ora come porci debbono crescere i ragazzi – e questo bastava a stornare il discorso e ad accendere una delle solite discussioni.

I fascisti nel nord facevano la repubblica, mio zio era diventato tutt'uno con la radio, anche la notte se la portava dietro, si fregava le mani e ripeteva una frase di Hitler che suonava pressapoco – alle dodici loro crederanno di aver vinto, ma alle dodici e cinque la vittoria sarà nostra – a me Hitler pareva una di quelle teste di legno cui si tiravano le palle a cinque una lira nei baracconi, mi facevano una certa impressione quelle teste. Quando mio zio nominava Hitler io dicevo – testa di legno – e se si arrabbiava non la finivo piú di dire – se lo mangia l'America, un boccone solo ne fa di testa di legno, come il topo col gatto finisce – finché a mio zio non veniva il sangue agli occhi sul serio e io infilavo le scale. Dalle scale gliela cantavo un'ultima volta, per crearmi la scusa di essere stato inseguito fino al portone: e mio padre mi perdonava la sortita, riscuotevo anzi una certa considerazione di vittima.

Nella campagna ogni giorno accadevano rapine e omicidi, c'era stato anche un sequestro di persona, su questo

[1] Cubbài: *good bye*, addio.

33

punto mio padre concedeva qualcosa a mio zio – e chi le vuole negare le cose buone che ha fatto?, di queste cose non se ne vedevano piú, è certo; ma vedrai che le cose si rimettono a sesto.

– Con la democrazia? – faceva mio zio – Un governo forte ci vuole, la democrazia un'anguilla è.

Per il fatto che a mio zio non piaceva io cominciavo a credere buona la democrazia. Certo non mi arrischiavo piú oltre le ultime case del paese, vedevo le siepi come formicai di uomini armati e mascherati, una notte sognai che mi sequestravano, per non farmi gridare mi misero in bocca tutto un pacchetto di cotone, quando mi svegliai la bocca l'avevo secca per il cotone, mi misi a gridare e mia madre venne a dirmi che ancora era notte. Filippo diceva – a me non mi sequestrano; possono tenermi un anno, da mangiare debbono darmi piuttosto, un soldo non lo cavano – ma aveva paura. Il senso della campagna, tutta frusciante di foglie gialle, ce lo dava il giardino dell'oratorio, ora l'arciprete piú attivamente di prima ci chiamava alla dottrina, ci offriva fichi secchi e mandorle infornate.

Di nuovo nel paese c'erano le insegne di due partiti, una diceva « democrazia sociale » e c'era un bel mazzo di spighe, l'altra « movimento indipendentista siciliano » e aveva una testa al centro di tre gambe piegate che facevano ruota. Gli indipendentisti erano i separatisti di cui tanto si parlava, volevano la Sicilia separata dall'Italia, mio padre diceva che non avevano torto, sempre coi piedi la Sicilia l'hanno trattata. Oh povera Italia – diceva mio zio – Italia mia vedo le mura e gli archi... manco le mura ci lasciano questi delinquenti, gettano bombe come se dicessero padrenostri; e ora quest'altro che vuole la Sicilia indipendente, buffone lui e tutti quelli che gli vanno appresso.

Io andavo appresso ai separatisti, portavo una coccarda fatta di due nastrini, uno giallo e uno colore di sangue cagliato. – Degenerato – diceva mio zio guardandomi la

34

coccarda. Era un divertimento. La sera, portando il pentolino del colore, andavamo per il paese con i giovani separatisti che andavano scrivendo sui muri – W Finocchiaro Aprile, W la Sicilia indipendente, abbasso i nemici della Sicilia, vogliamo le industrie in Sicilia –. Stanchi di scrivere sempre le stesse cose i giovani si mettevano ad un certo punto a scrivere – abbasso gli affamatori del popolo, morte a quelli che vendono il frumento a 2500 lire – e nasceva una specie di gara per cui l'indomani i cittadini apprendevano, da scritte alte un palmo e di un bel rosso vivo, che don Luigi La Vecchia era un ladro e don Pietro Scardía ladro e cornuto insieme. Questo era per noi un bel giuoco, specialmente quando vedevo nascere dal pennello la scritta – W l'America, W la quarantanovesima stella – la mia fede separatista diventava fanatica; sapevo che la quarantanovesima stella sarebbe stata la Sicilia, la bandiera americana ne ha quarantotto, con la Sicilia quarantanove, verso di diventare americani c'era.

Mia zia scriveva sempre, mandava le lettere al figlio e il figlio le impostava in Italia, forse si trovava a Napoli. Sotto la lettera della madre lui scriveva un saluto in inglese. Mia madre però non poteva rispondere, nemmeno al nipote in Italia poteva scrivere.

« Cara sorella – diceva mia zia – qui ci promettono che tra poco potremo scrivere in Italia e anche mandare pacchi, io preparo tante cose da mandare per te e tuo marito, e specialmente per tuo figlio, perché so quanto i bambini soffrono, ho visto fotografie che mi hanno fatto piangere. Dio ci penserà per quelli che ci hanno gettato in questo inferno... »

– E chi ci ha gettati in questo inferno? – disse con soddisfazione mio zio. – Quel paralitico del loro presidente che è venuto a romperci... Che volete che ragioni un paralitico? a quest'ora una vampata avremmo fatto fare all'Inghilterra; già la pace ci sarebbe nel mondo.

– Bella pace – disse mio padre – con Hitler proprio una bella pace avremmo avuto.

– Con testa di legno – dissi io. Mio zio non mi poteva piú sopportare.

– Il colonnello Moscatelli – disse mio zio – oh Dio, da vomitare mi viene; ma chi è questo Moscatelli, da quale fondo di galera arriva? E Parri, chi l'ha mai sentito nominare questo Parri? Certo è stato in galera, tutta la schiuma sta venendo fuori.

– Non sono certo ladri di passo – disse mio padre – sono stati in galera per cose politiche.

– Peggio dei ladri di passo sono – disse mio zio – i ladri di passo ti chiedono il portafogli, se non lo dài ti stendono con una schioppettata; ma questi l'Italia hanno assassinato, sovversivi, gente che vuole la fine del mondo. Per carità, non mi dire niente; noi due non possiamo parlare meglio che non parliamo noi due. Il colonnello Moscatelli! Madonna santissima io pazzo divento.

Scoppiai a ridere.

– Già lo vedo quello che sarà l'Italia – disse con gli occhi che gli sgusciavano fuori dalla collera – l'Italia di Parri del colonnello Moscatelli e degli sciagurati come te: senza educazione, senza sentimento; alla tua età io sentivo parlare della patria e mi venivano le lacrime agli occhi, sentivo suonare Giovinezza e mi sarei rotolato per terra dalla commozione, qualunque cosa sarei stato capace di fare con quella musica.

Io lo vidi rotolarsi per terra come un asino quando si raspa; ancora risi.

Non vide nei miei occhi l'asino che si raspava sull'erba, politica perdizione vi lesse, s'infuriò che credetti fosse diventato pazzo davvero. – I comunisti – disse – né tu né tuo padre capite niente di quello che succede, ora scendono, fin qui li vedrete arrivare questi assassini, bruciano

36

le chiese, distruggono le famiglie, tirano dal letto le persone e le fucilano.

Mio zio vedeva se stesso, stava a letto sedici ore almeno: io lo vidi mentre lo tiravano dal letto prendendolo per i piedi, la cosa mi piacque, non mi piacque pensare che dovessero fucilarlo.

– C'è il generale Cadorna – disse mio padre – che credi che un generale come lui si fa pigliare la mano? E gli americani, non li metti in conto gli americani? – ora anche lui pareva un po' preoccupato.

– Rivoluzione è – disse mio zio – chi la ferma una rivoluzione?; hanno le armi degli americani, chi sa quanti russi ci sono, credi che l'America si metta a fare una guerra contro la Russia?, questi c... nostri sono, noi dobbiamo sbrogliarcela. Io lo so come va a finire, in un convento me ne vado.

La visione del convento per un momento lo placò. Poi diffidenza e furore di nuovo insorsero – bel conto mi faccio col convento; quelli mi consegnano e mi fanno ardere vivo, bella razza; l'uomo della provvidenza le benedizioni le messe cantate: poi vai dal cardinale per metterti al sicuro e ci trovi Moscatelli.

– Non dire fesserie – disse mio padre – l'hanno preso mentre stava scappando coi tedeschi.

– E tu parli contro i comunisti che bruciano le chiese – disse mia madre – mentre pensi queste cose; un cardinale che è un santo.

– Santo o no – disse mio zio – manco un cane in custodia gli affiderei; anche se non è vero quello che si dice, certo è che un dito per proteggere i deboli non l'ha mosso.

– I deboli – disse mio padre – i deboli sarebbero quelli che fino al giorno prima fucilavano i figli di mamma; quando un assassino i carabinieri lo prendono diventa un debole.

– I ribelli fucilavano – disse mio zio – i ribelli e i traditori.

– Quelli che ubbidivano al governo del re non erano ribelli – disse mio padre – non c'è verso di fartelo capire questo concetto cosí semplice.

– Il governo del re! Mi fa ridere il governo del re, il re che si viene a inconigliare in mezzo agli americani. Sai che ti dico?: per rimettere le cose a posto bisogna far re Giuliano, ha piú onore Giuliano che il tuo re.

– Benedetto Croce... – cominciò mio padre.

– Oh Dio, anche di Benedetto Croce dobbiamo parlare? Io me ne fotto di lui e dei libri che ha scritto. E anche di Dante Alighieri. E di te. E di tutta questa Italia. Mi metto in un angolo e ci muoio, fate conto che sia diventato sordomuto.

– Gli americani disarmano i partigiani – disse mio padre.

– Oh – disse mio zio – finalmente fanno una cosa giusta.

Mia zia scrisse: « Cara sorella, qui facciamo ancora festa per la guerra che è finita, il Signore ha accolto le mie preghiere e ha risparmiato la mia casa, mio figlio si trova in Germania e sta bene, ed anche mio genero, che ha fatto la guerra nella marina contro i giapponesi. Questa nuova bomba ci voleva, l'America ha tanti scienziati che sempre inventano cose nuove, Mussolini sbagliò a mettersi contro l'America, sempre amico dell'America doveva restare; sarebbe ancora vivo e comanderebbe ancora, perché sapeva comandare e l'Italia sotto di lui stava bene, non puoi immaginare che impressione mi ha fatto sapere in che modo l'avevano ammazzato, a tutti qui in America ha fatto impressione. Ma nella volontà del Signore noi non possiamo leggere; però io sempre prego che questi ammazzamenti che ci sono in Italia il Signore li faccia cessare. Cara sorella, io sempre ho in mente di venire per compiere la promissione che ho fatto alla nostra Madonna e per abbracciare te e i nostri parenti. Ora ci dicono che possiamo spedire pacchi in Italia, e non puoi immaginare quanta roba ho pronta per voi, anche cose che si mangiano, perché so che in Italia vedete la fame... »

– Questo è parlare cristiano – disse mio zio – certo che qualche sbaglio Mussolini l'ha fatto; però la bomba atomica cosa tedesca era, scienziati cosí solo in Germania si trovano.

Con Filippo andavo a scuola privata, ci preparavamo agli esami di ammissione, facevamo insieme i compiti, a casa sua, suo padre non si fidava, voleva vederlo studiare sotto i suoi occhi – ogni lira che ti spendo – diceva – pensa quello che mi ci vuole per guadagnarla – una frase simile l'avevo letta nel *Cuore* di De Amicis. Il padre di Filippo pareva aver vinto un terno con Parri che faceva il governo, raccontava la vita di Parri e certe avventure di partigiani che mi piacevano, lui le leggeva nei giornali e nei libri e poi le raccontava, nella sua bottega stavano sempre altri socialisti, era come un circolo. – Se tuo padre avesse giudizio – diceva la madre a Filippo – invece di star qui a inchiodare tavole e far chiacchiere dovrebbe cercare un posto, con la galera che si è fatta anche al municipio lo impiegherebbero, a leggere e scrivere è meglio di un avvocato –. Ma al padre di Filippo piaceva piallare tavole e inchiodare, e intanto discorreva di Parri e dei partigiani con gli amici, piaceva anche a me quel mestiere, l'avrei fatto piú volentieri che andare a scuola, anche quella specie di circolo mi piaceva.

Al nome di Parri mio zio diceva che si sentiva aggroppare le budella. – Parlatemi di Parri – diceva – e mi va a male la digestione, un pugno di bicarbonato debbo ingollare ogni volta che me ne parlano.

– E Moscatelli – dicevo io – e Pompeo Colajanni?

– Non mi parlare di Colajanni – diceva – questo lo vedevo con i miei occhi il danno che faceva: a Caltanissetta, a Canicattí; parlava sempre di Marx e della Russia, si tirava i giovani appresso. Ma che fessi eravamo a non buttarlo in un fondo di carcere e lasciarvelo morire?

Ormai conoscevo mio zio come uno che sa suonare conosce la tastiera del pianoforte. Dicevo – appunto fessi siete stati. Che fessi!

– No – si riprendeva – non siamo stati fessi: il duce era buono, e invece ci voleva il pugno di ferro.

– A Matteotti l'hanno ammazzato, però – dicevo.

– Sempre di Matteotti parlano! Migliaia di traditori avremmo dovuto ammazzare.

– Ma ora comandano loro – dicevo – ti pigliano e ti ammazzano come Matteotti: tu volevi morto Colajanni e Colajanni ti fa prendere in una macchina e ti fa ammazzare a colpi di lima –. Sapevo tutta la storia di Matteotti, io.

Mio zio si stravolgeva in faccia. – E io che faccio di male? – diceva – la morte di nessuno io voglio, Colajanni fa il sottosegretario e io me ne sto a casa mia, tutti felici e contenti siamo. Non ti verrà in testa di raccontare a quel... al padre di Filippo dico, che io faccio questi discorsi?; io niente dico, alle cose mie bado; anche se vedo la gente camminare a testa in giú mezza parola non la dico.

Arrivarono i pacchi di mia zia, in un mese ne arrivarono una decina, c'erano cose che io non immaginavo che esistessero, biscotti che sapevano di menta e spaghetti in scatola, scatole di aringhe e scatole di succo di arancia; e vestiti camicie cravatte a fuoco d'artificio maglioni. Nelle tasche dei vestiti c'erano sigarette, dalle maniche venivano fuori pacchetti di ciunga; non mancavano le penne stilografiche le matite e gli spilli da balia; pensava a tutto, mia zia.

Ad ogni pacco che arrivava mio zio sovraintendeva all'apertura, guardava annusava sceglieva, e monologava – le sigarette le prendo, tanto tu non le fumi, tu sempre nazionali fumi; questa penna stilografica ci voleva, nella mia la pompetta non funziona; buona è questa camicia, precisa della mia misura; questa cravatta sí che la posso mettere, colori decenti ha; forse anche questo vestito mi andrebbe bene, per te è troppo piccolo... – mio padre non diceva né sí né no, e mio zio prendeva il bottino e lo trasportava in camera sua.

– Però – diceva – questi americani, eh! Niente manca in America, per forza dovevano vincere.

La roba che mia zia mandava per me o mi appizzava a stento che parevo un Cristo o dentro ci nuotavo, manco male quella in cui ci nuotavo, ché mia madre poteva adattarmela; mia zia non riusciva a farsi un'idea di me, della mia statura e della mia magrezza, comprava per me alla cieca. Mi andavano bene certe magliette su cui era stampato topolino, e bluse a spicchi blu e gialli che non ci fu verso di farmi indossare. Il paese era pieno di ragazzi con bluse a spicchi e magliette con topolino; vestiti di inequivocabile taglio americano portavano i grandi, camicie con tasche, cravatte con crisantemi girandole trombe e donne nude; le donne portavano vestiti stampati al modo delle cravatte. – L'America ci veste – diceva mia madre. Veramente tutto il paese era vestito di roba americana, tutto il paese viveva con i soccorsi dei parenti d'America, non c'era famiglia nel paese che non contasse su un parente in America. In un angolo della piazza era persino fiorita la bancarella di un cambiavalute, per un dollaro arrivava a pagare novecento lire, mio padre non cambiava aspettando che andasse piú su. Ovunque c'era commercio di roba americana, cibi in scatola e saponette, scarpe vestiti sigarette; il commercio piú forte era quello dei medicinali, un flacone di penicillina lo facevano pagare a peso d'oro, bisognava vendere un tumulo di terra per avere un flacone di penicillina, nei casi proprio disperati il medico apriva le braccia e diceva – che volete che vi dica? se riuscite a trovare la penicillina vi posso dare tutta la speranza che volete – e tutti sapevano dove trovarla la penicillina, e a che prezzo, c'erano persone nel paese che invece di farsi mandare sigarette e scatole di carne si facevano mandare medicine dai parenti d'America, e facevano soldi a mucchi. Mio padre diceva – scrivi a tua sorella che mandi un pacco di penicillina – e mia madre saggiamente rispondeva – tu la regaleresti a chi ne ha bisogno, e per guadagno finisce che ti buschi la galera.

Mia zia scriveva e scriveva, mandava pacchi e lunghe lettere con dollari piegati tra i foglietti sottili; sempre le stesse cose diceva, il Signore il Sacro Cuore di Gesú la Santissima Vergine, e la promissione alla Madonna, e i figli lo storo i paesani di Nuova York.

L'anno scolastico stava per finire, ma io avevo altro per la testa che la scuola, ogni giorno c'erano comizi, qualche zuffa nei caffè, riunioni nella bottega del padre di Filippo, monarchia e repubblica, repubblica e monarchia, mi pareva una partita di calcio, come quando veniva la squadra del paese vicino e nasceva burrasca. Mio padre il re l'aveva nominato in quei giorni cavaliere, gli aveva mandato un bel diploma accompagnato da una lettera, uno che si chiamava Lucifero scriveva a nome del re, il nome mi fece impressione. Mio padre diceva che non gliene importava niente di quella nomina, voleva magari restituire diploma e lettera, diceva – io il voto al re debbo darglielo, per principio sarei repubblicano, ma il momento non mi permette di votare secondo il mio principio.

Io portavo una foglia d'edera attaccata con uno spillo alla camicetta, il partito repubblicano mi pareva fosse tutt'uno con la repubblica, anche mio zio faceva la stessa confusione, ora ce l'aveva con Pacciardi, mi guardava la foglia d'edera e diceva – ti puoi mettere addosso tutta l'edera che c'è al cimitero, lo so che lo fai apposta, sai che io mi ci rodo e lo fai apposta – poi passava a spiegare la teoria del salto nel buio concludendo che Dio lo sapeva se Umberto meritava il suo voto, dopo il tradimento che il padre aveva fatto a Mussolini, ma non c'era che fare, bisognava darglielo: se la repubblica vinceva ci saremmo svegliati con la guardia rossa al capezzale; i grandi sconvolgimenti sempre se li figurava intorno al suo letto.

Mia zia in quel periodo scrisse che lei, in Italia, il voto lo avrebbe dato al re, la repubblica era cosa buona per gli americani, in Italia con tanti comunisti chi sa come finiva.

Vinse la repubblica. – Persi siamo – disse mio zio – vuoi vedere che fanno presidente Togliatti? Qui proprio male finisce.

« Cara sorella, tengo sempre la volontà di venire, tu dici che non ci credi piú, ti assicuro che ad ogni momento ci penso; c'è stata prima la malattia di mio marito, che ora ringraziando Dio sta meglio di prima, poi abbiamo fatto piú grande lo storo; ora c'è mia figlia Grace che aspetta un bambino, sarà per i primi del nuovo anno. Se la Madonna vorrà che tutto proceda bene, entro il 1948 io verrò in Italia, prima però voglio vedere come vanno le elezioni vostre, qui tutti ci pensiamo e i giornali ne parlano... »

– Ci pensano – disse mio zio – chi prima non pensa in ultimo sospira, quando erano ancora in tempo avrebbero dovuto pensarci.

« Io spero, cara sorella, che la votazione non porti al governo i comunisti, né quelli che come i comunisti sono nemici della religione e dell'ordine. I governanti nostri hanno fiducia in De Gasperi e nel partito della democrazia cristiana, senza di De Gasperi l'Italia perderebbe tutto l'aiuto dell'America, perché noi paghiamo tasse forti e sappiamo che il nostro denaro viene impiegato bene, e sempre diamo soldi per l'Italia, in chiesa e nelle associazioni: ma se i comunisti vincessero, i soldi del popolo americano non verrebbero piú in Italia, né pacchi potremmo mandare; in America c'è un grande spirito di religio-

43

ne, i soldi degli americani non debbono finire nelle mani dei senza Dio. De Gasperi è un uomo religioso, io ho visto fotografie sue mentre in ginocchio ascolta messa, e il suo partito difende la religione e vuole l'amicizia con l'America... »

– Senti – disse mia madre – anche mia sorella lo dice.

– E io forse dico che non è vero? – disse mio padre. – Ma se voto per i liberali la stessa cosa è.

– No che non è la stessa cosa – disse mia madre – l'America solo a De Gasperi ha fiducia.

– Questo De Gasperi io ce l'ho sullo stomaco – disse mio zio – ma è certo che se i voti non si concentrano su un partito grosso si fa il giuoco che i comunisti vogliono; a me pesa dover dare il voto a De Gasperi, ma che mi metto a disperdere il voto?; tanto, partito d'ordine è.

« Cara sorella, mi addolora sentire che tuo marito il voto vuole darlo ai liberali, perché io ho domandato a padre La Spina, che è figlio del nostro paesano Michele La Spina che tu certo ricordi, ed è un prete di molta dottrina, e mi ha detto che questi liberali sono lontani dalla grazia del Signore, e in certi momenti si mettono d'accordo coi comunisti. Non manca a te fargli vedere i pericoli di un voto dato male, per l'avvenire di vostro figlio e per la salvezza dell'anima... »

– E scrivi che lo do a De Gasperi – disse mio padre – tua sorella è capace di scrivere anche al papa per la salvezza della mia anima.

– Davvero devi darglielo – disse mio zio – almeno per rispetto a tua cognata che ti ha riempito la casa di roba; e poi il pericolo c'è, non lo vedi quanto sono forti i comunisti?, ieri sera c'è stato un comizio che faceva spavento, duemila persone c'erano.

« ... e ringrazio il Signore che ha illuminato in tempo tuo marito, cosí faccia luce nella coscienza di tutti gli italiani. Qui c'è grande aspettativa, tutti quelli che erano pronti per venire in questo periodo hanno rimandato la partenza, anche quelli che avevano già fatto il biglietto. Appena arriveranno dall'Italia buone notizie anche noi ci imbarcheremo, e già abbiamo i bauli pronti ».

– I bauli – disse mio zio – chi sa quante cose portano.

Il giorno prima della votazione giunse un telegramma di mia zia, ancora raccomandava di votare il partito di De Gasperi, mio padre fece dubbiose considerazioni sulla serenità mentale di mia zia, poi uscendo seppe che telegrammi simili ne erano arrivati in paese un paio di centinaia, mio zio si fregava le mani. – Che pensata! – diceva – Certo che ad avere soldi vengono belle idee; questi telegrammi arrivando in casa di gente che un telegramma lo riceve quando ci son cose di morte, vedrai che effetto farà: proprio come si trattasse di un caso di morte. E certuni debbono pensarci davvero, se i parenti d'America non mandano piú niente è come quando ad un mulo si toglie l'orzo, a mangiare paglia restano.

Solo le voci dei cocchieri che incontrandosi si gridavano saluti e insulti, lo schiocco della frusta e il rotolio delle carrozze: il velo dell'alba, l'alba di una città pigra in cui l'odore di frittura che di giorno la circonda come un'aureola ancora stinge nella brezza del mattino, il velo dell'alba era sulle case di Palermo silenziose. La via Maqueda, poi il corso Vittorio Emanuele; entrammo nel porto già pieno di voci. Ancora una volta mio padre si informò dell'orario d'arrivo del piroscafo – ecco che già si vede – disse uno, ma noi non riuscivamo a vedere niente. Dopo un quarto d'ora il piroscafo si disegnava nitido, si avvicinava ed era come se qualcuno con matita e colori andasse aggiungendo qualcosa a un piroscafo dapprima appena abbozzato su una carta di un sudicio verde e d'azzurro. Quando fu vicino che si distinguevano i gesti delle persone, cosí fitte che mi venne il pensiero potessero far inclinare il piroscafo come il peso di una stadera, mia madre cominciò a muoversi impaziente, agitava alta la mano e diceva – certo mia sorella ci vede – ma eravamo anche noi dentro tale folla che doveva essere impossibile per quelli del piroscafo distinguere qualcuno. Il piroscafo ora era cosí vicino che si vedevano le facce, facce ben rasate di americani, gli occhiali d'oro e il sigaro grosso. Da terra e dal piroscafo partivano nomi, Turí Calí Pepé, di Turí Calí e Pepé dovevano essercene un centinaio a bordo e altrettanti a terra.

Mia madre riconobbe sua sorella quando fu a dieci passi da noi, saltò la catena e corse ad abbracciarla. Mia zia era grassa, aveva un vestito a fiori grandi, gli occhiali d'oro; il marito era alto, la faccia liscia e giovanile sotto i capelli bianchi; la figlia piccola come mia zia ma ben formata e graziosa; il ragazzo bruttino, cosí mi parve anche perché era incagnato e grondava sonno.

Mia zia disse al marito di badare ai bagagli, mio padre si offrí di accompagnarlo ma mia zia disse – se la sbriga lui – lo disse in un modo che credetti avessero da poco litigato, invece vidi poi che questo era sempre l'atteggiamento che mia zia pigliava col marito. Mia madre piangeva di gioia, e non si dava pace per il fatto di non aver riconosciuto la sorella tra le persone affacciate sul piroscafo, mia cugina guardava meravigliata di quelle lacrime, forse un po' annoiata.

Quando il marito tornò ci avviammo fuori, e mia zia diceva che voleva andare nell'albergo migliore, mio padre disse che il nostro era buono, mia zia disse – il migliore dev'essere, e voi venite con noi – cosí mio padre disse all'autista di andare alle Palme, mia madre ne fu un po' sgomentata.

Nell'atrio dell'albergo mia zia annusò a testa alta, domandò se c'era aria condizionata bagno doccia spine per attaccare il rasoio elettrico e la radio, interamente soddisfatta non si ritenne, disse a mio padre – proprio il migliore è? – mio padre disse che c'erano stati Wagner il kaiser ed il generale Patton, mia zia si convinse.

Mi parve che le domande di mia zia provocassero i camerieri a guardar noi con ironia, me mio padre e mia madre, che ne sapevamo noi di aria condizionata e di rasoi elettrici? quelli invece venivano dall'America e queste cose le conoscevano, e potevano anche pagarsele per anni interi in quell'albergo. Mi sentivo un po' a disagio.

Andammo su per riposare un momento e cambiarci, così disse mia zia, noi non riposammo né avevamo altri vestiti per cambiarci. Quando ci ritrovammo nell'atrio loro erano lindi e riposati, noi ci sentimmo più stanchi dentro i vestiti che avevano l'odore e le pieghe del viaggio in treno, ci vuole quasi una giornata per arrivare dal paese nostro a Palermo. Mia zia cominciò a domandare e domandare, pareva avesse davanti la mappa del paese, strade e case, e che a caso puntasse il dito su una strada, su una casa, e di quelli che ci abitavano voleva sapere vita e morte, fortuna e sventure. I figli e il marito stavano in silenzio. In sala da pranzo ancora sentii pesarmi lo sguardo dei camerieri, e mia zia che parlava di povertà e di ricchezza, buio e luce, mi pareva lo sguardo dei camerieri mi respingesse nella zona buia del povero paese da cui venivo. A un cameriere che parlava americano mia cugina ordinò dopo una rapida consultazione con i genitori e il fratello; mio padre ordinò per noi spaghetti al pomodoro e pesci. A vederci davanti gli spaghetti, mentre gli americani avevano pomodori tagliati a metà e ripieni di una pasta scura, un pezzo di pesce bianco e gelatinoso e riccioli di burro intorno, ci sentimmo ancor più mortificati. Il marito di mia zia chiamò un cameriere che portava sulla giacca bianca, come un distintivo, un pezzo di panno nero su cui era ricamato un violetto grappolo d'uva, si mise a discorrere fitto: e poi il cameriere portò bottiglie, fece vedere l'etichetta e mio zio disse – orràit [1] –. Beveva, mio

[1] Orràit: *all right*, benissimo.

zio; ma ai figli versò con attenzione, un fondo di bicchiere al ragazzo, mezzo bicchiere all'altra; mia zia seguí con lo sguardo l'operazione, si lanciò per noi in un lungo discorso sui criteri educativi suoi relativamente al vino al rossetto e al boifrendo [1]. Attraverso un discorso complicato capii che il boifrendo è il compagno di scuola o il vicino di casa che diventa l'accompagnatore abituale di una ragazza. – Se vengo a sapere che lei ha un boifrendo la ritiro dal collegio e la chiudo in casa – e guardò la figlia con sospetto e minaccia; la ragazza sorrise. Mia madre calorosamente approvò; ma chiese di che mai collegio si trattasse, e la domanda avevo anch'io voglia di farla. – Siracusa – disse mia zia – se tu sapessi quanto mi costa –. Mia madre capí meno di prima; mio padre le spiegò che collegio è l'università e Siracusa il nome di una città americana che ha scuole universitarie. Mia madre guardò la nipote con nuova e orgogliosa considerazione. – Che studia? – domandò. Di nuovo fu un discorso complicato, mio padre di colpo lo illuminò dicendo – medicina. – Il ragazzo invece – disse mia zia – era lofio [2], forse nemmeno l'aiscule [3], sarebbe riuscito a passare: ma in fondo non era male, poteva restare a badare allo storo.

Tutto quel che ci avevano portato io lo avevo lasciato quasi intatto nel piatto, cincischiavo con la forchetta e non mangiavo, non mangiai nemmeno le banane che tanto mi piacevano.

Mia madre propose che l'indomani partissimo per il paese, sua sorella disse no, che si voleva godere Palermo, ricordava com'era la città nel '19, quando lei era partita per l'America, ora le sembrava diversa e piú bella, non come una città dell'America, ma bella; specialmente il palazzo delle poste la colpí di meraviglia. Prima di finire il viaggio a Palermo il piroscafo si era fermato a Gibilterra a Barcellona e a Genova; di Barcellona ricordavano i ven-

---

[1] Boifrendo: *boy-friend*.
[2] Lofio: *loafer*, lazzarone.
[3] Aiscule: *high-school*, scuola superiore.

ditori di frutta, di Gibilterra il cambio delle sentinelle, e a Genova avevano visitato il cimitero, ne parlavano come della cosa piú bella che avessero mai visto, anche la ragazza diceva che era bellissimo. Vollero vedere quello di Palermo, ma restarono delusi. Il carabiniere che stava nella garitta davanti a palazzo reale ci prese piú tempo della cappella che c'era nel palazzo; il campo d'aviazione di Boccadifalco piú del chiostro di Monreale, nel chiostro io ci sarei rimasto per tutta la giornata. Dal belvedere che c'è vicino al chiostro mio padre mi fece vedere, ma come tracciandola nell'aria, ché sulla città e la campagna splendeva una nebbia leggera, la strada che fece Garibaldi per arrivare a Palermo, io avevo letto a scuola le *Noterelle* di Abba, era un libro che mi piaceva assai; mia zia disse che Garibaldi era comunista, mio padre volle spiegare che la cosa era diversa, i comunisti prendevano Garibaldi come simbolo elettorale; mia zia tagliò corto dicendo che era la stessa cosa.

Cosí per Palermo girammo cinque o sei giorni, vedo il nostro gruppo per le strade di Palermo come fissato in una fotografia per troppo sole offuscata: mia zia che taglia la strada come la prora di un motoscafo, mia madre stanca e silenziosa, mio padre un po' animato da quella vacanza; e il marito di mia zia che cammina come un sonnambulo, il ragazzo sempre ingrugnato, mia cugina che cominciava a fare amicizia con me e continuamente andava facendomi confronti tra quello che vedeva e quello che c'era in America. Questo gruppo si trovò finalmente in uno scompartimento di prima che pareva un forno, il treno si muoveva verso l'interno della Sicilia, verso il paese nostro; mia zia parlava e parlava, io accanto a mia cugina, nel suo odore di sudore e profumo che in me suscitava non so che desiderio e tenerezza, mi addormentai.

Mio padre disse – tra un'ora saremo a casa – ed era già buio, le luci dei paesi, quando nelle fermate mi affacciavo, parevano fermagli di strass su una veste nera; appoggiati al finestrino mia cugina mi grattava leggermente la nuca e a me veniva da ronfare come un gatto, mugolare tutto l'amore che in me sorgeva. Il nostro paese venne improvvisamente fuori dalla notte, rade file di lampade tra case basse, non l'avrei riconosciuto se mio padre non avesse cominciato a portare le valige nel corridoio, era un povero paese, pensai che a mia cugina non sarebbe piaciuto e un po' me ne vergognai.

Dalla stazione guardando il paese basso, aperto a ventaglio nelle strade che le lampade segnavano, mia zia disse – sempre lo stesso è – e a me parve ci fosse nella sua constatazione una certa insofferenza, un po' di rancore; o forse fu il tono di difesa che mia madre prese dicendo che lo stesso non era, che c'era la luce elettrica e nuove case e strade, a darmi questa impressione. Alla stazione c'era mio zio ad attenderci, aveva fatto venire un carretto per i bagagli e la carrozza per noi, guardando le valige che il carrettiere aveva già caricate, chiese – e i bauli dove sono? – Mia zia spiegò che i bauli arrivavano dopo, sembrò rassicurato.

I bauli arrivarono l'indomani, davanti ai bauli aperti mia zia cominciò la distribuzione della roba – questo è per te, questo è per tuo marito per tuo figlio per tuo cognato – per me venivano fuori antipatiche cose, io avrei voluto un fucile calibro 36, come quello che avevo visto ad un mio amico che lo aveva avuto da uno zio d'America, e una macchina da presa un proiettore magari una macchina fotografica, venivano fuori invece vestiti e vestiti. C'era una radio a batteria e mio zio mostrò tanto entusiasmo che mia zia decise di regalargliela, una scatola bianca che pareva dovesse contenere medicinali; per mio padre e mio zio i rasoi elettrici, dalle prove che subito fecero uscirono conciati come cristi.

Già cominciavano le visite, tutti quelli che avevano parenti a Nuova York venivano a domandare se mia zia li avesse visti, se stavano bene, poi domandavano se c'era qualcosa per loro: mia zia aveva un elenco cosí lungo, cercava il nome nell'elenco e diceva al marito di pagare cinque o dieci dollari, tutti i paesani di Nuova York mandavano un biglietto da cinque o da dieci dollari ai loro parenti. Era come una processione, centinaia di persone salivano le scale di casa nostra, è sempre cosí nei nostri paesi quando c'è uno che viene dall'America. Mia zia pareva ci si divertisse, ad ogni visitatore offriva come un'istantanea del parente d'America: un gruppo familiare in florida salute s'inquadrava su uno sfondo in cui facevano spicco simbolici elementi del benessere economico di cui godeva. Il tale aveva una sioppa, quell'altro una buona giobba [1]; chi aveva lo storo, chi lavorava in una farma [2]; tutti avevano figli all'aiscule e al collegio, e il carro [3] l'aisebòcchese [4] la uasetoppe [5]. Con queste parole di cui pochi capivano il significato, ma certo dovevano indicare cose buone, mia zia cantava l'America.

Vennero i parenti di un certo Cardella, ebbero i dollari del congiunto e doni da mia zia: poi mia zia spiegò che Giò Cardella era a Nuova York un uomo potente; raccontò che una volta a lei si presentarono due tipi, chiesero venti dollari – e ogni venerdí vogliamo venti dollari – dissero, e a lei venne l'idea di parlarne a Cardella, e il venerdí successivo Cardella venne allo storo, si mise in disparte e aspettò che quei due si facessero vivi; al momento buono venne fuori e disse ai due – ragazzi, e che vi viene in testa?, questo storo è come se fosse mio, qui nessuno deve venire a fare lo smarto [6] – e i due salutarono con rispetto e se ne andarono.

– Certo! – disse il marito di mia zia – quei due proprio Cardella li aveva mandati.

---

[1] Giobba: *job*, lavoro.
[2] Farma: *farm*, fattoria.
[3] Carro: *car*, automobile.
[4] Aisebòcchese: *icebox*, frigorifero.
[5] Uasetoppe: *washtub*, macchina per il bucato.
[6] Smarto: *smart*, guappo.

Mia zia saltò come l'avesse punta una vespa. – Sciaràp! [1] – disse – tu ogni volta che parli fai danno, anche a pensarle certe cose non si dicono; e poi, certo è che tutti gli altri che hanno storo pagano: e noi mai abbiamo pagato.

– Ma che è un mafioso questo Cardella? – domandò mio zio che certe cose le capiva a volo.

– Ma che mafioso – disse mia zia fulminando con una occhiata il marito – un galantuomo è; ricco, elegante; protegge i paesani...

– Già – disse il marito – come ha protetto La Mantia. Mia zia soffocava di collera. Il marito disse – qui in famiglia siamo – e ci raccontò che un tale La Mantia, mezzo ubriaco, aveva insultato Cardella, amici si misero subito in mezzo e la sera stessa li pacificarono, si fecero tante scecchenze [2], bevvero insieme; ma l'indomani La Mantia giaceva su un marciapiedi con una palla in testa.

– E tu parla – disse mia zia – cosí te la guadagni anche tu una palla in testa.

Mia cugina disse – noi due ce ne andiamo a passeggio oggi, fuori del paese, uh quante mosche ci sono in questo paese.

Loro avevano portato il didittí in polvere ma le mosche non finivano mai, bastava aprire le finestre ed entravano a fiotti, mia madre si disperava perché vedeva che gli americani ci pativano, toccavano appena il cibo con la preoccupazione delle mosche che si posavano su piatti e bicchieri, sulla carne e sul pane. Mia zia contro il paese imprecava, diceva che aveva sperato fosse diverso, piú nuovo e pulito, invece era peggio di prima. La delusione di mia zia aveva due facce; noi parenti non eravamo morti di fame come dall'America ci immaginava; il paese non era miglio-

---

[1] Sciaràp: *shut up*, zitto!
[2] Scecchenze: *shake hands*, stretta di mano.

rato come sperava. Lei si aspettava di trovarci nudi bruchi, rimpannucciati coi suoi vestiti e nutriti con le sue scatole di conserve vitaminizzate; invece non ci mancava il pane di frumento e l'olio di oliva, il latte la carne e le uova; avevamo la radio le tendine alle finestre e i letti morbidi; mia zia in America invece pensava questa casa, che era la casa dove lei era nata, col pavimento di creta rossa, il letto incassato nell'alcova oscura e duro per le tavole e i materassi di crine, e le sedie impagliate e la cassapanca come unico mobilio: lei non se ne rendeva conto, ma era una delusione aver trovato stanze piene di luce e mobilio decoroso. Non eravamo così poveri come ci credeva, né ricchi al punto da non far sentire a lei ed ai suoi quei disagi che lei diceva non esistevano nella sua casa d'America, nelle case di tutti gli americani. E c'erano le mosche.

Un giorno che mia zia ci spiegava tutti i mali che vengono dalle mosche, mia madre un po' stizzita disse – tu e io però siamo cresciute in mezzo alle mosche, più di ora ce n'erano, e Dio ringraziando siamo di forte salute –. E mia zia per quel giorno non parlò più delle mosche.

Uscii con mia cugina, quel giorno; e poi ogni giorno, verso sera. Andavamo per una strada di campagna dove solo incontravamo i contadini che tornavano in paese, il viso cotto dal sole, i muli carichi di sulla o di avena frusciante. I contadini ci guardavano con malizia, mia cugina o mi teneva per mano, ed io ero alto quanto lei anche se portavo ancora i calzoni corti, o tenendomi il braccio intorno alle spalle mi tirava a sé come a sussurrarmi qualcosa nell'orecchio. Se qualche mio compagno ci scorgeva, l'indomani, incontrandomi solo, cominciava a sfottermi, anche Filippo mi sfotteva, mi domandava se con mia cugina combinavo qualcosa, in mezzo al frumento alto; io arrossivo di vergogna e di collera, Filippo concludeva – scemo sei se non combini niente – e a colmare la misura proverbiava che Gesù mandava i biscotti a quelli che denti non avevano.

Appena fuori del paese mia cugina tirava fuori le sigarette e i fiammiferi, cominciava a fumare come un turco, faceva fumare anche me. In casa non poteva, ad averne il sospetto sua madre avrebbe fatto un macello, perciò con la scusa delle mosche aveva escogitata la fuga pomeridiana; se suo fratello esprimeva il desiderio di venire con noi, la passeggiata veniva rimandata, il ragazzo usava fare la spia.

Oltre che fumare, di nascosto mia cugina beveva i liquori, in segreto mi dava i soldi e io facevo acrobazie per contrabbandare in casa il liquore, lo nascondevo in solaio, lei di tanto in tanto andava su e beveva. Mi diceva che in America tutte le ragazze dei collegi bevono, sempre fanno scommesse a chi beve di piú, lei una volta aveva bevuto quattordici bicchieri di fila, ed era di quello forte. E mia zia, a tavola, faceva sempre il suo bel discorso sul vino, infine puntando il dito sulla figlia immancabilmente ammoniva – se qualcosa ti succede mentre guidi il carro, vengo a tirarti fuori anche se ci vogliono migliaia di dollari; ma se il polise dice che il tuo fiato sapeva di uischi, ti faccio andare alle Tombe[1] come niente –. La ragazza faceva un volto di pazienza santa. Mi piaceva: e in presenza di sua madre, che pareva una ragazza del paese, silenziosa e modesta; e quando eravamo soli e lei beveva e fumava, mi piaceva anzi di piú quando in lei sentivo l'odore di sigaretta e di liquore; per una immagine di peccato che mi ero fatta della donna, del suo corpo e del suo amore, mi pareva che quelle cose vietate, il fumare e il bere, fossero il peccato piú profondo e dolce.

Nelle ore calde lei stava con un prendisole leggero, dalla veste le spalle sbocciavano nitide. Quando si radeva le ascelle col piccolo rasoio elettrico io mi fermavo a guardarla, lei mi sorrideva dallo specchio, c'era in quell'operazione qualcosa che mi turbava, attrazione e insieme ripugnanza, il senso di un peccaminoso mistero e di una an-

---

[1] Le Tombe: the Tombs, il carcere di New York.

54

cor piú peccaminosa mistificazione. Una volta capitò mio zio mentre lei faceva quel lavoro, consentí a quella depilazione in nome dell'igiene e dell'estetica, stette un po' a scherzare, poi accorgendosi di me disse – e che sta a guardare questo porcospino? – e mia cugina gli sorrise di malizia, arrossii di vergogna e di odio. La sola presenza di mio zio bastava ora ad annientarmi, meditavo piani di vendetta, quando c'era lui mia cugina non badava piú a me, il nomignolo di porcospino, che lui mi aveva attribuito per i capelli che mi stavano su come chiodi, mi ammazzava; e a sentirlo mia cugina rideva. Mio zio sembrava diventato un altro, ogni giorno si faceva la barba, olezzava di acqua di colonia; era pieno di attenzioni per gli americani, complimentoso e divertente in suo modo antipatico che però tanto piaceva a mia zia. Con loro malediceva le mosche, diceva che ai tempi di Mussolini mosche non c'erano, mia zia lo credeva. Io dicevo – piú di ora ce n'erano – ma lui subito accusava – comunista è, i mali compagni l'hanno rovinato – e mia zia mi guardava con implacabile orrore. Mia madre da questa accusa strenuamente mi difendeva. Mia zia cominciava a disgustarsi di noi, ma per il grande affetto che le portava, mia madre non scorgeva i segni della freddezza e del risentimento che a mio padre e a me parevano chiari; ogni giorno di piú si allontanava da noi, contava i giorni che le restavano da consumare in casa nostra, lunghi giorni d'estate con polvere e mosche, la tinozza del bucato per fare il bagno, le notti cosí umide che a lasciare le finestre aperte le lenzuola incollavano e con le finestre chiuse pareva di stare in una fornace: ogni giorno queste cose stava a ripetere. Il ragazzo poi, che tra l'altro parlava solo americano, era caduto in stato di ipocondria; diceva che appena arrivato in America sarebbe corso a baciare le latrine, questa grande frase mia zia tradusse a beneficio nostro e continuamente la citava, citandola tirava a sé il ragazzo, che sempre le stava vicino, e lo baciava: va bene che a scuola era lofio, ma molte cose capiva.

Innumerevoli piccoli incidenti fiorivano. Mia zia regalava dollari, per ricordo e portafortuna, lei diceva; a tutti i parenti regalava il biglietto da dieci, però una volta che mia madre le raccomandò una parente povera, era vedova e senza figli, viveva di carità, mia zia non mollò nemmeno un dollaro: poi, parlando di quella povera donna, disse che i parenti volevano spolparla, per i dollari le facevano festa, tutti scrocconi erano. Mia madre disse che non era vero, mia zia insistette, in un modo che pareva volesse dire che eravamo scrocconi anche noi. Al contrario, succedeva che quando lei offriva denaro a mio padre per le spese in piú che faceva, mio padre rifiutava: e lei da questo rifiuto si sentiva un po' offesa.

Non si sapeva, insomma, da che verso prenderla. Di giorno in giorno si vedeva chiaro che l'unica persona della casa che le piacesse era mio zio, ad uso di mia zia era diventato un domestico Saroyan, celebrava l'America in chiave di falsetto, le buone cose e i buoni sentimenti dell'America, si squagliava come un gelato al calore della buona e ricca America. Io, in un libretto che avevano portato i soldati americani per educarci all'America, *La commedia umana* si intitolava, avevo tenuto Saroyan come una bibbia: ora cominciava un po' a venirmi a noia, mi pareva fosse un giuoco, uno di quei giuochi fragili che dopo un buon pranzo certuni fanno con gli stuzzicadenti e la mollica: Saroyan era l'uomo finalmente sazio, e grato, che giuocando con gli stuzzicadenti cantava l'America.

Mia cugina usciva sempre con me, noi due soli per le strade di campagna; e veniva su nel solaio dove io stavo molte ore del giorno a cercare tra vecchi libri e giornali, che cosa non sapevo nemmeno io, ogni tanto tiravo un libro tarmato dalla copertina marmorizzata e leggevo, il *Marco Visconti* o *I Beati Paoli*, in quegli anni lessi centinaia di libri, persino tutte le opere di Vincenzo Gioberti. Ma quando veniva mia cugina smettevo di cercare o di leggere, lei sedeva su una cassa e mi raccontava cose dell'America, beveva dalla bottiglia piccoli sorsi e raccontava. Poi mi tirava a sé e rideva, ogni giorno di piú le mie mani, che mi pareva diventassero le mani di un cieco, si facevano consapevoli e indugianti; nelle mie mani il suo corpo, sotto la veste leggera, fluiva come musica.

Intanto mia zia ordiva una sua trama. Aveva già accennato a mia madre che voleva, trovando un buon partito, sposare sua figlia a uno del paese, un buon giovane disposto ad andarsene in America, lei gli avrebbe messo su uno storo, un paesano voleva. Poi prese mio zio in simpatia, e a mia madre disse che sarebbe stata contenta di portarselo in America, un giovane cosí a modo e simpatico, certo sarebbe stato un buon marito per sua figlia. Mia madre, contenta di togliersi dai piedi il cognato ma pensosa per l'avvenire della nipote, disse che senz'altro era una idea bellissima, però bisognava tener conto della differenza di età, e del fatto che il cognato non aveva mai lavorato, aveva un bel diploma di ragioniere che gli era valso per la nomina di segretario amministrativo del fascio, nient'altro mai aveva fatto: anzi, notoriamente incapace di rubare e sempre felicemente disposto a farsi fregare quattrini da chiunque, un impiegato del fascio aveva profittato della sua assoluta incompetenza in fatto di conti e registri per intrallazzare alacremente. Queste cose disse mia madre, ma la sorella assicurò che una volta in America era affar suo mettere a mio zio la voglia di lavorare. Interpellarono mio padre, prese la cosa in scherzo, disse – lo portate con voi o ve lo spedisco dopo? – ma si convinse che mia zia diceva sul serio, onestamente fece presente i lati negativi dell'affare, mia zia disse che accettava il rischio. Poi ne parlarono all'interessato, si commosse, chiese tempo per riflettere; ma quella ragazza di vent'anni gli ballava negli occhi, c'era poco da pensare, lui aveva trentacinque anni e una gran voglia di vedere l'America, la ragazza era bella e mia zia e l'America erano ricche. Pare che nel giro di due giorni tutto fu risolto, io lo seppi a cosa fatta, mi raccontarono poi i particolari: fu decisa una passeggiata, per far conoscere al paese l'avvenimento, mio zio e mia cugina davanti, a braccetto; a venti passi di distanza mia madre e mia zia; poi mio padre e il marito di mia zia; io e mio cugino, quello sempre grugnante e io con una nera macchia di morte che mi si spandeva dentro, andavamo per conto nostro; ad un certo punto mi misi a dar calci ad una latta vuota, accompagnai la passeggiata con quel suono, mio padre mi guardava storto per farmi smettere e mio zio, una volta che gliela inviai tra i piedi, disse – sempre le scatole devi rompere – ma sorridendo. Era felice, si vedeva; e mia cugina gli si stringeva addosso come una gatta.

Persero qualche giorno a fare le carte per mio zio, mia cugina le sue le aveva portate dall'America. Si sposarono al Municipio, il matrimonio in chiesa mia zia decise si sarebbe fatto in America, con festa grande. Un giorno prima del matrimonio mia zia disse a mia madre – senti, tu hai un figlio e io ne ho quattro, la casa che tu ti godi è mia per metà, prima di partire voglio sistemare questa cosa, ti vendo la parte mia –. Mia madre non si aspettava questo discorso, ne parlò a mio padre, soldi non ne avevano, mio padre propose di rimandare. – Ora dev'essere – disse mia zia – se no vendo a chiunque per pochi soldi e vi lascio a sbrogliarvela –. Mio padre si infuriò a sentirsi pigliare per la gola, mia zia ci rinfacciò quel che aveva fatto per noi. Mio padre, esagerando, disse che in fondo ci aveva mandato quattro stracci, tutta roba smessa. E questo colmò la misura: mia zia urlò – dunque io vi ho mandato roba di sichinienza [1]! Cosí me lo rendete tutto il bene che vi ho fatto! Tutta roba nuova era, comprata per voi, costava dollari e dollari, mille dollari di roba vi ho mandato – e il marito silenziosamente annuiva.

[1] Sichinienza: *second-hands*, seconda mano.

Mio zio intervenne a dar torto a mio padre, mia madre piangeva. Infine si venne a una conciliazione: mio padre avrebbe pagato il biglietto, in prima classe volle precisare mio zio, del viaggio in America del fratello; e mia zia rinunciava alla parte sua della casa. Ma restammo tutti incagnati, il matrimonio l'indomani si fece in un'aria di lutto.

Poi partirono tutti, in giro per l'Italia: e a Napoli dovevano prendere il piroscafo, mio zio sarebbe rimasto in attesa del richiamo della moglie, questione di pochi mesi. Intanto andava via con loro, in viaggio di nozze, a Taormina e poi a Roma. Li accompagnammo alla stazione, mia madre piangeva e piangeva, diceva tra i singhiozzi che la partenza era definitiva, mai piú nella vita avrebbe rivisto la sorella – ci vedremo nell'altra vita – diceva. E certo mia zia non sarebbe piú venuta in Italia, questo pensiero commuoveva anche me. Mentre l'automotrice fischiava le sorelle si abbracciarono ancora, poi mia zia si volse dal predellino e disse – la roba che ti ho mandato non era di sichinienza –. L'ultima cosa che vidi, mentre la curva tra gli alberi ingoiava il treno, fu il guanto azzurro di mia cugina. Senza pensarci, come fra me, ché mai avrei osato dire una cosa simile davanti a mio padre, dissi – la pena mia è che camperà cornuto –. Volevo dire per mio zio. Mia madre mi guardò stupita con gli occhi arrossati, lo schiaffo di mio padre per un momento mi assordò. Per fortuna la stazione era deserta.

La morte di Stalin

Il 18 aprile del 1948, nel sonno dell'alba, Calogero Schirò vide Stalin. Era un sogno dentro un sogno, Calogero stava sognando un gran mucchio di schede elettorali, ne aveva firmate un migliaio la sera prima poiché il partito lo aveva designato scrutinatore; vedeva tutte quelle schede e a un certo punto sulle schede una mano pesante che usciva dalla manica di una giubba militare di quelle all'antica. Nel sogno pensò « ora sto sognando, questo è Stalin » e alzò gli occhi a guardare Stalin in faccia. Aveva una faccia scura, Calogero pensò « è incazzato, c'è qualcosa che va per traverso » e subito fece un esame di coscienza per sé e per la sezione di Regalpetra, trovò piccole macule, il vice che in municipio aveva fregato un po' di zucchero Unrra e non era stato espulso, il segretario dei minatori che prendeva soldi per il disbrigo di certe pratiche: cominciò a sentirsi inquieto. Stalin parlò con un marcato accento napoletano, disse – Calí, in queste elezioni abbiamo da perdere, non c'è niente da fare, i preti hanno la prima mano.

Calogero pensava « sogno è » ma forse Stalin gli lesse in faccia delusione e tristezza, fece un mezzo sorriso dicendo – e che credi che non la spunteremo? Oggi perderemo, la gente non è ancora matura, ma vedrai se non ci arriveremo –. Gli mise una mano sulla spalla, lo scuoteva; cosí scuotendolo sua moglie gli diceva – Calí, le sei sono, c'è Carmelo che ti chiama.

Calogero si svegliò, e per il sogno che aveva fatto si sentiva un polipo nero aggroppato dentro. Mentre si vestiva disse alla moglie di far salire Carmelo; il compagno venne su allegro, vestito come per un matrimonio, salutò gridando – oggi ce la vediamo con questi preti cornuti – ma Calogero si chinò ad allacciarsi le scarpe e non rispose.

La moglie portò il caffè, tra un sorso e l'altro Carmelo diceva – voglio vedere la faccia che farà l'arciprete, intimorisce la gente dicendo che noi abbiamo già pronta la corda per impiccare, gliela farò davvero vedere la corda – e Calogero senza guardarlo in faccia disse – che vuoi fare vedere?, ce ne vogliono anni per levarceli dai...

Sorpreso, Carmelo disse – ma come, se ieri facevi scommessa...

– Ieri era ieri – disse Calogero – poi viene la notte e tu ci ragioni meglio sopra; i preti hanno la prima mano, ancora non siamo maturi.

Non voleva dir niente del sogno, Carmelo era giovane e se ne rideva dei sogni, i giovani come lui nemmeno al lotto giuocavano. Calogero non credeva nelle anime del purgatorio, né che le anime del purgatorio portassero numeri, però credeva in certi sogni, quelli fatti in punta all'alba soprattutto, anche Dante li credeva veritieri. Calogero aveva fatto il confino con un anarchico poeta, sapeva a memoria una decina di canti della *Divina Commedia* e poesie di Carducci e dell'amico anarchico. E non era la prima volta che vedeva Stalin in sogno, e dai fatti era poi risultata la verità del sogno. Niente di soprannaturale, si capisce: Stalin pensava e in sogno lui riceveva quel pensiero, anche gli scienziati lo ammettono. Nel 1939, quando Calogero lesse sui giornali che Stalin faceva patto con Hitler, quasi gli venne una botta di sangue. Da un paio di mesi lo avevano rilasciato dal confino, aveva riaperto bottega ma non c'era un cane che gli portasse un paio di scarpe da risuolare o rattoppare, se ne stava tutto il giorno a rileggere i pochi libri che teneva, il momento piú bello della giornata era quando arrivava il « Giornale di Sicilia », se lo spolpava tutto, fino agli annunci economici e alle partecipazioni di morte. Bello era leggere che il duce inaugurava riceveva parlava volava, e commentare ad alta voce notizie e discorsi invocando che ulcera e sifilide galoppassero in quel corpo alacre, e rivolgere a quella immagine sorridente o torva che il giornale non mancava mai di riprodurre, arzigogolati insulti e atroci profezie. Nessuno si fermava in bottega a far chiacchiere, solo l'arciprete si fermava un momento a raccomandargli giudizio, prudenza; e qualche volta aggiungeva – Dio è grande, questo cane arrabbiato avrà quello che gli tocca – e Calogero che non credeva in Dio si sentiva tutto consolato, il cane arrabbiato era Hitler, anche l'« Osservatore romano » faceva capire quello che l'arciprete diceva bello e chiaro. Poi venne il patto e l'arciprete commentò – cosí doveva finire, si sono fiutati come cani – e Calogero perse la prudenza e si privò della quotidiana consolazione che l'arciprete gli dava, si mise a gridare che non poteva essere, o la notizia era falsa o c'era qualcosa sotto, e Stalin era meglio del papa. L'arciprete fece la faccia di chi vede il cielo aprirsi a grandine, e prima era sereno; gli voltò le spalle e per mesi non passò davanti alla bottega.

In verità Calogero a quella notizia si sentiva impazzire. Che la notizia fosse falsa non c'era da sperarlo. Vennero poi le fotografie, Stalin era a lato di von Ribbentrop, parevano vecchi amici. E come poteva essere che Stalin, il compagno Stalin, l'uomo che aveva fatto della Russia la patria della speranza umana, desse una mano a quel delinquente figlio di...? Certo quel vecchio cretino col paracqua non aveva fatto niente per tirarselo dalla sua parte, forse Mussolini aveva tutta la ragione di sfottere l'Inghilterra decrepita; ma Stalin non poteva per questo mettersi con quell'assassino. A meno che, fingendogli amicizia, non gli armasse una trappola mortale.

Fu cosí che Calogero sognò Stalin, e Stalin in confidenza gli disse – Calí, dobbiamo schiacciarlo questo serpe velenoso; quando sarà il momento vedrai che stoccata gli caccio – e Calogero si sentí sereno, era ormai chiaro come il sole che il colpo dritto Hitler lo avrebbe avuto da Stalin, e al momento giusto. Un amico gli fece avere il discorso di Dimitrov, quello che diceva che tra due blocchi imperialisti l'Urss restava a guardare, Calogero quelle parole ritenne fossero vere fino a un certo punto: secondo lui, quel che Dimitrov taceva, e non poteva che tacerlo, era il fatto che la Russia aspettava il momento piú stremato, anche se vittorioso, delle forze tedesche: e sarebbe scesa all'attacco. Immaginava i segreti preparativi: aeroplani e carri armati che uscivano dalle officine del popolo e si disponevano in immensa linea mimetizzata su quelle frontiere che Hitler certo credeva sicure; e Stalin avrebbe dato il segno nel momento piú opportuno, né prima né dopo, senza sgarrare di un attimo: e l'esercito rosso sarebbe dilagato per monti e pianure dell'Europa fascista, fino a Berlino, fino a Roma. Intanto Hitler si mangiava la Polonia, il suo esercito si muoveva come uno schiaccianoci, la Polonia di colpo frantumata; la Polonia marcia di latifondismo, pensava Calogero, l'eroico popolo polacco, quei marci latifondisti che guidavano cariche di cavalleria contro i carri armati di Hitler, tutta la Polonia con un solo grande cuore, viva la Polonia eroica e sventurata. Gli veniva voglia di mettersi a gridare in piazza – viva la Polonia – e piangeva leggendo le corrispondenze di guerra, anche i giornalisti fascisti parevano commossi quando scrivevano della Polonia che moriva, uno di loro scrisse sulla caduta di Varsavia un pezzo che Calogero ritagliò dal giornale e conservò nel portafoglio. Quando la Russia si mosse a prendere la sua parte di Polonia l'arciprete si rifece vivo, si appoggiò alla porta e disse – tu dovresti saperlo l'inno di Mameli – e Calogero non capí dove volesse andare a parare, lo sapeva l'inno di Mameli, non lo ricordava tutto ma ce l'aveva in un libro. E l'arciprete disse – leggilo, dove dice « il sangue polacco bevé col cosacco » mettici un bel pensierino sopra, quello che la coscienza ti detta.

– Io il pensierino l'ho già fatto – disse Calogero. – Vogliamo ragionare?

– E ragioniamo... – disse l'arciprete.

– Il patto, come si dice, di non aggressione, è tutto uno scherzo: verrà il momento giusto e Stalin darà un colpo a quel figlio di... che lo ridurrà in briciole.

– Bum! – commentò l'arciprete.

– Quanto vero che per lei c'è Dio – disse Calogero – la cosa non può andare che così: il fascismo ha da morire in mano a Stalin, il fascismo e tant'altre cose ancora, anche quelli che benedicono le bandiere del fascismo moriranno così.

– Senti – disse l'arciprete – noi non benediciamo le bandiere del fascismo o del diavolo che ti prenda; noi benediciamo tutti quei figli di mamma che vanno sotto quelle bandiere, tutti i cristiani che le seguono. E poi, se vuoi che te lo dica chiaro, Mussolini non è la stessa cosa di Hitler, il timore di Dio e della chiesa lo sente.

– Lasciamo perdere – disse Calogero – se no mi metto a gridare come un pazzo. Mi lasci ragionare a modo mio, poi dirà tutto quello che vuole. Dunque: Stalin attaccherà Hitler; intanto va migliorando le posizioni, si spinge più avanti verso la Germania. E poi, che è la cosa più importante, gli toglie per ora mezza Polonia, la salva dall'oppressione nazista, la rinnova: perché la Polonia era vecchia, piena d'ingiustizia, il proletariato soffriva e i ricchi...

– Certo che hanno fatto un bel guadagno, i polacchi – interruppe l'arciprete – Stalin invece di Hitler, proprio un bel guadagno, un terno secco hanno vinto.

– E allora non si può ragionare? – disse Calogero.

– Ma che ragionare – disse l'arciprete – se chiami ragionare quello che ti esce di bocca, la ragione è bella e morta. Stalin deve attaccare Hitler, Stalin migliora le posizioni, Stalin salva mezza Polonia... cose da far passare la voglia del latte anche ai vitelli.

– Noi qui siamo – disse Calogero dominandosi a stento – tra qualche mese, tra un anno al massimo, vedremo chi di noi due ragiona.

– E tu aspetta... – disse l'arciprete.

Aspettava: e intanto la Russia attaccava la Finlandia, Calogero si sorprendeva a parteggiare per i finlandesi, momenti che venivano cosí, la Finlandia resisteva e lui pensava che quel piccolo popolo dava bella prova, forza Finlandia, forza Mannerheim; un piccolo generale fascista; no, fascista no; sí, fascista; tutti fascisti intorno alla Russia, fascista chi resisteva alla Russia o ne aveva paura. Anche la Finlandia deve essere liberata dai fascisti – pensava – e, anche se non ci sono fascisti, arrivarci prima dei tedeschi bisogna, prendere le basi per la guerra contro i tedeschi. « I russi sanguinosamente respinti sulla linea Mannerheim », forza Finlandia, un piccolo popolo di fascisti, un generale fascista, forse ci sono tedeschi in missione segreta, la cosa non è chiara. Calogero si mise in monologante processo di autocritica, ma non riusciva ad evitare che pensieri di simpatia per la Finlandia di sorpresa affiorassero; né che dubbi sulla effettuale potenza dell'esercito sovietico lo travagliassero. Da questi dubbi lo salvò l'arciprete, voleva un po' sfotterlo per le sconfitte che ai russi toccavano, suscitò invece tutte le forze razionali di Calogero, un lampo in cui l'oscurità degli avvenimenti di colpo si squarciò. – È tutto un trucco – disse Calogero – Stalin si finge debole, vuole rassicurare Hitler, tutti i fascisti del mondo si fanno idea che la Russia è debole, Hitler si convince che è un boccone da lasciare per ultimo; e invece la Russia è forte, quando si muoverà sul serio, Hitler e il suo compare manco il tempo di dire « amen » avranno.

– Per la verità – disse l'arciprete – il sospetto mi è venuto: certo che è un po' strana la cosa.

Calogero non disse che fino a quel momento nemmeno il sospetto gli era venuto di un giuoco simile, che improvvisamente la verità gli si era rivelata. Dolcemente assaporò il trionfo. – Stalin è il piú grande uomo del mondo –

disse – per pensare trappole simili ci vuole un cervello grande come un tomolo.

Finí come doveva finire, la Finlandia cedette terra alla Russia; e subito dopo i tedeschi presero la Norvegia, con un viaggio fecero due servizi: si piantarono in una buona posizione per l'attacco all'Inghilterra e neutralizzarono il vantaggio che i russi avevano preso in Finlandia, forse quel pazzo cominciava a sospettare qualcosa del giuoco di Stalin. Calogero riteneva che, toccando i tedeschi la Norvegia, Stalin avrebbe dovuto dare il colpo; invece Stalin se ne stava a far finta di niente. I tedeschi dilagavano in Belgio e in Olanda, « questo è il momento » pensava Calogero: ma Stalin non si muoveva. Di buono c'era che in Inghilterra quella vecchia mummia col paracqua se ne andava, veniva su Churchill, a Calogero fece buona impressione, sapeva che Churchill era uno dei pochi che alla buffonata di Monaco non avevano creduto – ha una bella faccia di mastino – diceva – tra lui e Stalin i tedeschi finiranno col maledire il giorno in cui sono nati. Ma gli era venuta altra apprensione: che Mussolini non si buttasse, che restasse a fare il neutrale e all'ultimo momento facesse giuoco dalla parte dei vincitori. Ma i tedeschi erano ormai in Francia, Mussolini vide vinta la guerra: e liberò Calogero da ogni preoccupazione sui suoi segreti disegni. Stalin taceva, ma Calogero lo immaginava, in una grande sala del Cremlino, chino su una carta della Francia, commosso e pietoso, dal sentimento consigliato a correre subito in aiuto dei francesi e dalla ragione portato a un preciso calcolo del tempo e del modo dell'intervento. Cadde Parigi, Calogero c'era stato dal '20 al '24, nel mese di giugno Parigi è bellissima, stava a pensione in rue Antoinette, la sera in un caffè di Pigalle, o al café de Madrid con l'orchestra e l'uomo dal volto magro e intelligente che cantava a mezza voce e raccontava barzellette, il boulevard degli italiani, il boulevard di Montmartre; ora c'erano tedeschi al café de Madrid, tedeschi al Bois che sfilavano, al Lussemburgo, a Pigalle. E le ebree di Pigalle, quella ragazza ebrea che suonava il violino? Pieno d'odio e di pianto Calogero smaniò per un mese sull'appello di Reynaud al presidente Roosevelt. – Non si muovono, questi cornuti americani; lasciano morire la Francia; muli sono, bastardi che se ne fottono della Francia e dell'Europa...

– Anche la Russia se ne sta a guardare – faceva l'arciprete.

– La Russia è un'altra cosa – diceva Calogero – la Russia aspetta.

– E che aspetta? Aspetta che Hitler lasci qualche osso da spolpare, questo aspetta – diceva l'arciprete.

– Tra un anno si vedrà che cosa aspetta, Hitler e questo porco nostro hanno da ballare su un piede quando Stalin si decide.

– Sí, tra un anno; anche l'anno scorso dicevi cosí – concludeva l'arciprete.

Il primo di ottobre del '40 il giornale portava due titoli grossi: che Serrano Suñer, ministro spagnuolo e cognato, a quanto si capiva, di Franco, veniva a colloquio col duce; e che « la Russia conferma che i suoi rapporti con gli Stati del Patto tripartito restano immutati ». A causa della guerra di Spagna Calogero aveva fatto un paio d'anni di confino, dall'America suo cognato si era arruolato nelle brigate, scrisse una bella lettera sulle ragioni della guerra e della partecipazione sua alla guerra contro i fascisti, Calogero ne apprese il contenuto in questura, dove lo chiamarono per sapere che sentimenti teneva nei confronti del cognato; gli lessero qualche brano della lettera e dritto dritto lo spedirono a Lampedusa. Ora quelle due notizie sulla stessa pagina del giornale gli parevano facessero beffa a lui, a tutti i suoi amici del confino, a suo cognato, a tutti i comunisti morti combattendo per la Repubblica spagnuola. E come era possibile che il compagno Stalin, l'uomo che aveva fatto della Russia la patria della speranza umana, continuasse a dichiarare amicizia ai fascisti: e intanto gemeva sangue l'Europa, la Francia con quel suo nuovo governo da fogna, la Spagna con quel feroce generale dalla faccia di canonico? « A pensarci, io pazzo divento » disse fra sé; subito decise che bisognava vedere qualcuno, parlare della cosa, stare un po' con persone che avevano uguali sentimenti e che certamente come lui soffrivano. A Caltanissetta bisognava andare: c'era l'onorevole Gurreri, c'era Michele Fiandaca: gente che meglio di lui seguiva la politica.

L'onorevole lo ricevette dopo una mezz'ora di attesa, Calogero non lo riconosceva piú, era calvo e aveva una faccia stanca, continuamente si passava sulla testa il fazzoletto, gli diede del voi e gli chiese cosa volesse. Calogero capí di aver fatto una fesseria grossa, disse – veramente... io volevo... non so se lei si ricorda, alla fine della guerra, a Regalpetra... io mi chiamo Schirò –. Sempre passandosi il fazzoletto sulla fronte l'onorevole disse – sí, mi ricordo, Schirò; certo che mi ricordo –. Calogero si rinfrancò – si ricorda che lotta? Io ero il segretario della sezione, sezione Nicola Barbato; quel discorso che lei fece dal balcone dei Lo Presti...

– Oh – disse l'onorevole, e parve che aprendo le labbra per sorridere si fosse trovato in punta alla lingua un grano di aloe, si guastò in faccia – acqua passata – subito disse – cose che a ricordarle perdiamo tempo... Veniamo a noi, certo siete venuto per un consiglio...

– Veramente – disse Calogero di nuovo sulla brace – son venuto da lei per parlare della situazione, per avere qualche chiarimento, io non ci capisco molto: la Russia sta ferma e la Germania sta pestando mezzo mondo...

Ora l'onorevole davvero sudava. – È proprio cosí, caro mio: la Russia sta ferma e la Germania conquista il mondo: e merita di conquistarselo, il mondo. Che popolo! che esercito!... Ma io, egregio amico, faccio l'avvocato; non sto qui per parlare di politica – si alzò dalla poltrona, anche Calogero si alzò; l'onorevole gli mise una mano sulla spalla spingendolo dolcemente verso la porta, l'aprí, disse – prego; e ricordatevi che io faccio l'avvocato: soltanto.

Calogero si trovò fuori pieno di vergogna e di rabbia. L'onorevole, immobile al centro della stanza, asciugandosi il sudore diceva – canaglie, da quindici anni penso ai fatti miei eppure ancora ci insistono, non vogliono convincersi... Mi mandano una spia, mi mandano.

Calogero salí per il corso Vittorio Emanuele, si informò per la via Re d'Italia, non si ricordava dove quella via si trovasse, dopo tanti anni Caltanissetta gli pareva una città nuova, e invece non c'era niente di nuovo. Trovò il portoncino scuro, le scale che andavano su a chiocciola; e c'era sempre lo stesso odore di cavoli bolliti e di uova marce. Michele Fiandaca stava in casa, in casa faceva il suo lavoro di orologiaio, i figli che facevano un giuoco di inferno e lui che se ne stava tranquillo, chino sulle piccole macchine con la lente incastrata all'occhio.

Dopo l'incontro con l'onorevole, le accoglienze di Michele Fiandaca rinfrancarono Calogero. La moglie di Michele era una donna pallida e silenziosa, subito preparò per l'amico il caffè d'orzo, Michele tirò fuori cartine e trinciato. Cominciarono a chiedersi a vicenda notizie dei compagni del confino, poi Calogero entrò nel vivo della questione.

– Sono stato a trovare l'onorevole Gurreri – disse – volevo domandargli cosa pensa della situazione, si è messo una tale paura...

– Ma quello è diventato un maniaco – spiegò Michele – quando cammina per la strada dovresti vederlo: cammina che pare si senta dietro una muta di cani corsi... Non c'è niente da fare, ormai; quello la situazione la vede in un modo, che se il federale lo chiamasse per dargli la tessera di fascista farebbe gran festa.

– E tu la situazione come la vedi? – domandò Calogero.

– Che vuoi che ti dica? Inquieto sono. Ma certo non può finire che una banda d'assassini deve dominare il mondo.

– E la Russia? – disse Calogero. – Che farà la Russia?

– La Russia non passano sei mesi e si getta contro i tedeschi, cosí dice Pompeo. Vuoi parlare con Pompeo? Ogni sera ci vediamo, se aspetti fino a stasera ti ci porto; è a posto Pompeo.

– Lo so – disse Calogero – lo so che è a posto, mi piacerebbe conoscerlo; ma mia moglie la sera sola in casa non vuol restare, le ho promesso di ritornare nel pomeriggio. Mi basta sentirlo da te quel che pensa Pompeo. Dunque cosí dice: tra sei mesi.

– Sí, lui la situazione la sa spiegare bene; ragiona che è un piacere sentirlo; se non ci fosse lui io qui mi sentirei come quei cani randagi che si mettono a ciambella e muoiono, lui mi mette coraggio, è sempre cosí sereno... E poi c'è un altro avvocato, quello del partito popolare, è a posto anche lui, qualche volta ci vediamo.

– E quest'avvocato che dice della Russia, crede che si avventerà contro i fascisti?

– La pensa come Pompeo – disse Michele.

– Bello! – disse Calogero – Glielo voglio dire all'arciprete, mi parla sempre di quest'avvocato, glielo voglio dire come la pensa.

– Anche qui ce la facciamo con i preti – disse Michele – andiamo d'accordo che è una bellezza.

– Lupi vecchi – disse Calogero – sentono il vento da dove mena e mettono vela: sempre dritti in piedi vogliono cascare.

– A noi per ora interessa ingrossare la carovana, mettere insieme tutte le forze antifasciste: coi preti e coi borghesi poi ce la vediamo. Non lo vedi il giuoco che fa Stalin?

– È una cosa grande – disse Calogero – quando tra

sei mesi gli si butterà addosso, i fascisti resteranno allocchiti.

– E intanto anche le potenze capitalistiche muoiono, sarà Stalin il solo vincitore di questa guerra. Altro che Napoleone! Stalin se ne fotte anche di Napoleone.

Mussolini mandò soldati senza scarpe a spezzare le reni alla Grecia, in Grecia c'era neve e un popolo che non voleva farsi spezzare le reni; venne la primavera e vennero i tedeschi, gli italiani giunsero ad Atene insieme ai tedeschi, anche la Jugoslavia fu occupata, un sipario di lutto si chiuse sui popoli di Grecia e di Jugoslavia. Sei mesi un anno: e finalmente entrò nella guerra la Russia, o fu la Germania ad attaccarla, Calogero non ci vedeva chiaro. Il fatto che le truppe tedesche rapidamente avanzassero in territorio russo, a ganascia, insaccando regioni grandi come l'Italia tutta, e dentro armate sovietiche che si arrendevano, non voleva dir niente per Calogero. I casi erano due: o Hitler aveva prevenuto di qualche giorno l'attacco dei russi, e dunque ne aveva sconvolto i piani; o era stato Stalin ad attaccare, ma con pochissime forze, come per un piccolo incidente di frontiera: e i tedeschi venivano cosí calamitati dentro l'immenso territorio russo, come l'esercito francese di Napoleone, e poi sarebbero stati battuti e annientati. Calogero, dopo qualche giorno di indecisione, fu certo che Stalin apposta apriva le porte della Russia ai tedeschi.

Ora la bottega di Calogero cominciava ad essere frequentata, uno studente un sensale il magazziniere del Consorzio e il sagrestano della Matrice; il sagrestano non lasciava la conversazione se non per le scampanate abituali, l'arciprete si sentiva inquieto, un pomeriggio lo aveva sorpreso sdraiato su una cassapanca in sagrestia, guardava la fila di ritratti degli arcipreti della Matrice, tutti gli arcipreti dal 1630 in poi, e a mezza voce cantava – abbasso i preti che fan la spia, la regia guardia, la borghesia –

l'arciprete fece proposito di addestrare un sagrestano nuovo. Calogero si sentiva felice con quelle quattro persone che alla strategia di Stalin, da lui appassionatamente divulgata, consentivano senza riserve. Di nuovo aveva sognato Stalin, ma in modo confuso, c'era neve e neve, betulle che per il vento fischiavano; e uomini formicolavano nella neve, in file spezzate; poi apparve, ma come in estrema dissolvenza, la faccia di Stalin in arguta intesa sorridente.

Calogero aveva letto *Guerra e pace*, nella sua fantasia le giornate di Stalin erano quelle di Kutusof nel romanzo, dopo un mese di guerra Stalin aveva assunto il comando dell'esercito: Calogero vedeva i consigli di guerra nelle case dei contadini, i generali inquieti e confusi di fronte alla consapevole serenità di quell'uomo, il pane nero e il miele dei contadini davanti a quell'uomo sorridente e paterno. Certo ad ogni notizia sui tedeschi che avanzavano Stalin pensava « e lasciateli correre! questa la corsa del puledro è » e accendeva la pipa tirando sbuffi soddisfatti. In agosto, quando Mussolini chiese ad Hitler l'onore di mandare in Russia una armata, Calogero pensò « poveri figli, faranno la fine del sorcio » e cosí doveva pensarla, ironico e pietoso, anche Stalin.

Nel novembre del '41 si fermarono i tedeschi davanti a Mosca Leningrado e Rostov, Calogero diceva – ora piovono le pere, state a vedere quel che succcde ora – ma fino al maggio del '42 non accadde niente; e poi i tedeschi ripresero l'avanzata, davanti a Mosca e Leningrado restarono fermi, cominciarono a muoversi verso il Caucaso. Calogero non ne fu turbato – continua la corsa del puledro – e fece previsione che sei mesi non passavano e la controffensiva russa sarebbe scattata implacabile. – Deve venire l'inverno – diceva – lasciate venire l'inverno e vedrete che fine fa la crociata antibolscevica, Stalin vi consegnerà l'esercito tedesco ridotto come un barile di salacche – e pregava un inverno terribile, una immensa lama di freddo a radere dalla faccia della terra russa quell'esercito finora vittorioso.

Già in autunno si cominciarono a sentire i numeri. Davanti a Stalingrado, e non poteva essere diversamente per una città che da Stalin aveva preso nome, i tedeschi si fermarono; poi cominciò la controffensiva, la facevano i russi ora la gran tenaglia che stringeva stringeva, e dentro mezzo milione di uomini. Calogero sentiva pena per quei nostri soldati che cagliavano di morte nella neve, imprecava contro quel cornuto che aveva mandato i figli del popolo dalle terre del sole a morire in quelle fredde pianure.

Insieme all'armata tedesca del maresciallo von Paulus, anche la nostra veniva stritolata; quando von Paulus si arrese i tedeschi presero il lutto, ma subito su von Paulus circolarono segrete voci di intesa coi russi, Calogero prese a considerare la possibilità di una rivoluzione comunista in Germania. Secondo lui, la guerra poteva ancora trascinarsi per mesi o per anni: ma la Russia già l'aveva vinta a Stalingrado, nessuna forza poteva ormai fermare la vittoria del comunismo nel mondo.

Gli americani erano già a Regalpetra quando si seppe che Mussolini a Roma era stato arrestato, la notizia sembrava giungere da un altro mondo, a Regalpetra già da dieci giorni ci si sfogava con gli scalpelli col fuoco e con gli sputi su ogni segno che ricordasse il fascismo; Calogero si sentiva un po' malinconico a vedere spie della federazione e piccoli gerarchi in frenetico zelo antifascista, intorno agli americani giravano sussurrando delazioni, per dare soddisfazione ai delatori gli americani portarono via segretario politico podestà e maresciallo dei carabinieri. Calogero giudicò gli americani *di prima informativa*, gente che dava ragione al primo venuto; diversamente avrebbero agito i russi. A far rotonda la sua indignazione, il brigadiere dei carabinieri venne a dirgli che agli americani non piacevano le riunioni che teneva in bottega, forse gli americani niente sapevano di quelle riunioni ma a qualche ruffiano degli americani certo dispiacevano. Per corrivo Calogero ritagliò da una rivista americana due ritratti di Stalin, li mise in bella cornice e uno lo attaccò in bottega e l'altro nella stanza da letto, vicino alla Madonna di Pompei che la moglie teneva sul proprio lato. La moglie commentò acre – e che è tuo padre? – ma non disse piú niente vedendo come si fece brutto Calogero; piú violento fu l'arciprete, arrivarono alle parole grosse. Quel ritratto appeso in bottega si vedeva dal fondo della piazza, l'arciprete che da un pezzo non metteva piede in bottega si avvicinò incuriosito e poi, decifrata l'immagine, vibrante di contenuto sdegno, con finto candore domandò – e chi è? – e Calogero rispose che era il piú grande uomo del mondo, l'uomo che la faccia del mondo avrebbe cambiato, il piú grande e il piú giusto uomo.

– Quant'è bello – disse l'arciprete – pare un gatto con un lucertolone in bocca.

– Non è Rodolfo Valentino – disse Calogero con pazienza – e anche se somiglia un gatto mi piace che lei se ne accorga: cosí impara a conoscere di che morte deve morire; se Stalin è il gatto, c'è chi farà la fine del lucertolone.

– Il mio gatto – disse l'arciprete – è morto per il vizio che aveva di prendere lucertole: gli restavano nello stomaco, gettava bava come un epilettico, si ridusse che pareva una ragnatela.

– Questo è un gatto diverso – disse Calogero – questo digerisce anche lo scorsone nero.

– Lo scorsone nero, se tu vuoi dire quello che sospetto – disse l'arciprete – il gatto che deve mangiarselo non è ancora nato: e puoi star certo che non nascerà mai. Ma lasciamo perdere gatti e scorsoni: tu leva il ritratto, io vengo a benedire la bottega e ti regalo poi un bel quadro con san Giuseppe falegname.

– Facciamo cosí – disse Calogero – lei mi dà il san Giuseppe e io lo metto a lato a Stalin, che è un santo lavoratore e non ci sfigura; in cambio le regalo il quadro di

Stalin che tengo al capezzale e lei lo mette in canonica, ma vicino a un santo buono, che non sia santo Ignazio o san Domenico: quelli dell'Inquisizione di Spagna, lei mi capisce.

– Animaccia persa – gridò l'arciprete segnandosi a ripetizione – quando stirerai i piedi ti voglio vedere, a tu per tu col giudizio di Dio; e io ti negherò il segno di croce.

– Io tocco ferro – disse Calogero rapidamente afferrando il trincetto – perché quando parlate voi preti ad una sola cosa c'è da credere, in fatto di jettatura mai fallite.

– Bestia – disse l'arciprete allontanandosi sconvolto.

Nacquero i Comitati di Liberazione, nel continente gli antifascisti combattevano, morivano torturati impiccati scannati, i tedeschi erano come cani arrabbiati; in Sicilia c'erano gli americani, i Comitati di Liberazione giuocavano a formare amministrazioni comunali e a disfarle, si occupavano anche di epurazione. C'erano i partiti e ogni partito mandava nel Comitato due rappresentanti, Calogero era sicuro che a lui un posto nel Comitato sarebbe toccato, invece il Partito mandò l'ufficiale postale, sciarpa del littorio, e un sergente della milizia: per un po' ne fu amareggiato, poi pensò che, come in ogni cosa che il Partito decideva, una buona ragione doveva starci in quella scelta. In compenso lo nominarono assessore al Comune, gli diedero i lavori pubblici; Calogero aveva qualche bel progetto, ma nelle casse del Comune non c'era una lira.

Intanto i russi dilagavano, l'arciprete se ne preoccupava e impaziente seguiva l'avanzata del secondo fronte, quello degli inglesi e degli americani; ma poiché c'era una profezia di san Giovanni Bosco relativa ai cavalli dell'esercito russo, che un giorno si sarebbero abbeverati alle fontane di piazza san Pietro, l'arciprete sapeva anche rassegnarsi ai disegni della Provvidenza – se c'è volontà di Dio, i russi scenderanno fino a Roma; sarà gloria della Chiesa conquistare questi nuovi barbari alla fede – ma Calogero opposte speranze nutriva. Stalin scendeva verso il cuore

78

dell'Europa: il comunismo, la giustizia; tremavano i ladri e gli usurai, tutti quei ragni che tessono la ricchezza del mondo e l'ingiustizia; ad ogni città che l'Armata Rossa raggiungeva, Calogero immaginava un tenebroso brulichio di fuga, gli uomini dell'ingiustizia e dell'oppressione stravolti di bestiale paura: e i lavoratori nelle piazze piene di luce intorno ai soldati di Stalin. Il compagno Stalin, il maresciallo Stalin; *lu zi' Peppi*, lo zio di tutti, il protettore dei poveri e dei deboli, l'uomo che aveva nel cuore la giustizia. Calogero chiudeva ogni ragionamento sulle cose storte di Regalpetra e del mondo indicando il ritratto – ci penserà *lu zi' Peppi* – e credeva di essere stato lui ad inventare per Stalin quel familiare appellativo che ormai tutti i compagni di Regalpetra usavano; invece in Sicilia tutti i braccianti e gli zolfatari, tutti i poveri che aprivano speranza, dicevano – *lu zi' Peppi* – e una volta l'avevano detto per Garibaldi, chiamavano *zii* tutti gli uomini che portavano giustizia o vendetta, l'eroe e il capomafia, l'idea di giustizia sempre splende nella decantazione di vendicativi pensieri. Calogero aveva fatto il confino, al confino i compagni gli avevano insegnato dottrina; ma non sapeva pensare a Stalin se non come ad uno *zio* che sapesse armare vendette e fulminare con sentenze *a baccagliu*, cioè nel gergo di tutti gli *zii* di Sicilia, i nemici di Calogero Schirò: il cavaliere Pecorilla che gli aveva fatto avere il confino, lo zolfataro Gangemi che gli aveva negato il compenso per una risuolatura, il dottore La Ferla che gli aveva fatto pignorare una salma di frumento per pagarsi di un taglio, ma cosa da macellaio, che gli aveva dato all'inguine. Calogero guardava le fotografie degli incontri di Teheran e di Yalta, Roosevelt Churchill e Stalin; ma Stalin era diverso, quei due erano senza dubbio grandi uomini, sapevano quel che facevano, ma lo sapevano per oggi; Stalin aveva invece il giuoco in mano per domani, per sempre, il giuoco di Calogero Schirò e del mondo intero; quando Stalin *calava* una carta, quella era la carta buona per Calogero Schirò e per l'avvenire dell'umanità. Roosevelt e

Churchill pensavano alla guerra da vincere, il mondo liberato dalla nera minaccia, le navi dell'Inghilterra e dell'America a far rete di commercio nel mondo; Stalin invece pensava ai salinari di Regalpetra, agli zolfatari di Cianciana, ai contadini del feudo, a tutta la gente che nel lavoro gemeva sangue: e niente sarebbe stato vincere la Germania se uomini di Regalpetra e di Cianciana dovevano continuare a vivere come bestie.

Seguendo le vicende della guerra Calogero aveva messo passione e fantasia in quel che il generale Timoscenko faceva, credeva fosse il braccio destro di Stalin, Stalin pensava e Timoscenko colpiva, un generale del popolo. Timoscenko aveva una testa solida come un ceppo – vi si può tritare la carne sopra – diceva affettuosamente Calogero; un contadino astuto diffidente testardo; veniva dalla gavetta, durante la rivoluzione i suoi compagni lo avevano eletto ufficiale, ora era generale e dai tedeschi non si faceva insaccare, le prime buone notizie dalla Russia portavano il suo nome. C'erano altri generali, in Russia: quello che resisteva a Leningrado e poi quello di Stalingrado, del Don; ma Calogero vedeva le sorti della guerra girare intorno a Timoscenko come su un perno. E poi c'erano generali russi che portavano il pizzo, e francamente la gente col pizzo a Calogero non piaceva, il pizzo di De Bono di Giuriati di Balbo di tutti i centurioni della milizia che aveva conosciuto, un uomo che porta il pizzo qualche difetto deve averlo; Timoscenko invece si tosava ad alzo battuto, come un coscritto appena arrivato a reggimento. Ecco, aveva la faccia del contadino coscritto, dell'uomo chiamato a leva per difendere il colcos e non del generale di mestiere, bella roba uno che di mestiere fa il generale. Calogero aveva fatto il soldato in cavalleria, arrivava il generale col pizzo, passava la rivista, poi si fermava a guardare se le staffe lucevano anche dalla parte di sotto, se di sotto le staffe non lucevano urlava indignazione e sconforto; avrebbe voluto vederlo quel generale, durante la ritirata in Russia, a rivoltare le staffe per vedere se di sotto lucevano. Timoscenko era uomo da guardare la faccia dei soldati e non le staffe, certo con i soldati scherzava, grossi scherzi da contadini; e quei contadini, lenti e pesanti come buoi, bloccavano i tedeschi e li schiacciavano.

Calogero sapeva a memoria tutte le azioni di Timoscenko, capisaldi e città riconquistate; e gli elogi e le decorazioni che a Timoscenko toccavano. Pensava « tra cento anni, speriamo lontano il giorno che Stalin deve morire, Timoscenko è l'uomo che può prendere la cosa in mano » e immaginava già Stalin avesse deciso e segretamente testamentato per tale successione.

Invece finí la guerra e di Timoscenko non si parlava piú, altri generali si vedevano fotografati a lato di Stalin, di Timoscenko si era perso il nome. Una volta Calogero domandò notizie a un deputato del suo partito che veniva dalla Russia, quello si fece come se mai prima avesse sentito quel nome; poi qualcuno disse a Calogero che Stalin aveva mandato in luoghi fuori mano, come in esilio, alcuni generali: forse tra questi c'era Timoscenko. Per la prima volta Calogero ebbe il sospetto che qualcuno soffiasse a Stalin mali consigli, ne parlò con uno della segreteria provinciale: costui lo guardò brutto, poi con affettuosa pazienza gli spiegò come una simile cosa fosse impossibile e sospettarla, anche se in buona fede, costituiva errore gravissimo. Calogero non pensò piú a Timoscenko.

Il 18 aprile del 1948 Calogero ebbe quel sogno; e l'indomani i risultati delle elezioni provarono la verità del sogno, Calogero non aveva dubbio, era cosí certo che nemmeno volle andare a sentire in sezione i comunicati radio; i compagni che la mattina del 18 sentirono le sue previsioni ultime, prima dissero che era un uccello di malaugurio, convennero poi che era tutta questione di ragionamento. A nessuno Calogero rivelò che quella previsione Stalin in sogno gliela aveva portata.

Guardando la fotografia di Stalin, in quella testa ogni giorno di piú vedeva una radiografia di pensieri, come una mappa che in punti diversi continuamente si illuminasse, ora l'Italia ora l'India ora l'America, ogni pensiero di Stalin era un fatto nel mondo; sulla scacchiera del mondo Stalin faceva le sue mosse e Calogero, prima che Stalin le giuocasse, per misteriosa rivelazione le conosceva. Perciò, mentre « l'Unità » diceva che la Corea del sud aveva attaccato quella del nord, Calogero sapeva che la cosa, una volta tanto, stava come i giornali fascisti e borghesi la portavano. Non che per l'affare della Corea avesse avuto altro sogno, né previsto che qualcosa si doveva muovere in Corea, ché nemmeno sapeva che al mondo c'era la Corea: ma era certo che Stalin una mossa doveva farla, almeno per vedere come gli americani reagivano. Gli americani subito corsero a difendere la Corea del sud; una prova che bisognava fare, ora Stalin sapeva che se lui attaccava gli americani correvano, bisognava parlare di pace – la pace lavora per noi – diceva Calogero, diventò partigiano della pace, raccolse firme per la pace e contro l'atomica, all'occhiello si mise la colomba di Picasso; per la verità non capiva tutto quel gran parlare che si faceva di Picasso e della colomba, lui riusciva a disegnare colombe che erano meglio, con un chiaroscuro che a mezza luce parevano vere. Quando Picasso disegnò il ritratto di Stalin, e il partito disse che non andava, Calogero ne ebbe soddisfazione – certe cose bisogna dirle chiare e tonde, Picasso sarà un buon comunista ma non è pittore che fa per noi, i ritratti li deve fare a quei fessi borghesi che glieli pagano – diceva; su Picasso si fece una convinzione, che appunto giuocasse a far fessi i ricchi, gli americani; e in ciò, bisognava riconoscerlo, Picasso riusciva da padreterno.

Ogni giorno il giornale gli portava fatti nuovi su cui pensare e discutere; la sua bottega pareva un circolo, quando capitava uno che ce l'aveva su col comunismo Calogero si sentiva a posto, ammiccava ai compagni per dire – ora lo sistemo io, lasciatemi fare, all'agrodolce ve lo cucino – e con dolcezza attaccava; ma sempre si finiva con le brusche – non è di tutti filare un ragionamento, coi fascisti e coi clericali è poi come sbattere una quartara contro un muro: le teste che hanno! – ma per la verità i fascisti e i clericali che accettavano discussione in bottega si mantenevano prudenti, con tutti quei comunisti intorno; era sempre Calogero a passare alle offese, finché non veniva fuori il nome di Stalin serenamente discuteva, appena incautamente l'altro faceva quel nome il discorso cominciava ad andare a male. L'arciprete, che subito col nome di Stalin lo prendeva di petto, Calogero se lo sentiva come un cancro nello stomaco: tanto piú che l'arciprete comandava, il paese era suo, ormai lontana la grande paura del '45. Guardava il ritratto di Stalin quasi con compassione, ora – certo a Dio deve rendere conto – diceva – ma può darsi la Provvidenza gli faccia rendere conto anche agli uomini, può darsi sia destinato a non morire nel suo letto – e Calogero saltava su a vampare un piú esplicito augurio di morte violenta a tutta la gerarchia ecclesiastica, a partire dal sagrestano che da comunista era diventato colonna della Democrazia Cristiana.

A Regalpetra l'ultimo a sapere che Stalin era morto fu Calogero. Quel giorno si alzò tardi, scese in bottega che erano le nove passate, per un paio d'ore stette a lavorare; e andava inquietandosi perché nessuno della compagnia quella mattina si faceva vedere. Pensò che per la giornata, piena di sole anche se ventosa, gli amici fossero andati in campagna o a godersi il sole passeggiassero; sicché gli venne voglia di uscire; e mentre serrava la bottega, e violenta sentiva la voglia dell'ozio e del sole, gli venivano cattivi pensieri sugli amici, non per loro colpa disoccupati, ma certo all'ozio stavano abituandosi e ci scialavano: e questo pensava perché gli amici quel giorno a fargli compagnia non erano venuti.

In sezione c'era fuori la bandiera col nastro nero, Calogero pensò fosse morto qualche compagno. Dentro, i compagni, quelli che ogni mattina venivano in bottega, stavano intorno al tavolo silenziosi, vedendo quel cerchio di mani sul tavolo Calogero pensò stessero a chiamare gli spiriti, stava per dire una frase scherzosa ma si trattenne per la bandiera col nastro nero che c'era fuori; domandò – e chi è morto? – e quelli lo guardarono meravigliati.

– E da dove vieni? – disse uno – Stalin è morto.

Calogero si sentí le ginocchia tremare, nella sua testa il malaugurio dell'arciprete lampeggiò, subito chiese – è morto nel suo letto? come è morto?

– Cosí è morto – disse un compagno – gli è venuto un colpo.

Una volta l'arciprete gli aveva elencato tutti i tiranni che erano morti per violenza, secondo lui Stalin non poteva scamparsela; Stalin invece era morto come un buon padre di famiglia che finisce la sua giornata, Calogero vedeva la serenità di quella morte, una corona di silenziosa pena intorno al grande uomo che moriva. Ma intanto lo colse il dubbio che la notizia fosse falsa, si sa certi giornalisti di che sono capaci, domandò – è sicura la notizia? voi come l'avete saputa?

– La radio – dissero – i giornali.

Calogero non disse piú niente. Dunque Stalin era morto; l'idea era viva, irresistibilmente avanzava nel mondo, nessuna forza poteva fermarla; ma Stalin che per vent'anni l'aveva portata era morto. Il giudizio della storia, ora. Ma Stalin era la storia stessa. Il giudizio di Dio. Ammettiamo che ci sia Dio, che tenga il libro nero e il libro bianco, che abbia in mano la bilancia della giustizia: e Stalin che cosa ha dato se non giustizia? E agli uomini cui non poteva giungere a dare giustizia non dava forse speranza? Fede speranza carità. No, niente carità: fede e speranza. E giustizia. Aveva spremuto dolore dagli uomini, Stalin; aveva camminato col passo della rivoluzione, il passo della violenza e del sangue; ma una rivoluzione deve essere rivoluzione, Cristo che era Cristo portava una parola nuova che grondava sangue, Calogero aveva letto il *Quo vadis?*, quella gente non ammazzava ma si faceva ammazzare, ed era la stessa cosa. — Ecco che mi metto a pensare alla religione, basta mi trovi di fronte a un morto e questi pensieri mi vengono; penso alla mia morte e non vedo niente, Dio, l'altra vita, niente vedo: vedo il tabuto, la fossa, qualcuno che mi ricorderà come un buon compagno, e sarò solo uno scheletro dentro un tabuto quando tutto il mondo sarà socialista; ma la morte degli altri mi fa pensare alla religione. La morte di mia madre: ma mia madre in Dio ci credeva. Quando sento toccare le campane a gloria, che è morto qualche bambino. Quando ho visto tutti quei morti per lo scontro di treni. Ma Stalin non c'entra, per un uomo simile è ridicolo pensare all'animuccia che mette ali, l'immortalità di Stalin la portiamo noi, tutti gli uomini che oggi viviamo sulla terra, tutta l'umanità futura.

Questi pensieri gli si volgevano in testa, ma disarticolati, come quando la febbre sale; la febbre della malaria, che uno si mette tutte le coltri addosso e ancora sente freddo, e intanto avverte che pensieri e ricordi diventano incandescente delirio, vorrebbe resistere, afferrare una cosa certa, un oggetto qualsiasi, il letto la finestra un albero: e già quell'oggetto nel fuoco del delirio si fonde.

Cosí Calogero senza piú dire una parola ritornò a casa. Vedendolo stravolto la moglie disse — scommetto che di nuovo ti è venuto il dolore al fianco.

— Sí — disse Calogero acre — hai vinto la scommessa, il fianco mi duole; prepara la camomilla.

Per un paio di giorni Calogero non uscí di casa, certe facce non voleva vederle, nemmeno coi compagni della morte di Stalin voleva parlare; a Stalin lo legavano ricordi e speranze, come in un rapporto personale tenace ed esclusivo, in amicizia: e credeva il sentimento suo fosse un po' diverso di quello degli altri compagni, invece dal discorso che Togliatti fece alla Camera capí che tutti i comunisti avevano quel sentimento, Togliatti parlò per tutti, trovò parole per il dolore di tutti i compagni. Calogero si ripeteva quelle parole e gli veniva in gola un groppo di pianto – « Questa notte Giuseppe Stalin è morto. È difficile a me parlare, signor Presidente. L'anima è oppressa dall'angoscia per la scomparsa dell'uomo piú che tutti gli altri venerato ed amato, per la perdita del maestro, del compagno, dell'amico... Giuseppe Stalin è un gigante del pensiero, è un gigante della azione... La vittoria militare sul fascismo avrà nella storia prima di tutto il nome di Stalin... » – ed erano parole che venivano dal cuore, Calogero sentiva incrinata di pianto la voce di Togliatti pronunziarle. Non soltanto un grandissimo capo era morto, ma un amico. Facevano ridere quelli che chiamavano Stalin tiranno: ogni azione di Stalin, ogni suo pensiero e intenzione, non c'era comunista che non le sentisse ragionate e maturate dentro di sé; quando Stalin decideva era come se ogni compagno avesse deciso insieme a lui, a quattr'occhi, in colloquio da vecchi amici, la bottiglia di vino e il pacchetto di trinciato sul tavolo; i reazionari di tutto il mondo si contorcevano per spiare le subdole intenzioni di Stalin, le oscure trame che Stalin tesseva (cosí dicevano nei loro giornali): e invece i compagni vedevano chiaro, Stalin era come un giuocatore che ha l'avversario di fronte e alle spalle gli amici, e prima di gettare una carta nel giuoco la mostra alta agli amici in modo che l'avversario non veda, e ogni volta è la carta giusta.

Stalin era ora accanto a Lenin, nel grande mausoleo della Piazza Rossa, imbalsamato; per tre giorni la grande piazza risuonò di una sinfonia di gloria. Che grande uomo era morto! Ma anche Lenin era stato un grande uomo; e dopo Lenin era venuto Stalin. Il pensiero della successione inquietava un po' Calogero, certi giornali già pregustavano una lotta per il potere; ma anche se lotta ci sarebbe stata, non potevano vincere che i migliori: e Stalin forse non aveva avuto ragione di Troski? Ma certo un uomo come Stalin non muore senza aver sistemato le cose nel modo piú rigido e sicuro. Beria o Molotov; Calogero avrebbe puntato su Molotov.

Invece venne fuori Malenkov, sicuramente l'aveva designato Stalin, Calogero capiva perfettamente per quale ragione. Aprendo la successione ad un uomo ancora giovane Stalin faceva con un viaggio due servizi: perché essendo Malenkov giovane veniva assicurata una piú lunga continuità del potere, e nelle mani di uno che interamente alla scuola di Stalin si era formato. Guardando la fotografia di Malenkov Calogero disse ai compagni – sarà un cagnuolo a posto, un buon cucciolo di Stalin, un cucciolo di buona razza.

Ma cominciarono ad accadere cose che Calogero non riusciva a spiegarsi: i medici che avevano complottato di avvelenare Stalin furono liberati; Beria, il braccio destro di Stalin, fu arrestato e condannato come traditore; poi Malenkov fu sostituito da Bulganin. Un generale, e portava il pizzo. Calogero ad un amico confidò – mi sento il cuore nero come la pece: il fatto di Beria non mi va giú, se Stalin per tanti anni ha fatto pascere un traditore, vuol dire che molte cose sono state fatte nel tradimento; e ora questo generale... – ma credeva si stesse attraversando un periodo di assestamento, di lotta per il potere come dicevano i borghesi. Krusciov gli era simpatico, dopo i primi sbandamenti avrebbe tenuto il timone con mano sicura.

Calogero era già arrivato ad una serena e fiduciosa visione di quel che in Russia accadeva, quando la visita di Bulganin e Krusciov a Tito di nuovo lo rovesciò in diffidente preoccupazione. Venne il ventesimo Congresso, lesse e sentí parlare di errori e contro il *culto della personalità*, contro il *culto della personalità* era d'accordo, il sospetto che si alludesse a Stalin non gli veniva. Poi lo sentí dire ben chiaro, che Stalin aveva fatto errori, che il potere gli aveva dato alla testa, che aveva ordinato atroci cose. Si avvicinava la campagna per le elezioni amministrative, Calogero fu invitato a far parte della lista e rifiutò, glielo ordinarono per il bene del partito e lui ironicamente fece appello al *superamento del culto della personalità*: della personalità di chi la candidatura voleva imporgli. Ormai manco di frequentare la sezione si sentiva, gli pareva di aver perduto tutto – come se ad uno che tiene un mazzetto di soldi, buscati con sudore e sangue, di colpo dicessero che quei soldi non hanno piú corso, non servono a niente – e si arrovellava a riesaminare i fatti del passato, a cercare dove stavano gli *errori*. Ma quali errori? Uno sterminato paese come la Russia, tante regioni e tante razze, un paese senza industrie, pieno di analfabeti: ed era diventato un grande paese industriale, fitto di officine e di scuole, un popolo unito, un popolo grande ed eroico. I soldati russi erano arrivati a Berlino, avevano dato al fascismo il colpo mortale. La Polonia la Romania l'Ungheria la Bulgaria l'Albania; e mezza Germania; e la Cina: l'idea ne aveva fatto di strada. Dove stavano gli errori? Forse era stato un errore quello della Jugoslavia, gettar fuori la Jugoslavia dal Cominform – però Tito non mi piace, ha la faccia del dittatore, del dittatore come Mussolini e come Peron – ma il tempo poteva ancora dare ragione a Stalin.

Un deputato che venne a far comizio, saputo dell'atteggiamento di Calogero, volle parlargli; andò a cercarlo in bottega, in altro tempo Calogero sarebbe stato felice di quell'attenzione, ora si sentiva imbarazzato e infastidito. Ai compagni il deputato disse che a Calogero voleva parlare da solo a solo, Calogero appena vide i compagni allontanarsi di piú si sentí inquieto.

– Senti – disse il compagno deputato – ho saputo che queste ultime cose ti hanno turbato, effettivamente son cose grosse, tutti ne siamo stati sconvolti, io ho passato momenti... Ma bisogna rendersi conto, bisogna ragionare...

– E ragioniamo – disse Calogero, sollevato; un invito a ragionare lo metteva sempre in disposizione buona.

– Ecco – disse il deputato – è come quando uno crede di star bene, va dicendo di avere salute di ferro, lavora va a caccia si diverte; e ad un certo punto si imbatte in un medico, sai come sono i medici, si mette a guardarlo fisso, come a caso gli dice «ti sei mai fatto visitare?» quello dice di no, il medico lo guarda ancora con aria preoccupata, dice «vieni domani, ti voglio fare una visita» e l'altro comincia a inquietarsi, dice «io bene sto; ma che cosa c'è?» e il medico dice «niente c'è, ma domani vieni». E l'indomani ci va, il medico lo mette ai raggi lo guarda lo ascolta; urina e sangue da analizzare; poi gli comunica che tiene un tumore, che bisogna cavarlo o tra sei mesi è bello e morto. Quello resiste, ancora dice che sta bene, che ha buona salute; ma lo mettono su un letto a ruote, lo addormentano, lo spaccano. «Ora sí che stai bene – dice il medico – avevi un tumore quanto la testa di un bambino e non te lo sentivi». Cosí siamo stati noi: portavamo un tumore e non lo sentivamo, ce l'hanno tolto senza farci sentire niente; e ancora non vogliamo convincerci che il tumore c'era.

– L'affare del tumore è una parabola buona – disse Calogero – ma io da un medico non ci vado se prima non me lo sento dentro; e quando me lo caveranno, non voglio essere addormentato; voglio morire con gli occhi aperti io.

– Questo va bene per il tumore vero e proprio – disse il deputato – ma qui la cosa è diversa.

– Non è diversa – disse Calogero – perché chi me lo dice che, assonnato com'ero, mi abbiano davvero cavato un tumore? Io so che stavo bene, e basta.

– Senti, il tumore lo portavamo sul serio; e ce ne renderemo conto lentamente. Pensa a certi processi, a quel che è avvenuto col compagno Tito, la storia dei medici...

– Se il tumore c'era – disse Calogero – io so che i tumori si riproducono. Non ho visto il primo che mi hanno tirato, ma ora so che dentro mi possono nascere i tumori, sto con gli occhi aperti e mi viene paura: tu lo sai come succede, ad uno di questi malati; io non ho mai visto guarire uno che soffre di tumori.

– Ma Cristo – disse il deputato – cosí finisce che parliamo di tumori: quello del tumore era un paragone cosí...

– A me è piaciuto – disse Calogero – e voglio ragionarlo.

– No – disse il deputato – lasciamo stare i tumori. Se ti dico che io ho sofferto come te, che mi pareva di impazzire, devi credermi. Ho passato momenti... Non ne parliamo. Una cosa sola ti voglio dire: Stalin è morto, ha fatto degli errori; ma il comunismo è vivo e non può morire. E poi, mica diciamo che Stalin ha fatto solo errori, tutt'altro: ha fatto anche grandissime cose.

– Penso a Stalingrado – disse Calogero – e poi l'avanzata fino a Berlino; piangevo di gioia quando i russi arrivarono a Berlino.

– Sono pagine di gloria: e chi può cancellarle queste pagine? – disse il deputato. – Ma bisogna considerare anche gli errori.

– Ci penserò – disse Calogero; e di nuovo disse – voglio morire con gli occhi aperti.

– È giusto – riconobbe l'altro – ma intanto non trascurare il partito, fatti vedere in sezione: tu sai come i nostri nemici speculano.

– Lo so – disse Calogero – fanno una speculazione da beccamorti; ma stavolta noi l'occasione gliela serviamo come rosolio; stanno scialando.

– Non si poteva evitare – disse il compagno.

– Può darsi; ma io una cosa so – disse Calogero – che quando uno muore, ladro o assassino che sia stato, gli mettono sopra una lapide che parla di chiare virtú e di benefica vita; vorrei farti vedere al cimitero, di tutti ti farei la storia vera, uno per uno. E noi stiamo facendo tutto il contrario.

– Non è la stessa cosa – disse il deputato – noi dobbiamo dire la verità, anche a scontarla con pena; meglio riusciamo a vedere le storture e gli errori del passato e piú ci assicuriamo l'avvenire; la storia è verità, e noi siamo il partito della storia.

– Queste sono parole giuste – disse Calogero.

L'arciprete da che Stalin era morto non toccava piú la solita storia del tiranno, un morto è sempre un morto, nei discorsi che teneva con Calogero aveva preso un altro verso; ma dopo le elezioni amministrative, che nonostante la storia di Stalin aveva perso, portò un giorno a Calogero dei fogli di giornale. Prima glieli fece vedere, come a un bambino un sacchetto di caramelle, disse – sai che c'è scritto? Tutto il rapporto di Krusciov, quello che parla di Stalin, roba segreta. Se vuoi, posso prestartelo.

Calogero fece una smorfia, disse – saranno le solite fantasie, mi fa ridere la roba segreta che va a finire su un giornale; scommetto che è un giornale di parrocchia.

– No – disse l'arciprete – questo è l'«Espresso», uno di quei giornali che qualche buon servizio a voi comunisti l'ha fatto.

– Ne ho sentito parlare – disse Calogero – è cosa di radicali.

– E leggilo – disse l'arciprete – non ci perdi niente a leggerlo, poi mi sai dire che te ne pare.

Calogero si gettò a leggere il rapporto. Ad un certo punto cominciò a dire – vedi dove arrivano questi figli di puttana di americani, di sana pianta l'hanno fabbricato – e intanto avidamente leggeva, imprecava e leggeva; fosse stato vero c'era da sudar freddo, ma tutto inventato era. Finí di leggerlo che la moglie lo chiamava per mangiare, ma non si sentiva; uscí a prendere «l'Unità» per trovare una smentita a quella pubblicazione. Non c'era niente. Tornò a casa, ingoiò quattro forchettate di pasta, alla moglie disse che partiva e con l'ultimo treno della sera sarebbe ritornato.

Alla stazione comprò il «Giornale di Sicilia», subito l'occhio gli cadde sulla notizia che Stalin aveva ammazzato la moglie. – A posto siamo, diranno anche che i figli se li mangiava; e dove arriveremo? – e in quel momento non ce l'aveva con «L'Espresso» o col «Giornale di Sicilia», con quelli che avevano messo il cannello alla botte se la prendeva.

Arrivò a destinazione come avesse attraversato un sogno, andò in cerca del deputato che prima delle elezioni era venuto a convincerlo, lo trovò in un caffè che scherzava con amici; Calogero pensò «è tutto falso, questo non starebbe a scherzare se davvero ci fosse il morto in casa». Il deputato lo riconobbe, lo fece sedere accanto a sé, notizie del paese cominciò a chiedere. Calogero portò il discorso sull'«Espresso» che aveva pubblicato il rapporto, disse quel che pensava di quei delinquenti che l'avevano inventato. Il deputato si fece serio – forse è inventato – disse – ma personalmente sono convinto che è vero, ci sono novantanove probabilità su cento che sia vero – e Calogero si sentí girare la testa. – Come vero? – disse balbettando – Stalin era dunque, né piú né meno, come Hitler...

– È una cosa amara – disse il deputato – era diventato cosí negli ultimi tempi; ma non si deve credere che Stalin abbia potuto distorcere la natura dello stato socialista...

– Sí – disse Calogero – questo anche Krusciov lo dice; ma io non capisco piú niente.

Il deputato si lanciò a dare spiegazioni; parlava con molta chiarezza, Calogero si convinceva; ma quella spina restava: Stalin era stato un tiranno, proprio come diceva l'arciprete, un pazzo e violento tiranno, piú di Mussolini, come Hitler. – E se, invece degli americani, fosse stato Krusciov a inventare tutto; Krusciov e quel generale col pizzo, e quegli altri che stavano loro intorno? No, non era possibile. Dunque era tutto vero.

Calogero mostrò al deputato il «Giornale di Sicilia» – e quest'altra notizia? – domandò.

– Compagno – disse il deputato mettendogli una mano sul braccio – non ti meravigliare di niente; certo ne diranno di tutti i colori, ma è possibile dicano la verità.

C'era una sala circolare che risuonava di musica vittoriosa, la musica se la sentiva nelle viscere, gli pareva di stare dentro la cassa di un violino immenso; e c'era il freddo delle chiese deserte, una luce sotterranea e lontana. Stalin era nella bara di vetro, Calogero gli vedeva le mani che parevano di legno, secche e dure. Accostò la faccia al vetro per vedere meglio quel filo nero che correva intorno ai polsi di Stalin, si rialzò pensando « ecco come sono le donne, mia moglie senza che me ne accorgessi gli ha messo la corona del rosario » perché non lo sapeva con chiarezza, ma aveva il senso che Stalin gli fosse morto in casa. Poi sul vetro della bara vide una grande mano che si posava, era la mano di Stalin, era vivo e diceva – meglio di cosí non potevano ammazzarmi; due volte... – ma la voce era diventata un mormorio perché Calogero, camminando di traverso come un granchio, fuggiva verso la porta; contro la porta urtò il gomito e per il dolore si trovò sveglio, ansante e sudato. Gli venne un pensiero nitido « lo hanno ammazzato, domani mi dimetto » ma di nuovo affondò nel sonno.

Si svegliò brutto, la testa gli doleva, il sogno che aveva fatto appena traluceva, voleva afferrarlo per ricordarsene e non ce la faceva. Affondò la testa nella bacinella d'acqua fredda e si sentí meglio; prese un veramon e due tazze di caffè. Il discorso del compagno deputato gli si sgomitolò nella memoria. Cosí stavano le cose. Stalin è morto, ma il comunismo è vivo. E Stalin, fino alla guerra vittoriosa, era stato un grande uomo.

Dopo cinque minuti che era in bottega entrò l'arciprete. Calogero lo guardò con odio.

– L'hai letto? – domandò l'arciprete. – Passati una mano sulla coscienza e dimmi che te ne pare.

– L'ho letto – disse Calogero – ma non mi va di parlarne; l'ho letto e basta.

– Cosí la prendi? – disse l'arciprete. – Se hai coraggio devi dirmi come la pensi.

– Ecco – disse Calogero – io la penso in un certo modo... Dico: ammettiamo che sia tutto vero. Dico: l'età c'era, cominciava a far cose strambe, si levava qualche brutto capriccio. Io mi ricordo che don Pepé Milisenda, che aveva ottant'anni, una volta uscí nudo per le strade. E il notaro Caruso, lei si ricorda certo del notaro, tagliò le trecce alla cameriera che non voleva andare a letto con lui; e anche coi figli se la prendeva, e voleva scannarli. Eppure lei sa che buon uomo era stato il notaro Caruso. Cosí capita. E pensi un po' Stalin che si era sfaldato il cervello a pensare sempre per il bene degli uomini: ad un certo punto diventò strambo.

– Ah cosí la ragioni – disse ironicamente l'arciprete.

– La ragiono proprio cosí – disse Calogero – e poi dico: un po' di compassione ci vuole, sempre prossimo è.

L'arciprete fece un giro come stesse per prenderlo il mal convulso, si passò un dito dentro il colletto per il sangue che gli veniva alla testa. – Prossimo! – gridò. – Ora te ne vieni con la storia del prossimo; e quando mai ci hai pensato?

Se ne andò aliando le mani, come a scrollarsi persino il ricordo della terribile cosa che aveva sentito.

Il quarantotto

QUARANTOTTU, s. m. disordine, confusione. 1. Dagli avvenimenti del 1848 in Sicilia. 2. *Fari lu quarantottu, finiri a quarantottu, apprufittari di lu quarantottu,* fig. vale: fare confusione, finire in confusione, profittare della confusione.

GAETANO PERUZZO, *Dizionario siculo-italiano*,
Tip. Amato, Castro 1881.

Mio padre curava il giardino del barone Garziano, due salme di terra che si aprivano a ventaglio intorno allo spiazzo dove sorgeva il palazzo; terra che a piantarci un palo dava acqua, nera e fitta di alberi; pareva si fosse a due ore di notte, dentro quel nero di alberi e di terra, anche se il sole vampava da scorticare: c'era fresco come nelle grotte, un suono d'acqua che metteva sonno e qualche volta paura, uccelli che si chiamavano a festa e improvvisi silenzi lacerati dal grido della ghiandaia. Il barone lo chiamava giardino perché c'erano anche delle magnolie e degli alberi d'India dai tronchi che parevano ammassi di corde, e rami che come corde scendevano a radicarsi nella terra; e c'era anche, nel breve semicerchio intorno alla casa, un bordo di rosai che nel mese di maggio s'accendeva di grandi rose che subito spampanavano. E il barone chiamava palazzo la casa, grande e brutta come una masseria dal lato del giardino, dal lato che dava sulla strada ugualmente brutta ma con due donne nude in pietra arenaria che stavano ai lati del portone, e teste di gattoni che sostenevano le balconate.

Mio padre era il miglior potatore del paese, venivano dai paesi vicini a domandare la sua opera per le vigne e gli uliveti; ma il barone lo pagava tre tarí al giorno per tutto l'anno, mio padre non poteva andare a lavorare dagli altri senza il permesso del barone; oltre ai tre tarí al giorno il barone gli dava la casa in cui abitavamo, a lato del palazzo, e un pezzo di terra gli concedeva da coltivare liberamente, mio padre vi piantava il pomodoro e mia madre faceva tanto estratto da venderne a quelli che venivano, alla fine di ogni estate, da Palermo. Era un posto buono, non potevamo lamentarci di come stavamo; mio padre si lamentava solo per la storia della carrozza, ogni domenica doveva fare da cocchiere, cosí era stabilito di patto: curare il giardino tenere i magazzini e la domenica in servizio con la carrozza. A mio padre la carrozza piaceva, per i cavalli aveva passione: ma dover vestirsi con la lunga giubba abbottonata al collo e il cappello a caciotta, gli aggroppava. Il barone la domenica usciva in carrozza, a mezzogiorno per andare a messa, la sera per far visite o a spasso sul lungomare; la domenica mio padre diventava come un cavallo quando ha le mosche, di ogni filo faceva un trave, per niente si arrabbiava e tirava giú i santi dal paradiso: quelli che gli erano piú familiari, come san Rocco di cui eravamo parrocchiani e santa Venera che proteggeva il paese. Se la pigliava anche col barone, diceva – questo cornuto – oppure – quel cornuto – secondo che nell'ira se lo immaginava vicino o lontano. Ma quando il barone scendeva mio padre stava vicino allo sportello aperto con la caciotta in mano, la caciotta da nera stava diventando verde ed era brutta davvero. Dietro al barone veniva donna Concettina tutta frusciante, col libro nero ed oro e la corona a grani di madreperla in mano; e dietro a lei Vincenzino secco e spiritato, con il vestito che il barone gli aveva fatto confezionare raccomandando al sarto di tener conto che il ragazzo era in età di crescenza, e Vincenzino invece non cresceva poi tanto. Quando i tre erano già in carrozza, lo sportello ancora aperto e mio padre a lato, donna Concettina si affacciava a chiamare – Cristina – e poi ancora – Cristina – e di corsa veniva giú Cristina, col libro da messa bianco e la corona a grani verdi, sempre con qualcosa fuori posto o che le mancava, e donna Concettina dava in smanie perentoriamente chiedendo al Signore perché, a lei tanto ordinata, avesse mandato una figlia che con la testa non stava né in cielo né in terra. Mio padre con malagrazia sbatteva lo sportello, saltava a cassetta, la carrozza scricchiava sulla ghiaia dello spiazzo, faceva eco nell'androne del palazzo, usciva sulla strada con un bel trotto. Al momento in cui usciva dal portone io facevo un salto sull'asse delle ruote di dietro, che mio padre però non si accorgesse, e cosí arrivavo alla chiesa, balzando a terra un momento prima che la carrozza si fermasse.

La domenica per me era un bel giorno, per la scarrozzata che mi godevo aggomitolato dietro, fino alla chiesa o a spasso sul lungomare o nel giro di visite che il barone faceva; solo Cristina sapeva che io mi mettevo dietro la carrozza, mio padre forse sospettava: se qualcuno, al passaggio della carrozza, gli gridava – mastro Carme', date una frustata all'indietro – mio padre non la dava forse pensando che ci stavo io, i cocchieri di solito lanciano qualche colpo di frusta dietro la carrozza appunto per i ragazzi che vi si arrampicano. Cristina lo sapeva ma non parlava, eravamo compagni di giuoco nel giardino; e la domenica continuavamo il giuoco in quella complicità, io a stare attaccato come un granchio alla carrozza, lei a sapere che ci stavo e cercandomi con gli occhi quando scendeva.

Donna Concettina reputava la mia compagnia perniciosa per Cristina, dai giuochi in giardino Cristina tornava sempre accaldata, e sua madre temeva pigliasse una punta ai polmoni, ché di punta gli era morto un figlio piú grande di Vincenzino; e tornava infangata, con scaglie di fango fin nelle trecce, e con strappi alla veste e graffi alle mani; e sempre tornava dal giuoco piú maleducata, ogni volta piú maleducata, per le risposte che dava o per il silenzio scontroso che manteneva. Donna Concettina sempre diceva – ogni volta che ti impronti con quello mi torni come un diavolo; ma io ti tolgo il raglio, ti tolgo: dalle suore del Collegio ti porto – ma non si decideva a portarla dalle suore, e a otto anni Cristina non conosceva manco le vocali anche se andava a messa col libro. Io invece lo scritto grosso sapevo leggerlo, perché mio padre la sera mi insegnava; mio padre sapeva leggere e scrivere meglio del barone, da grande si era fatto insegnare da un prete.

Una volta Cristina portò a casa una lucertola viva che si agitava attaccata al laccio d'erba in cui l'avevamo presa, donna Concettina diede un mugolio e svenne, la misero sul letto con i piedi in alto e alle tempie le strofinavano aceto; donna Concettina sempre sgusciava gli occhi di paura a vedere una lucertola o un geco sui muri, figuriamovi a vedersi improvvisamente dondolare davanti una lucertola. Fu deciso che Cristina sarebbe andata al Collegio senza remissione, la portarono in carrozza, io come al solito dietro. La lasciarono ad ora di vespro e prima dell'ora di notte il barone andò a riprenderla: donna Concettina, tornata a casa, aveva cominciato a smaniare, ché vuota pareva la casa senza Cristina e chissà se le monache le avrebbero dato l'uovo cotto al punto giusto; e il barone sacramentando aveva di nuovo fatto attaccare la carrozza ed era andato a riprenderla, con mio padre si lamentava – e con che faccia mi presento alle monache? posso dire che mia moglie è pazza, questo posso dire – e in verità un po' pazza donna Concettina c'era, nelle cose di casa e in quelle di religione. Forse credeva piú nel diavolo che in Dio, perché il diavolo credeva di vederlo dovunque e sotto le forme piú diverse, lei non lo chiamava diavolo ma – tentazione – ed era tentazione ogni animale brutto e furtivo che stesse sulla terra, ogni erba che desse prurigine o strappo, qualsiasi parte del corpo, all'infuori delle mani e della faccia, che fosse nuda. In presenza della tentazione, donna Concettina ripetutamente si segnava e recitava a precipizio una giaculatoria, per scacciarla o svigorirla; e cosí faceva quando la tentazione, sotto forma di bestemmia o di oscenità, sortiva dalla bocca del barone: rimedio che, per la verità, faceva effetto tale sul barone che bestemmie e oscenità si moltiplicavano e impreziosivano.

A causa della tentazione che frequentemente faceva colonia nel barone, donna Concettina si vedeva costretta a rendere di piú in preghiere ed elemosine; le elemosine le faceva però alla Mensa Vescovile, mai direttamente ai poveri, che sudici e malcoperti come erano covavano fuoco di tentazione. Le preghiere le diceva in ogni ora del giorno; e anche della notte, stando agli sfoghi del barone. Ogni sera, a tocco di avemaria, raccoglieva in una stanza grande e nuda tutte le donne di casa, anche mia madre ci andava, per recitare il rosario: era una cosa che allora si usava in tutte le case dei signori, ma donna Concettina ci metteva particolare rigore; lei su una sedia a spalliera alta e con cuscino, le donne su sedie di paglia disposte a ferro di cavallo; attaccava il rosario e le donne in coro di mormorio rispondevano. D'inverno andavamo anche noi ragazzi, per la soggezione che la padrona ci dava stavamo in un angolo della stanza in silenzio; poco a poco sonno e freddo mi intorpidivano, un velo di sonno rabescato dal mormorio delle donne; e mi riscuotevo al – gloria al Padre al Figliuolo allo Spirito Santo, come è stato e sarà per tutta l'eternità – perché le voci si facevano piú nette, nel Gloria finiva una posta di rosario, erano quindici poste in tutto, le donne pareva provassero sollievo ad ogni posta che finivano. Certe sere veniva don Vico, il parroco di san Rocco, a presiedere il rosario; le sedie a spalliera alta diventavano due, don Vico strascicava il rosario con voce impastata, alla fine di ogni posta dava un suono di gola come un capro e annusava tabacco. Per quel suono che faceva, esplodeva nel nostro angolo una risata soffocata, donna Concettina ci fulminava con gli occhi e diceva – è la tentazione che vi piglia, dite le vostre avemarie o vi faccio dare una pestata col nerbo – e noi attaccavamo un murmure che alla padrona pareva preghiera.

All'ora del rosario il barone usciva di casa per andare al casino di compagnia; mio padre l'accompagnava fino al portone del casino e poi andava a riprenderlo, con la lanterna accesa, dopo il tocco delle due ore di notte. Questo servizio non era nei patti, ma mio padre lo faceva forse perché ci trovava gusto a far la parte di protettore, ché a due ore di notte il barone diventava un coniglio, ombre e fruscii gli facevano dare sfagli improvvisi, mio padre ad ogni sbalzo che faceva gli domandava – che c'è, signor barone? – con voce sicura; e il barone si rimetteva in sesto e diceva – niente, mastro Carme', mi era parso di vedere un movimento da questo lato – mio padre alzava la lanterna e affiorava dallo scuro un cane o un gatto o magari una persona che andava per il fatto suo. – Il fatto è – si giustificava il barone – che la notte è brutta, tutte le male cose si fanno di notte.

Mio padre, quando raccontava a mia madre le paure che ogni sera il barone provava, diceva – ha ragione a dire che le male cose si fanno di notte, le lettere che manda all'intendente lui di notte le scrive – perché nessuno gli levava dalla testa che certi arresti che la polizia faceva fossero ispirati da lettere che il barone, a mezzo di persona fidata, faceva pervenire all'intendente di Trapani.

Era l'anno 1847 (piú indietro i miei ricordi non vanno; forse attraverso sensazioni, un profumo un sapore un motivo di canto, riesco a cogliere ricordi piú lontani, ma capace di fermarli non sono); era il 1847 l'anno in cui per poche ore chiusero Cristina nel Collegio di Maria, e tante altre cose accaddero sul finire di quell'anno che mi restano nella memoria. In un giorno dell'estate di san Martino, limpido e dorato, corse la notizia che al porto c'era un piroscafo carico di sbirri e soldati; corsi al porto e vidi che i soldati stavano sbarcando, ce n'erano tanti che il piroscafo pareva un formicaio, sul lungomare c'erano donne del paese che guardavano in silenzio, qualcuna piangeva. A terra i soldati si scaricavano di zaino e fucile e tra loro scherzavano, verso le donne facevano cenni e ridevano, ai ragazzi dicevano – guagliò.

Non mi piacevano quei soldati; tornai a casa per raccontare a mia madre quel che avevo visto, a mia madre non fece impressione, disse che era un bel pezzo che non venivano. Domandai perché venivano. – Vengono ad arrestare i mal'uomini e a portarli via – disse mia madre.

– E chi sono i mal'uomini?

– Quelli che rubano e ammazzano – disse mia madre – e i nemici del re che sono ancora peggio.

– In questo paese ci sono nemici del re? – domandai, perché gente che rubava o ammazzava sapevo che c'era.

– Ci sono anche in questo paese – disse mia madre.

– E chi sono? Come fanno ad essere nemici del re se il re sta a Napoli?

– Sai che ti dico? – fece mia madre. – Questo tempo va' a farlo perdere a tuo padre che forse ne ha voglia, io ho tanti impicci che proprio il giuoco del perché mi ci vuole.

Mio padre faceva innesti vicino al biviere, il barone stava a guardarlo appoggiato alla sua canna d'India col pomo d'oro. Mi avvicinai, ché il barone non mi dava soggezione come sua moglie, e dissi – sono arrivati i soldati, stanno sbarcando.

– Ahi – disse mio padre sollevandosi.

– Che ahi – disse il barone – lasciatelo dire a chi deve, questo ahi. Ricordatevi: la spina che non ti punge è morbida come seta.

– Io dicevo ahi per il rene che mi duole – disse mio padre. – Mi son sollevato e ho detto ahi.

– Ah bene! – disse il barone. – Io credevo lo diceste per i soldati.

– I soldati – disse mio padre – sono la mano del re: la mano del re sa quale gramigna deve togliere.

– Giusto – disse il barone – giusto: stasera in tutta Castro non ci sarà piú un filo di gramigna, vedrete... Io intanto scendo in paese a vedere l'ufficiale, può darsi sia un mio amico.

Quando il barone scomparve tra gli alberi con un ultimo barbaglio del pomo d'oro, mio padre disse ancora – ahi – e mi sorrise. E disse poi – questo cornuto.

Io non feci domande.

Verso mezzogiorno tornò il barone in compagnia di

quello che comandava i soldati: era un uomo alto e biondo e aveva addosso bei colori. Subito nacque tramestio nel pollaio e in cucina, chiamarono anche mia madre per dare una mano d'aiuto. Il barone fece portare i tavolini col piano di marmo sotto l'albero di caccamo, le sedie; Pepé il cameriere, nella giubba di rigatino che metteva quando c'erano ospiti, portò cuccuma e tazze per servire il caffè. Il caffè fumava nelle tazze, la giornata era bella: e il barone si agitava felice sulla sedia che pareva gli facessero il solletico. Dall'alto di un ulivo Cristina ed io guardavamo la scena.

– Chi è quello? – le domandai bisbigliando.

– È un amico del re – disse Cristina. La risposta mi parve giusta, ché se veniva per arrestare i nemici del re, per forza doveva essere un amico. Ma non riuscivo a vedere come il re potesse avere amici e nemici, il re era solo in un palazzo tutto oro e pitture, con lui stava la regina e il principe; e credevo il re non avesse bisogno come noi di mangiare, perché mangiando poi doveva andare al cesso come noi, e che un re ci andasse era l'ultima cosa che avrei potuto credere. Arrossendo lo dissi a Cristina, lei rise ma disse che no, di sicuro non ci andava, il re non è fatto come noi.

Il barone intanto diceva, e levava il bastone a indicare una finestra – in quella camera dormirete stasera, ora la faccio preparare. Sapete chi ha dormito in quella camera? Provate a indovinare... Il ministro Del Carretto... Nel trentotto, quando è venuto al seguito di Sua Maestà... Sí, è stato ospite mio.

– Oh – fece l'ufficiale.

– Ospite mio, sí... E anche il ministro Santangelo, poi. Ne son passate persone illustri da quella stanza.

Venne donna Concettina e l'ufficiale si alzò, le prese la mano a modo di torcerle il polso, ma con delicatezza, e gliela baciò. Restai incantato di quel gesto; dissi a Cristina – vacci, cosí ti bacia la mano; mi piacerebbe vedere che faccia fai se ti bacia la mano – ma Cristina disse che non poteva, per quel giorno Vincenzino e lei dovevano starsene fuori dai piedi, il barone nemmeno a tavola li voleva quando c'erano ospiti; a tavola loro facevano un giuoco, si guardavano negli occhi per prova di resistenza a non ridere, ma Vincenzino era buffo assai per lo sforzo che faceva a resistere, sempre Cristina perdeva la prova; un giuoco che al barone faceva venire il nervoso, se poi c'erano ospiti la cosa diventava brutta assai, una volta il Vescovo ci rimase male, il barone poi disse che si era sentito cascare la faccia a terra per la vergogna.

L'ufficiale stava parlando di un teatro di Napoli quando Pepé venne a dire che il pranzo era pronto. Si alzarono, l'ufficiale si mise il braccio destro a manico di brocca, donna Concettina vi infilò una mano che dalla manica lunga della veste usciva come un muso di topo; cosí, col barone dietro che continuava a chiacchierare, si avviarono.

Al tramonto i soldati, dopo aver fatto rancio davanti al convento di san Michele, si sparpagliarono per il paese: con un certo ordine, in gruppi di cinque o sei e guidati da un gendarme o da un compagno d'arme. In ogni strada e in ogni vicolo si vedevano sbirri e soldati appostati, altri che bussavano alle porte. Presi la strada di casa e dietro mi veniva una pattuglia, allungai il passo ma quello pesante dei soldati mi incalzava, cominciai a sentire paura; infilai il portone facendomi forza a non voltarmi, attraversai l'androne e mi voltai: ancora li vidi, sulla soglia del portone, mi inseguivano col loro passo pesante e sicuro. Gridai – ma', oh ma': mi pigliano... i soldati... mi pigliano – e mia madre venne fuori con le mani bianche di farina, allarmata. Mi gettai addosso a lei piangendo, ché i soldati erano già nello spiazzo e uno di loro diceva a mia madre – e che tene spavento 'e nui sto guaglione? – Mia madre non rispose, il soldato con un tono diverso disse – Guastella Giuseppe del fu Bartolomeo: sto galantuomo cerchiamo.

– E chi è? – disse mia madre; ma subito dopo disse – sí, ho capito, volete Pepé; non ricordavo che si chiamasse Guastella, noi lo chiamiamo Pepé spazzacannate, è un soprannome – e chiamò a voce alta – Pepé, oh Pepé... ti cercano.

La paura mi era passata, vidi venire fuori Pepé con la sua giubba di rigatino e uno straccio in mano, mia madre stava domandando – e che volete da Pepé? – ma il soldato non le diede retta, guardò la carta che aveva in mano poi guardò in faccia Pepé domandando – Guastella Giuseppe del fu Bartolomeo? – Pepé disse sí. – Bene – disse il soldato – andiamo.

Pepé si fece una faccia stirata e bianca, gli occhi invetrati come quelli di un morto; il soldato disse di nuovo – andiamo.

– Andiamo dove? – balbettò Pepé. I soldati gli facevano circolo intorno, uno gli puntava il fucile.

– Dove andiamo? – disse il soldato. – E che ne so io dove andiamo? Alla Favignana forse; certo in qualche posto buono – e rise.

– Alla Favignana io? – disse Pepé smarrito. – Che male azioni ho fatto io per finire alla Favignana? Io servo il barone Garziano, lavoro, manco la faccia fuori del portone metto, tutti i giorni che Dio manda io come un cane lavoro.

– Allora è uno sbaglio, certo hanno sbagliato – disse il soldato con una faccia che diceva chiaramente che allo sbaglio non ci credeva.

– Certo che è uno sbaglio – disse Pepé – è uno sbaglio e vengo con voi per aggiustare la cosa – e a mia madre disse – sentite, fatemi il favore di chiamare mia moglie, che mi porti la giacca e la berretta.

Mia madre corse, tornò con la moglie di Pepé che agitava alte le mani e gridava – fuoco grande nella mia casa! Disgrazia doveva venire, lo sapevo io: ché stanotte ho sognato dolci e dolci, tanti dolci che mi veniva da vomitare... Lo sapevo io, i dolci disgrazia sono – ma Pepé fece un segno brusco e disse – finiscila, dammi la giacca, vado

e torno: di uno sbaglio si tratta; e se tardo piú di mez-
z'ora, fallo sapere al barone.

Passò la mezz'ora, si afflosciò su di noi l'umida notte;
tornò mio padre, la moglie di Pepé piangendo raccontò
quel che era accaduto e lo implorò che andasse a cercare
il barone, che non era né in casa né al casino di compagnia
– se troviamo il barone Pepé scampa la galera – diceva.
Mio padre si vedeva che già si era fatto un pensiero preciso della cosa, non credeva Pepé potesse scamparla, io nella faccia di mio padre sapevo leggere; ma andò in cerca del
barone. Col barone tornò dopo un bel pezzo, il barone agitava il bastone e faceva – cose dell'altro mondo, un uomo
onesto come Pepé; senza dire che mi fanno un affronto;
un affronto, sissignori: come dire che io mi tengo a servizio un ladro un assassino o che so io; ora ci vado, mi sentiranno, oh se mi sentiranno – e alla moglie di Pepé disse –
tu sta' serena; per come è vero Dio, ora torno con Pepé.

Se ne andò sempre agitando il bastone, e mio padre
appresso.

Dopo circa un'ora tornarono; il barone non agitava piú
il bastone, si piantò davanti alla moglie di Pepé e disse
– figlia mia, le cose non sono semplici come parevano...
Eh sí, un affare complicato: quel benedetto uomo di tuo
marito... lasciamo perdere... Uno, dico uno come me, si
inganna... Quant'è buono Pepé, che lavoratore è Pepé:
puntiglioso, preciso... E poi vieni a sapere che Pepé, di
notte, mentre gli altri dormono... Basta, non voglio parlare... Ora lo portano a Trapani, quel che c'è da chiarire
sarà chiarito: ci penso io, non è che poi l'hanno preso i
turchi; di tornare deve tornare, questo è certo... Ma una
cosa te la voglio dire, figlia mia, e devi pensarci su stanotte: non è tutto oro quello che luce... Pepé non era
quello che pareva: male compagnie, stravizio...

– Ma come – disse mia madre – se nemmeno usciva
di casa.

– Zitta tu – disse mio padre – il signor barone sa cose
che a noi non le può dire, le ha sapute ora.

– Ecco – disse il barone – proprio cosí: ho saputo cose che a voi certo non posso dire. Basta. Buonanotte.

La moglie di Pepé cominciò a mugolare.

Rientrammo in casa dopo aver convinto la moglie di Pepé ad andarsene a letto. La paura di quel che era accaduto mi teneva sveglio; avevo brividi. Mia madre diceva – oh la povera Rosalia, che disgrazia! – e mio padre duro – oh la povera cretina che tu sei, che disgrazia!

– E che siamo cani? – insorse mia madre. – Io la pena per le sventure degli altri la sento, non sono come te: stasera non riuscirò né a mangiare un boccone né a chiudere occhio, cosí sono fatta.

– Io ho pena grande per Pepé – disse mio padre – a Rosalia so io quel che le farei; le darei nerbate a sangue e poi la insalerei come una sarda.

– E che ha fatto quella povera figlia?

– Senti – disse mio padre – io gli occhi aperti li so tenere: e vedo cose che tengo per me, di tutti i colori ne vedo. Stasera, quando tu dicevi al barone che Pepé era un buon uomo, ti ho detto di star zitta: e la ragione c'è. Non ho voglia di finire alla Favignana io, se in galera debbo andare non ci voglio andare per niente come Pepé: prima ammazzo questo cornuto e poi ci vado, se mai. Pepé, io lo sapevo e ora lo sai anche tu, doveva finire cosí perché il barone vuol continuare con comodo la tresca che tiene con Rosalia. Ora lo sai, ma se parli ti spezzo in due: la fine di Pepé non la voglio fare.

Continuarono a parlare; ma il sonno già mi prendeva; e nel sonno sentivo il passo dei soldati, vedevo la faccia di Pepé. Mi scossero i colpi che battevano al portone e l'abbaiare dei cani. Mio padre andò ad aprire: era l'ufficiale che veniva per dormire; Pepé gli aveva preparato la camera, prima che lo portassero via. Lanternieri e sbirri lo accompagnavano, il barone scese col lume in mano ad accoglierlo, festoso.

L'indomani si seppero i nomi di tutte le persone che erano state prese dai soldati, trentaquattro in tutto, certo non avevano preso Vito Lacruna che stava tra le montagne e ogni tanto scendeva in paese per spremere soldi a chi ne aveva e per ammazzare qualche cristiano. Avevano preso però due nemici del re (e del barone, disse mio padre): lo speziale Napoli e il medico Alagna, nelle loro case avevano trovato roba che veniva da Malta, carta stampata e lettere. Una volta che mi restò la coscia infilata alla lancia di un cancello il medico Alagna mi aveva dato i punti, mentre mi cuciva diceva – questo è un picciotto a posto, non piange, ha coraggio – e io davvero non piansi; era un uomo simpatico. Conoscevo anche lo speziale, quando andavo con le ricette per donna Concettina sempre mi dava una pastiglia dolce.

Andai al porto per veder partire il piroscafo, c'erano donne sulla banchina che portavano fagotti con biancheria e roba da mangiare agli arrestati, c'era anche Rosalia col suo fagotto. Gli arrestati erano sopracoperta, incatenati tra loro, i soldati li guardavano e ogni tanto con la canna del fucile toccavano qualcuno che piú degli altri imprecava. Altri soldati, dalla banchina, pigliavano i fagotti dalle donne, si facevano dire il nome, quel nome gridavano ai compagni che stavano sul piroscafo e il fagotto passando da una mano all'altra giungeva al destinatario; appena l'arrestato riceveva il fagotto, lo agitava alto con le mani incatenate per far vedere ai familiari che l'aveva avuto. A un certo punto da basso gridarono – Guastella – e il fagotto di Rosalia fece il suo breve viaggio, i soldati se lo passavano ripetendo – Guastella – e cosí vidi Pepé, che se ne stava dietro gli altri. Col fagotto in mano Pepé venne avanti, Rosalia gridò – c'è la roba per il cambio, tutte le cose nuove ti ho portato; e ci sono i sigari che ti manda il barone, il pane di semola che ti piace – ma Pepé levò alto il fagotto, aprí le mani e lo fece cadere in mare. Tutti fecero gridi di meraviglia, e poi silenzio. E Pepé gridò – veleno dovevi portarmi, ché se non muoio mangerò il cuore a te e a quel figlio di... – e un soldato gli diede un colpo al fianco col calcio del fucile, Pepé tacque e restò appoggiato al parapetto con gli occhi persi che squagliavano di lacrime.

Cosí ancora, dopo tanti anni, lo vedo.

(Questi ricordi scrivo mentre mi trovo, in solitudine, rifugiato in una casa di campagna nel territorio di Campobello. Fedeli amici mi hanno offerto scampo all'arresto, a Castro mi cercano carabinieri e soldati; come allora i soldati e i gendarmi del Borbone, carabinieri e soldati del Regno d'Italia arrestano a Castro, e in ogni paese della Sicilia, gli uomini che lottano per l'umano avvenire. Sento rimorso per essermi sottratto all'arresto: ma la galera mi fa paura, sono vecchio e stanco. E scrivere mi pare un modo di trovare consolazione e riposo; un modo di ritrovarmi, al di fuori delle contraddizioni della vita, finalmente in un destino di verità).

Rosalia per due o tre giorni se ne stette chiusa in casa, riceveva visite come per lutto, scese anche la baronessa a consolarla, le disse tante cose di Dio, e che la tentazione certo aveva posto nido nel cuore di Pepé, perciò la mano della giustizia lo aveva preso. Rosalia annuiva, ammetteva che il marito da un paio di mesi pareva cambiato, quel che poi le aveva gridato dal piroscafo mostrava chiaramente che anche il senno aveva perduto. La baronessa disse – mantieniti onesta e mettiti il cuore in pace; se Dio vuol perdonarlo e proteggerlo, tornerà; se poi i suoi peccati son proprio neri, avrà la sorte che gli tocca – e cosí affidando Pepé al giudizio di Dio, raccomandò a Rosalia di bere almeno un paio d'uova, ché anche il rifiutar cibo era frutto di tentazione.

Per prendere cibo Rosalia non aveva certo bisogno delle esortazioni di donna Concettina, quando uscí di casa a riprendere la solita vita (il pollaio il forno il lavatoio, e la sera il rosario e la piccola conversazione con le altre donne di casa) era rosea come una pesca e come un cardello si muoveva, vibrante e splendida. Aveva occhi azzurri e capelli scuri, un corpo pieno, continuamente rideva con un suono alto e trillante; donna Concettina avrebbe dovuto sentire in quel riso lo squillo trionfale della tentazione, in quel riso il barone ci si perdeva. Cauto e furtivo, nelle ore che la baronessa riteneva fosse chiuso nello studio a far conti o a scrivere lettere, il barone scendeva in casa di Rosalia e ci restava fino all'ora del rosario: e prima usciva Rosalia e andava su dalla baronessa, poi come un gatto che ha fatto colpo in cucina veniva fuori il barone, scompariva tra gli alberi del giardino, ricompariva dal lato opposto e chiamava mio padre per farsi accompagnare al casino. Ormai era storia di ogni giorno, ma non poteva durare cosí liscia. Rosalia cominciava a vestir bene, troppo bene agli occhi della baronessa; certi giorni si metteva addosso piú oro di quello che aveva la Madonna dell'Itria, e un abito aveva di seta color tortora che la faceva bellissima. Donna Concettina cominciò ad avere sospetti; non relativamente a suo marito, poveretta; solo il peccato di pensiero (cosí lei diceva) che Rosalia facesse cose brutte per avere oggetti d'oro e belle vesti. Perciò prese a far pressioni sul marito perché sfrattasse Rosalia dalla casa, tanto Pepé non c'era piú e la casa era stata concessa per il servizio; ma il barone resisteva, diceva che non aveva cuore di gettare quella poveretta sulla strada, faceva appello ai sentimenti di carità cristiana di donna Concettina. Appunto la carità cristiana, in diciotto anni di matrimonio mai professata dal barone, diede a donna Concettina una traccia precisa. E un giorno Cristina vide, dall'alto di un noce su cui insieme stavamo (io per le minacce di mio padre mai le avevo detto di quel che al barone vedevo fare), suo padre entrare in casa di Rosalia, cosí silenzioso e guatando intorno con faccia spaventata, che le parve stesse facendo un giuoco: e con meraviglia ed allegria riferí poi a sua madre. Donna Concettina, si capisce, ne cavò giusta sentenza: sfogo subito non fece, ma l'indomani si mise alle poste e dopo qualche minuto che il barone era entrato, scese a bussare alla porta di Rosalia. Silenzio, da far pensare che Rosalia fosse fuori: ma la baronessa sapeva che cosí non era, tornò a bussare con furia; poi prese una pietra e cominciò a dar colpi alla porta che parevano tuoni. Mia madre si affacciò alla porta, mio padre corse dal giardino, vennero fuori lo stalliere la cameriera Vincenzino il prete che in quell'ora dava lezioni a Vincenzino e tutti noi ragazzi, cinque o sei con Cristina. A mio padre e allo stalliere la baronessa ordinò – sfondate quella porta, subito – e quelli, che sapevano chi c'era dietro quella porta, non si mossero; lo stalliere sciocamente disse – Rosalia non c'è, è uscita; anche il signor barone è uscito – e donna Concettina si mise a urlare – ah, tutti e due sono usciti! Ho capito che cosa siete, ruffiani tutti ruffiani siete – a tal punto avendo perduto la testa da pronunciare parole che in bocca ad altri l'avrebbero fatta segnare di croce. E continuò a picchiare con la pietra, piangendo. Cominciò a piangere anche Cristina, e poi Vincenzino. Il prete si fece avanti, tolse a donna Concettina la pietra, additò in Cristina e Vincenzino l'innocenza che non bisognava contaminare, toccò evidentemente un tasto sbagliato, ché nella donna dilagò rancore e pietà per se stessa ed i figli, furiosa pietà. E allora il prete ne pensò un'altra; disse – queste sono cose che dignità vuole si risolvano diversamente, forse che siamo in un cortile?, cose che ci vuole illuminato consiglio, una mente santa che consigli ed aiuti; andiamo dal vescovo, io stesso vi accompagno, solo il vescovo può dire come dovete comportarvi.

Parole che rasserenarono donna Concettina ma al barone, dentro, fecero l'effetto di un furetto che entra nella tana, e il coniglio guizza fuori per finire nella rete o sotto il colpo del cacciatore. Venne fuori il barone infilandosi la giacca, rosso di vergogna e di collera, si avventò sul prete gridando – bel consiglio le avete dato, un consiglio da quel prete porco che siete; io vi fotto a legnate e dal vescovo ci andrete in cataletto, ci andrete; e vi licenzio, sí, vi licenzio: andate a insegnarlo a Mariantonia il latino, e alle figlie di Pietro l'ortolano, e a tutte le baldracche che tenete in canonica: porco...

— Sí — gridò donna Concettina, che sorpresa dalla sortita era rimasta di sale — sí che ci vado dal vescovo, subito ci vado; porco scomunicato adultero, adultero sei, adultero — continuò a ripetere la parola forse perché in essa trovava equilibrio tra l'invettiva in cui era lanciata e la dignità che doveva mantenere.

— Se ti muovi per andare dal vescovo io ti ammazzo — disse il barone.

— Ammazzami: cosí ti sposi quella... Oh Dio, datemi la forza di non parlare... Basta: ammazzami.

Il barone le si lanciò contro con la mano alzata, tutti gli si strinsero intorno a trattenerlo; donna Concettina, cosí come era, ne approfittò per scappare dal vescovo, il barone se ne accorse e con violenza tentò strapparsi alle mani che lo tenevano, piú forte le mani lo strinsero; si rilassò e lo lasciarono, ma ormai era tardi per raggiungere la baronessa, il palazzo vescovile era vicino. Il barone disse — bel servizio mi avete fatto; ma io vi licenzio, tutti vi licenzio — guardò lo stalliere — e tu: stupida carogna... il barone è uscito, Rosalia è uscita... senza dire che certo qualcuno di voi ha fatto la spia: se arrivo a sapere chi è stato l'ammazzo con le mie mani... oh se l'ammazzo.

Rosalia non si sentiva, silenziosamente aveva richiuso la porta.

Donna Concettina tornò dal colloquio col vescovo che pareva un'avemaria infilzata: camminava con gli occhi in alto e faceva capire che dal silenzio e da Dio traeva forza a portare la sua croce, nessuno dunque doveva avvicinarla, e tantomeno il barone. Il quale ancora se ne stava a recriminare, ma con piú rassegnazione: e dal modo in cui si rivolgeva a mio padre e allo stalliere si capiva che riteneva revocato il licenziamento. L'apparizione della moglie gelò il barone; donna Concettina passò senza degnarlo di uno sguardo, scomparve in un vialetto del giardino col prete che le trottava dietro. Il barone ordinò allo stalliere – chiamami don coso... come diavolo si chiama?... quel prete porco: e se non vuol venire digli che vado a prenderlo io e lo sgozzo come un capretto – e lo stalliere corse, tornò insieme al prete che tremava tutto.

– Bravo! – lo salutò il barone. – Debbo farvi il prosit per i consigli che sapete dare! Ne avete dato uno a mia moglie che vale tant'oro quanto pesate. Un bel consiglio del..., l'avete proprio scelto dalla cesta. Ma ora ne voglio uno io: se debbo ammazzare voi o ammazzarmi io.

– Signor barone – farfugliò il prete – io non sapevo... mi era parso un consiglio che faceva al momento... volevo togliere la signora baronessa da dietro quella porta, voi stavate nella trappola, volevo liberarvi...

– E mi avete liberato – disse il barone – mi avete proprio liberato, gran testa di...: ora non solo ho da sbrogliarmela con mia moglie, ma anche col vescovo; chi sa il vescovo come l'ha presa.

– Se è per questo, il vescovo l'ha presa in divertimento; ha voluto che gli raccontassimo tutta la scena, arrivati al punto che voi siete venuto fuori appena si è fatto il nome del vescovo, rideva, ve lo giuro, che gli venivano le lacrime dal ridere...

– Ah sí – disse il barone con faccia feroce – dunque rideva.

– Ve lo giuro – disse ancora il prete.

– E a voi – disse il barone avvicinandoglisi faccia a faccia che i nasi quasi si toccavano – e a voi pare ci sia da ridere nella storia che mi capita?

– A me? Ma io non mi permetterei mai... che ridere, a me pare una cosa da piangere.

– Da piangere? E perché non piangete? Chi vi impedisce di piangere? – disse il barone scrollando con una

114

mano il povero prete – Piangete, datemi almeno questa soddisfazione per il danno che mi avete fatto.

– Ma che danno? il danno ve lo siete fatto voi – prese coraggio il prete – voi che vi siete dato in braccio alla tentazione...

– Cristo! – fece il barone, afflosciato davanti alla imprevista reazione del prete. – Parlate come mia moglie ora! La tentazione... diciott'anni che mi parla di tentazione e infine ci son cascato davvero... la tentazione!

– Ecco che ragionate da cristiano – disse il prete – ci siete cascato, nella tentazione, e ora dovete tirarvene fuori; il vescovo vi aiuterà, potete contarci.

– Questo è il danno: che mi aiuterà. Io lo so come mi aiuterà.

– E che volete – disse il prete ormai del tutto franco – che il vescovo, Dio mi perdoni, vi faccia da mezzano?

– Lasciamo perdere – disse il barone – ditemi piuttosto tutto quello che il vescovo ha detto.

– Ha detto che si prendeva carico della cosa e l'avrebbe sistemata nel modo migliore. Non state a preoccuparvi.

– Scherzate? E che preoccuparmi? Meglio di cosí non mi poteva andare: un festino faccio per la contentezza. Il vescovo ha riso dei casi miei, ha promesso che li sistema... A cavallo sono!

Il vescovo in serata fece chiamare il barone, certo gli diede una terribile strigliata, il barone tornò gettando nero come una seppia, di nuovo si sfogò sui salariati. Le conseguenze del colloquio col vescovo si videro dopo qualche giorno: il barone si ritirò nel convento di san Michele a far preghiere ed altri spirituali esercizi per una diecina di giorni, Vincenzino entrò in seminario e Cristina al Collegio di Maria; Rosalia però rimase, e si mostrava piú di prima spavalda e trillante. Prima di andare al convento il barone chiamò mio padre, gli fece un bel discorso tutto infiorato di – siamo uomini, voi mi capite, di voi solo mi fido – e poi gli raccomandò di aver cura di Rosalia – perché – disse – questa creatura, sola com'è, potrebbe lasciarsi andare alla disperazione.

Tra il barone Garziano e il vescovo della diocesi di Castro monsignor Antonio Calabrò, i rapporti erano strettissimi e continui. Vescovo barone giudice regio e sottintendente formavano un quartetto cosí affiatato, unanime nelle segrete decisioni che poi la polizia traduceva in dolorosissimi fatti, che a un castrese (o castrense, come vuole lo storico locale signor Gaetano Peruzzo) veniva naturale, capitandogli un guaio, augurare ad uno dei quattro, e a tutti e quattro insieme, la morte subitanea il cancro e l'etisia. Il vescovo, attraverso il monastero di san Michele e la mensa vescovile, aveva in mano un buon terzo della proprietà terriera di Castro; altrettanta ne aveva il barone; il rimanente territorio era diviso in piccole proprietà e in terre demaniali: e le terre demaniali il barone lentamente ma sicuramente veniva usurpando, senza peraltro suscitare allarme nel Decurionato Civico, che quelle terre avrebbe dovuto guardare dalla privata usurpazione. Il Decurionato Civico aveva i poteri che oggi hanno i Consigli Comunali, ma a nominare i decurioni era il sottintendente, che aveva le funzioni che oggi appartengono al sottoprefetto (quello che per ora c'è a Castro fa rimpiangere i sottintendenti del Borbone); il giudice regio faceva quel che oggi fa il pretore; il vescovo faceva invece quel che i vescovi oggi non possono piú fare. Voglio aggiungere, in merito all'amministrazione della giustizia, che il cittadino su cui il braccio della polizia si abbatteva, aveva ben poche probabilità di poter dimostrare la propria innocenza; e se davanti al giudice ci riusciva, se il giudice (cui l'imputato era affidato per un giudizio che doveva scaturire da coscienza piú che da legge) lo mandava assolto, doveva ancora e sempre fare i conti con la polizia, che a discrezione poteva trattenerlo in carcere, anche per molti anni; perciò l'arresto era temuto piú della morte e cosí, in strofe di lamento, ne canta il popolo contadino.

Il sottintendente e il giudice regio facevano a Castro quel che il vescovo voleva; col barone Garziano il vescovo spesso si consultava o, per dirla cruda, il barone spiava e al vescovo alacremente riferiva certe conversazioni che si tenevano al casino di compagnia e nelle serali riunioni di farmacia; a volte conversazioni innocentissime, sui prezzi o sul maltempo o sulla festa di santa Venera, ma vi affioravano giudizi e mezze frasi e sguardi d'intesa che il barone subito coglieva e catalogava; e quando proprio niente c'era da riferire, con la maligna fantasia si aiutava.

Ma quando vescovo e barone avevano da mettere molta carne al fuoco, da inguaiare persone che prive di aderenze non erano, scavalcavano sottintendente e giudice regio e si rivolgevano all'intendente di Trapani o a piú alte autorità di Palermo e di Napoli. Ho tra le mie carte lettere del barone e del vescovo indirizzate al luogotenente generale, per caso mi vennero tra le mani nel giugno del '60 a Palermo, quelle del barone (sono cinque o sei) tutte allo stesso modo cominciano e finiscono: «Eccellenza: è uno scandalo pubblico lasciar dominare i nemici del Re con calpestar i realisti... Si degni vegliare e rompere tal lega»; e invece quelle del vescovo son di stile, sottili e insinuanti, a volte grondano accorata benevolenza per le vittime designate: «Con tanta nostra afflizione e compatimento, a garentire e proteggere gli animi da perniciose idee conturbati... il provvido Governo, giusta il consueto, informiamo... del pari dirigendoci per il medesimo oggetto ai Superiori Ecclesiastici e Laici».

Il barone quel che al mondo piú temeva era di perdere la grazia del vescovo: e dunque se ne andò a fare gli esercizi spirituali, che di solito ogni anno faceva, ma stavolta, per cosí dire, fuori stagione e a suo esclusivo godimento: ché ogni anno gli esercizi si tenevano in tempo di quaresima e per tutti i galantuomini del paese. Se ne andò al convento, e ogni giorno mio padre gli portava rapporto sulle cose della casa e della campagna, ma quel che al barone piú premeva veniva fuori alla fine del colloquio, in una domanda che faceva con aria distratta – eh... aspettate... una cosa volevo chiedervi e me ne sono scordato... ah, ecco: quella creatura che dice? è inquieta? mia moglie la lascia in pace?...

Donna Concettina la lasciava in pace, tanto che Rosalia aveva preso coraggio e persino cantava a dispetto

> Ammàtula ti spicci e fai cannola
> ca lu cantu è di màrmaru e nun suda

e voleva dire che il barone apparteneva a lei, e inutilmente donna Concettina perdeva tempo a pettinarsi e arricciarsi: il barone come la statua di un santo sarebbe rimasto in marmorea indifferenza davanti agli artificiosi vezzi della moglie. Che per la verità un po' si arricciava i capelli, ma non certo per far sudare d'amore il barone: per abitudine lo faceva, da anni; tanto da non vedere nel ferro da ricci la presenza della tentazione.

Il barone lasciò il convento che già il Natale era vicino, il giardino era un intrico di rami spogli, solo gli ulivi rabbrividivano di foglie nel vento. Il paese pareva deserto, vibrava dell'affannoso suono del mare come una cassa di chitarra, di notte quel suono mi svegliava portandomi paurosi pensieri.

Donna Concettina fece patti chiari al barone: che Rosalia doveva andarsene – o lei o io – e il barone sistemò Rosalia in una piccola casa nuova poco lontana dal palazzo, ogni giorno andava a trovarla, non faceva piú scandalo; la moglie non se ne curava piú, il barone era come cancellato dalla sua esistenza, non gli rivolgeva parola e non lo guardava nemmeno: le cose che aveva da dirgli, ma raramente, le diceva a don Vico o a mio padre o alle persone di servizio. Di ritorno dal convento il barone trovò la moglie in salotto, seduta al centro di un divano, don Vico e mio padre in piedi; al portone lo stalliere lo avvertí di andare direttamente in salotto, il barone entrò agitando il bastone, allegro come niente fosse accaduto; quel quadro silenzioso lo gelò, senza guardarlo in faccia donna Concettina parlò a don Vico – dite al signor barone che quella donna da questa casa deve andarsene, o se ne va lei o me ne vado io – e don Vico fece l'ambasciata. Con faccia divertita, come a consentire ad uno scherzo, il barone – e che, ci pensi ancora?... acqua passata, Concetti', lasciamo perdere; è stata la tentazione, tu lo sai come fa la tentazione, si infila come un tarlo, uno che è debole cede... poi viene il pentimento, si capisce... lasciamo perdere... – ma donna Concettina sempre guardando don Vico disse – o lei o io: ditelo al barone; e che non mi rivolga mai piú la parola.

– Senti – fece il barone mutando faccia e avanzando di un passo – senti: io sono buono, a provare quanto son buono basta dire che è da diciotto anni che ti sopporto, ma la mosca al naso non devi farmela saltare, ché io perdo la grazia di Dio e divento una bestia, divento.

Impassibile, donna Concettina chiese a don Vico – che ha detto?

Don Vico tradusse – il signor barone dice che la sua bontà non deve esser posta a dura prova.

– Voi volete addolcire la cosa – disse la baronessa a don Vico con leggero disgusto; e si volse a mio padre. – Mastro Carme', dite chiaro al barone che io bestia come lui non ci divento, ma dal vescovo ci torno; e scrivo subito a mio fratello, che a Napoli faccia quel che deve fare e parli a chi deve parlare, per mettere in sesto le cose mie. Quella donna deve andarsene e lui, per tutta la vita che il Signore mi darà, non deve piú parlarmi direttamente. Quel che avrà da dirmi lo dirà a voi a don Vico a chi vuole: ma a me non deve piú parlare.

– Che scena da teatro! – gridò il barone uscendo a precipizio: ma subito provvide a far sloggiare Rosalia e mai piú si rivolse direttamente alla moglie. La conosceva bene per illudersi che mutasse sentimenti – appartiene – diceva – ad una famiglia di teste dure che Dio liberi; teste che per fare un brodo bisognerebbe metterle a cuocere per tre giorni – ma una di queste teste, molto vicina a quella di Ferdinando, e poteva sussurrare al re buone o cattive parole, il barone rispettava e temeva.

Il 16 gennaio del 1848 il barone come al solito uscí per andare al casino di compagnia; subito tornò pallido e agitato, chiamò mio padre e gli ordinò di far chiudere il portone con spranghe e pali e che a nessuno si aprisse – chi è dentro è dentro – e anzi di sparare se certe facce si facevano vedere. – Che facce? – domandò mio padre che non capiva.

– Facce di quelle... voi mi capite... della gente che mi vuole male: la gente che va in farmacia, che vuol mettere il mondo sottosopra... voi mi capite.

– E che succede? – chiese mio padre.

– Succede, caro mastro Carmelo, che il mondo sta facendo un ruzzolone, non si capisce piú niente, siamo persi.

– E perché?

– Come perché? C'è la rivoluzione, capite? la rivoluzione a Palermo, in tutta la Sicilia, qui a Castro: in piazza già si muovono, ci sono persone che soffiano come mantici per far vampare la cosa, persone che da un pezzo avremmo dovuto mandare alle galere... Ma non dura sempre il maltempo, il re sta certo pensandoci... vedrete... Venite con me, intanto, andiamo ad avvertire la baronessa.

Vedendo il marito cosí sconvolto donna Concettina domandò a mio padre – che succede? – e il barone a mio padre disse – informate la baronessa che il 12 di questo mese a Palermo hanno fatto la rivoluzione, e poi in tutta la Sicilia, e ora la notizia è arrivata a Castro e la mala gente si muove.

– La rivoluzione! – gridò donna Concettina, come al solito parlando a mio padre – C'è la rivoluzione e venite, fresco fresco, a darmi la notizia: come si trattasse di un battesimo. E i miei figli che sono fuori di casa? Di loro non vi date pensiero, ve ne tornate a casa e come niente mi dite che c'è la rivoluzione; oh poveri figli miei...

— Signora baronessa — disse mio padre confuso — io veramente non c'entro: il barone è tornato a precipizio, mi ha detto di chiudere il portone per la rivoluzione che c'è, poi mi ha detto di salire con lui... e son qui...

— E io forse che ce l'ho con voi? — disse la baronessa — Voi quello che vi dico al barone dovete ripeterlo, parola per parola.

— Ve ne siete scordato? — intervenne ironicamente il barone — In questa casa, rivoluzione o no, dobbiamo sempre recitare la farsa, caro mastro Carmelo. Avanti, ripetete quello che la baronessa ha detto: poi io vi do la risposta e voi gliela passate. La farsa, la solita farsa...

Ma battevano al portone, con furia; la faccia del barone di colpo passò, dalla congestione della collera, a un colore di pelle da tamburo; donna Concettina diede uno starnazzo di paura e svenne, né il barone né mio padre se ne curarono. I colpi al portone tuonavano sinistri nel silenzio della casa. Il barone uscì e tornò con due pistole, una ne diede a mio padre e disse — andate a vedere chi è, ma non aprite; anche se è mia madre che torna da sepoltura, il portone non dovete aprirlo; se poi è quella gente, inviategli un colpo di pistola senza cerimonie... due, anzi... — e gli diede l'altra pistola.

— Se il signor barone permette — disse mio padre — quella di sparare mi pare una fesseria grossa: è come andare a stuzzicare con un filo di paglia un vespaio; io non sparo se loro non sparano.

— Fate come volete — disse il barone schiantandosi su una poltrona — fate come volete: ma andate a vedere chi è.

Mio padre tornò dicendo che era il sottintendente. Il barone fece un balzo e gridò — e che vuole? proprio in questo momento viene a casa mia? Se quei briganti lo cercano, se gli vengono appresso fin qui, con un viaggio, Dio ne scampi, fanno due servizi: ché prendono lui e me e fanno un macello, fanno. Ma io lo lascio dietro al portone, ognuno la propria rogna deve grattarsi.

I colpi al portone continuavano. Mio padre disse – io, se permette, direi che a lasciarlo fuori si fa peggio: qualcuno passa, vede il sottintendente, avvisa gli altri... meglio tirarlo dentro.

– Sí – disse il barone – ragione avete: meglio tirarlo dentro.

Appena mio padre spiragliò il portone il sottintendente si infilò dentro come un topo che si sente il gatto appresso. – Ce ne avete messo tempo ad aprire! – disse. – Questo è proprio il momento per fare il comodo vostro –. Salí di corsa asciugandosi il sudore, ed era una serata che si gelava.

Il barone lo aspettava in cima alle scale. – Mi cercano – gli annunciò ansante il sottintendente.

– Ah, vi cercano! – disse il barone. – Mi date una notizia consolante davvero: vi cercano!... Vi cercano e voi venite a casa mia; cosí, poiché chi cerca trova, trovano voi e me insieme.

– Ma io son venuto – disse il sottintendente che una simile accoglienza non si aspettava – perché voi mi siete amico, sempre mi avete dichiarato amicizia, che la vostra casa era mia e tante altre belle cose...

– E chi dice di no? – disse il barone addolcito. – La mia casa è come fosse vostra... Il fatto è che voi siete solo, non avete famiglia... Io invece ho in casa una donna che a veder comparire una di quelle facce, Dio non voglia, se ne va all'altro mondo... E ho figli, voi capite...

– Capisco – disse il sottintendente.

– E dunque – continuò il barone – potete andare dal vescovo: vi mettete in luogo sicuro, nessuno verrà a cercarvi dal vescovo; e io, qui, arrangio i fatti miei come posso.

– Dite benissimo – approvò l'altro – parlate proprio come un angelo; ma il fatto è che dal vescovo ci sono già stato, e mi ha fatto accoglienza peggiore della vostra. Sapete come mi ha congedato? Con queste precise parole: « Andate, figlio mio; statevene a casa tranquillo, ché la fuga dice colpa; nessuno vi farà male perché voi non ne avete fatto: male non fare paura non avere », e sono qui, come mi vedete – e il sottintendente fece la faccia di un bambino che stia per scoppiare in pianto.

– Che sant'uomo! – disse acre il barone. – Dunque ci lascia in pasto ai cani: questa proprio non me l'aspettavo.

– E c'è di piú: uscendo, padre Giammusso che è venuto ad accompagnarmi alla porta, mi ha sussurrato che il vescovo era impaziente di mandarmi via perché doveva ricevere il comitato... il comitato rivoluzionario, capite?

– E che si mette a fare la rivoluzione, un vescovo? – disse il barone. – Cristo di Dio, mi sento fumare la testa... non capisco piú niente... c'è da non credere piú né a Dio né ai santi...

Donna Concettina, che si era ripresa, disse a mio padre – dite al barone che parli da cristiano: e che invece di starsene a far lagna e bestemmiare si preoccupi un po' dei figli, che son fuori di casa, povere creature mie... – e si mise a piangere.

Il barone perse il lume; gridò – dite a questa vecchia mummia che i suoi figli, col vescovo che fa il rivoluzionario, sono al sicuro dove si trovano; e io parlo come mi pare, e voglio bestemmiare da oggi fino a domani, tutti i santi del calendario, uno per uno... e lo faccio a suo dispetto... ecco che lo faccio, sí, lo faccio... – prese un almanacco dal tavolo e cominciò a leggere i nomi dei santi, e ad ognuno dava blasfemo attributo.

Il sottintendente gli strappò di mano l'almanacco; donna Concettina di nuovo svenne.

Piú tardi, tornata un po' di calma, il barone e il sottintendente pensarono che era bene sapere quel che in piazza si faceva, incaricarono lo stalliere di uscire a spiare; lo stalliere tornò dopo un paio d'ore, già il barone cominciava a preoccuparsi che lo avessero ammazzato per il solo fatto che serviva in casa Garziano; invece tornò allegro, odorava di vino, disse che il paese era in festa e certi suoi amici lo avevano invitato a bere un bicchiere. Confusamente riferí che in piazza c'era un ritratto del papa, con tanta luminaria intorno che pareva si fosse fatto giorno, e tutti gridavano – viva la libertà, viva Pio nono – e gli stemmi del re venivano abbattuti e scalpellati, c'erano molti galantuomini con le carabine in spalla e molti popolani ubriachi: ma tutti facevano allegria; gendarmi e compagni d'arme erano spariti.

Il barone un po' si rinfrancò, diventò complimentoso col sottintendente, ordinò la cena. – Domani – disse – appena l'alba fa occhio, vado dal vescovo: voglio vederci chiaro in quello che succede, se rivoluzione dobbiamo fare la facciamo tutti, non vi pare?

– Io rappresento il re – disse il sottintendente – e rivoluzione non ne faccio: domani cercherò di raggiungere Palermo, i miei superiori mi diranno quel che dovrò fare...

– Ma certo – disse il barone – il dover vostro è questo; né io son disposto a cedere di un palmo per quanto riguarda il re. Va bene, facciamo la rivoluzione: ma il re è il re. Tiriamo giú lo stemma col giglio, se la canaglia cosí vuole: ma io quello stemma sempre nel cuore lo porto... A Palermo, spero non mancherete di ricordare ai vostri superiori il mio sentimento di fedeltà al re e ai suoi ufficiali... E l'ospitalità che vi offro in questo momento, proprio a cuore aperto ve l'offro, credetemi...

Il sottintendente disse gelido – ve ne ringrazio.

Ma era scritto che quella notte nessuno in casa Garziano dovesse prender sonno: mio padre stava per mettersi a letto, e intanto raccontava gli avvenimenti della serata, quando il portone rimbombò di colpi. – Ahi ahi! – disse mio padre – stavolta la burrasca arriva sul serio: e mi tocca trovarmici di mezzo, maledetta la sorte mia! – si rivestí e aprí la porta per uscire, davanti la porta trovò come fantasmi il barone e il sottintendente, aspettavano in silenzio che mio padre uscisse, non osavano chiamare per il timore che quelli di fuori sentissero.

— Bravo mastro Carmelo! – disse in bisbiglio il barone. – Avete capito che avevo bisogno di voi, bravo!... Ecco, dovete andare a vedere chi è, ma senza aprire il portone... e se sono quelli che sapete, dite che il barone non c'è, è partito stasera stessa, magari fingete di confidarvi, di tradirmi: e dite che sono andato a Fondachello, che son stato chiamato dal massaro... Insomma, non manca a voi, dite quel che vi pare faccia al caso... ma non aprite il portone, per carità...

Mio padre tornò e disse che al portone c'era padre Giammusso, e un altro che non ravvisava; padre Giammusso diceva di essere inviato dal vescovo. – Aprite subito – ordinò il barone tirando un sospiro di sollievo. Ma un terribile sospetto gli venne – no, aspettate un momento: che ne sappiamo noi se sotto non c'è qualcosa? Vescovo e rivoluzionari son tutta una famiglia, ora... Dunque facciamo così: voi con la pistola in mano andate ad aprire, accertatevi che proprio sono due persone sole e poi aprite; noi due ci mettiamo in modo che, se entrano con cattive intenzioni, li stenderemo morti come cani... Ecco, ora potete andare.

Ma padre Giammusso e don Cecé Melisenda un consolante messaggio portavano: del Comitato Civico che si era costituito, e di cui il vescovo era presidente, il barone Garziano era chiamato a far parte; certo c'erano state opposizioni fierissime al nome del barone, ma il vescovo aveva fatto appello alla gentilezza d'animo ai nobili natali e al provato sentimento civico degli oppositori: e aveva avuto partita vinta.

— Che grande uomo il nostro vescovo! – disse il barone; e volgendosi al sottintendente. – Che vi avevo detto io? La benevolenza del vescovo non mi poteva venir meno: e quel che lui fa, tenetelo da conto, è sempre ben fatto.

– In verità... – cominciò il sottintendente.

– So quello che volete dire, vi capisco ed approvo – disse il barone. – Ma, vedete, non si possono lasciare le sorti della città in mano a quattro scalzacani: bisogna intervenire... partecipare... difendere il galantuomo dalle birbanterie, dai soprusi... E poi, diciamo la verità, le cose cominciavano a mettersi male: il re, poveretto, cominciavano a tradirlo tutti, se lo giuocavano, ognuno tirava la coltre dalla sua parte...

– Me ne vado – disse il sottintendente.

– E dove ve ne andate? – chiese sorpreso il barone.

– Vado a consegnarmi al comitato rivoluzionario: che mi mandino alle galere o mi impicchino al lampione di piazza. Sí, me ne vado.

– Se la pensate cosí – disse il barone – io che vi posso dire? Contento voi, contenti tutti.

Il sottintendente lo guardò in faccia per un minuto buono, poi disse brusco – vi saluto.

L'indomani ancora fu portato in giro il ritratto del papa: partendo dal palazzo vescovile si formò una processione, in prima fila il vescovo benedicente, e sorrideva alzando gli occhi ai balconi, cosí fitti di persone i balconi che pareva ne dovesse grondar fuori qualcuna; a destra il vescovo aveva il barone, vestito di scuro e ornato di due o tre decorazioni pontifice; a sinistra il cavalier Melisenda, uomo stimatissimo per le opere di pietà cui si dedicava con patrimoniale sacrificio, e di tal garbo nel dar ragione a tutti che i liberali l'avevano per liberale e i borbonici per borbonico. Dietro venivano gli altri del Comitato, una ventina di persone; e poi le Corporazioni con gli stendardi. In piazza la processione si fermò, il vescovo si affacciò al balcone del municipio a benedire e sorridere; poi fece un discorso il medico Amato, tutto contro il Borbone e la polizia, ricordò i cittadini di Castro che stavano nelle carceri e fece l'augurio che presto tornassero liberi, della libertà parlò citando versi di poeti grandi; e finí dichiarando amore al paese di Castro e alla Sicilia tutta.

Dopo di lui prese la parola il canonico Liotta e disse che il popolo di Castro meritava elogio per la moderazione il buon senso la concordia di cui dava prova ed esempio: auspicio sicuro di un destino migliore – tal forse da rendersi guida a quello della Sicilia tutta – e concluse che solo il timor di Dio e il rispetto del prossimo potevano dar giusta felicità ai siciliani.

Le taverne formicolarono fino a notte inoltrata; al casino di compagnia si tenne festa con musica.

Dopo qualche giorno, la notizia che lo speziale Napoli e il medico Alagna erano tornati, commosse il paese: ci fu una processione di visite nelle case dei due reduci; smagriti e con gli occhi lucidi come per febbre, i due dovettero abbracciare e baciare, uno per uno, quasi tutti i castresi; ad ognuno raccontare i guai sofferti, le prigioni le guardie la istruttoria il cibo e la insonnia. Andò anche il barone ma fu ricevuto, a quanto si disse, con evidente freddezza. E il barone cominciò a mostrarsi inquieto, si allontanò per qualche giorno dal paese per vedere come le cose si mettessero dopo l'inclusione dei due nel Comitato. Tornò che non c'era niente di nuovo; rassicurato partecipò alle sedute del Comitato, ma durante una discussione sui compagni d'arme, se era giusto riprenderli nel corpo della nuova polizia cittadina, e il barone era di questo parere, il dottor Alagna ironicamente disse – e perché no, giusto che le spie del Borbone le teniamo in Comitato? – e don Cecé Melisenda, candidamente, da uomo che malizie ed inganni non concepiva e da timido qual era, fece una violenta levata: ché bisognava, per l'onore di ciascuno e di tutti, far nomi; e cosí chiarire se in Comitato c'erano spie o soltanto bugiardi. Il vescovo, nel timore che nomi si facessero, si alzò aprendo le braccia come crocefisso, in latino invocò pace, davanti a Dio dichiarò di assumere il carico di tutti i peccati dei membri del Comitato, e di tutti i cittadini di Castro; poi se la prese con don Cecé, evitando di affrontare il dottor Alagna. – Non mi aspettavo – disse – che proprio il cavalier Melisenda, diletto tra i diletti figli di questa diocesi, venisse in questo augusto consesso a seminar zizzania: e noi dobbiamo invece adoperarci a scerpare l'erba della discordia, e che venga su la buona messe per il nutrimento dell'amato popolo di Castro e per premio alla fatica nostra – e a don Cecé vennero le lacrime, si sentí smarrito nella colpa, corse a baciar la mano al vescovo e ad implorarne il perdono. Il dottor Alagna sorrideva divertito.

Il Comitato decise la costituzione della guardia nazionale, un corpo di giovani galantuomini con belle divise di velluto nero e carabine damascate e con rabeschi d'argento sul calcio, facevano bellissimo vedere nelle processioni e cerimonie; in quanto ad assicurare ordine pubblico la guardia nazionale di buon grado lasciava che ne assumesse carico ed onore il vecchio corpo dei compagni d'arme che, per suo conto, formato com'era da ladri e assassini che trovavano convenienza a star dalla parte della legge, faceva ottima lega coi briganti che infestavano le contrade. I gendarmi non c'erano piú, si erano squagliati al primo avviso di rivoluzione: e con loro era sparito il giudice regio. Perciò i ricercati dalla giustizia, dalle campagne dove stavano in latitanza e costituiti in bande, alla spicciolata erano rientrati in paese. Era tornato anche Vito Lacruna, che si diceva tenesse una cintura di cuoio a treccia cui applicava, per ogni cristiano che riusciva ad ammazzare, un bottone di rame: e già la cintura pesava piú di tre rotoli. Non che si facesse veder molto in giro per il paese; e chi lo vedeva, incappucciato e guardingo che pareva si portasse la notte appresso, non lo riconosceva se non per il balenare ansioso e feroce del bianco degli occhi. Ma la sua presenza si sentiva in tutto il paese e in ogni casa, le sue vendette e le sue rapine si raccontavano nelle sere che l'urlo del vento e del mare portava, nello stridere di una imposta nello sbattere di una porta nello spezzarsi di un ramo, tutto il male del mondo e la paura.

E una sera i cani abbaiarono con furia, mugolarono di minaccia; mio padre quel mugolio conosceva, sapeva che quando cosí i cani facevano c'era qualcuno nel giardino che vedevano e puntavano, pronti a balzargli addosso se avesse fatto movimento. Aprí la porta silenziosamente, dopo aver spento il lume, il fucile pronto. Una voce disse – chiama i cani o com'è vero Dio li impiombo; io sono Vito – e mio padre acquietò i cani e aprí la porta. Conosceva bene Vito Lacruna, Vito anzi gli aveva sempre portato rispetto; perciò scherzosamente gli disse – i cani fanno i cani, ma tu da cristiano dovresti venire dal portone.

E scherzando Vito rispose – e quando mai io ho cercato la strada dritta? Avrei potuto venire dal portone, ché il barone mi ha invitato; e poi in paese non c'è piú un cane di gendarme o di spia che si curi dei fatti miei; ma sempre mi piace venire dalla parte stramba.

– Son contento di rivederti – disse mio padre, poiché qualcosa bisognava pur dire – e piú contento sarei se ti vedessi pigliare le strade giuste, ti parlo da fratello; se la legge ti scorda, tu scordati della vita che hai fatto, rimettiti per il verso giusto, a lavorare come prima...

– Carme' – disse Vito – che credi non mi venga, in certi momenti, questo pensiero? Magari intere giornate passo a pensare a questa mia vita persa; e mi viene desiderio cosí forte della mia casa che vorrei essere gatto sotto il focolare. Ma certe cose che nella vita capitano sono come il rosario: uno dice la prima posta, e se non continua fino alla fine l'orazione non vale. Io ho cominciato a sgranare la corona e voglio arrivare all'ultima posta: il destino cornuto ha voluto cosí.

Gli tremava la voce; e poi con forzata allegria disse – e andiamo dal barone, ché se vuole quello che sospetto me lo voglio spremere come una lumía.

– E che sospetti? – domandò mio padre.

– Col mestiere che faccio – disse Vito – sono diventato, caro mio, come un confessore: confesso ed assolvo; e mi tengo tutto nello stomaco, che per le cose brutte che tiene mi sta diventando fradicio.

Una sera ci fu sparatoria d'inferno tra compagni d'arme e banditi, proprio nel centro del paese, pareva si facessero i fuochi in gloria di santa Venera: fino all'alba fischiarono le palle, tutte sperse in alto, contro finestre e balconi; né compagni d'arme né banditi riportarono un graffio, a quanto si seppe; un compagno d'arme svenne e restò rigido come un trave per ventiquattro ore, in Comitato ci fu chi propose di dargli un premio.

Ma ogni notte si sentivano spari isolati, irreali, come sbocciati dalla maligna essenza della notte; ed erano i colpi che di solito facevano centro. La polizia notturna, cioè i due rondieri e il lanterniere che di solito, invece di fare il giro del paese, stavano nel casotto di Porta Trapani a tener compagnia al guardiano, giusto in quattro per giuocare a scopa, quando sentivano i colpi si avviavano a vedere cosa fosse accaduto: e camminavano, con la lanterna accesa, parlando forte tra loro, per darsi coraggio forse o per dare avviso a chi aveva sparato di squagliarsi convenientemente. Ad un certo punto l'occhio della lanterna si posava sul morto ammazzato, i rondieri con curiosità si chinavano a identificarlo, facevano commenti di pietà o senza riserve approvavano, come di fronte a un'esecuzione di giustizia. E fino all'alba restavano a vegliare il morto.

La notte del 2 febbraio, le due di notte erano già suonate da un pezzo, ammazzarono così il medico Alagna: dal casino di compagnia rincasava, senza sospetto, accompagnato dal garzone che portava la lanterna; dalla cantonata di un vicolo partí un colpo che lo colse al cuore; il garzone restò con la lanterna alta, che cosí la portava per far piú vasto cerchio di luce, ma un secondo colpo gliela tolse di mano, raccontava poi di non aver sentito nemmeno lo strappo; urlando scappò per chiamare i galantuomini che ancora si attardavano al casino, i galantuomini con unanime compianto constatarono la morte di don Nicolò Alagna. L'indomani si fecero funerali di gala; nell'abilità dimostrata dal delinquente, un colpo al cuore e un colpo alla lanterna, tutto il paese riconobbe Vito Lacruna; ma sulle ragioni che Vito aveva di ammazzare un uomo come il medico Alagna, diverse congetture si fecero; quella di mio padre fu certo la piú giusta, e forse a veder chiaro arrivarono anche lo speziale Napoli il vescovo e pochi altri; però bene si guardarono dal parlarne.

Vito era il padrone del paese; e a un certo momento intimò al Comitato di pagargli, uno sull'altro, cinquecento ducati: o il paese avrebbe messo a fuoco. Nella riunione del Comitato per decidere in merito alla richiesta, quelli che erano contrari non parlarono, ché parlare significava aver voglia di un funerale di gala; parlò don Cecé Melisenda adducendo ragioni di dignità e moralità che in quel momento valevano un grano bucato, e don Cecé valeva cosí poco per suo conto che Vito Lacruna, a saperselo contrario, per lui non avrebbe sprecato una cartuccia. Il discorso che fece il barone, favorevole al pagamento, produsse impressione viva nella maggioranza: il vescovo disse che il buon senso stesso parlava dalla bocca del barone e, benché d'accordo, ma in linea di principio, col cavalier Melisenda, non poteva fare a meno, nella sua paterna ansietà e preoccupazione, di consigliare il pagamento: lodevole cosa è tener fede ai principî della morale e della dignità, ma a volte celesti meriti si acquistano sacrificando tali principî al bene comune, all'amore del prossimo. E Vito ebbe i cinquecento ducati, per un buon mese stette lontano dal paese, rallegrando però i paesi vicini; poi tornò a chiedere, piú modestamente, duecento ducati: che il Comitato di nuovo decise di accordargli; poi fu ammazzato, forse da uno dei suoi, e trovarono il suo corpo in un pagliaio, con mezza faccia portata via da un colpo a lupara. Ma il paese continuò a vivere sotto la minaccia dei banditi fino all'aprile del 1849, quando chi aveva da render conti troppo gravi si rifugiò di nuovo nella campagna e quelli che tenevano segretamente le fila restarono in paese a mantenere ufficio di rappresentanza e mediazione, e a riscuotere il rispetto dovuto agli *uomini d'onore*.

Io andavo a scuola dal prete che già a mio padre aveva insegnato a leggere e scrivere, era vecchissimo ma ancora gagliardo a dar colpi, con una sua bacchetta di legno d'olivo sottile e fischiante, che lasciavano il segno: quei colpi mi arrivavano sulla testa o sulle mani ad ogni errore che facevo, dopo qualche mese di scuola ero diventato un ecceomo, mia madre la sera mi spennellava di olio caldo; poi, non bastando l'olio caldo ché già le mani cominciavano a impiagare, mi fasciai testa e mani: e parevo reduce dalla guerra coi turchi, i compagni mi appiccicarono un soprannome e mi davano la burla. In compenso, don Paolo Vitale, cosí si chiamava il prete, si contentò di farmi fischiare la bacchetta a filo delle orecchie; e qualche volta, forse involontariamente, appunto sulle orecchie colpendomi, con effetto cosí doloroso che mi viene da gemere al solo pensarci. Ma, nonostante tutto, conservo di don Paolo un buon ricordo: quel poco che mi ha insegnato è stato buon fondamento a tutto quel che ho poi appreso ed ho fatto; perché non soltanto mi ha insegnato a leggere su un abbecedario e a scrivere una lettera e a non farmi imbrogliare nei conti: mi ha insegnato a trar compagnia e fede dalla natura dai libri e dai miei pensieri stessi.

Abitava due camerette nude, piccole come celle di convento, a lato della sua parrocchia, la piú povera e fuori mano che ci fosse nel paese; appunto a lui l'avevano data in punizione della spregiudicatezza e libertà che mostrava, inviso ai superiori e ai colleghi, in fama di liberale per i rapporti che manteneva con gli esuli e con gli inglesi di Marsala, dai quali riceveva gazzette che dicevano delle cose del mondo e delle nostre: e queste notizie lui traduceva per gli amici di Castro. Ma liberale veramente non era: l'amore alla libertà gli nasceva dalla sofferenza del popolo, la libertà del popolo era il pane, lottare per poter leggere dei libri e aprire delle scuole gli pareva cosa assurda, a quelli che si riunivano in farmacia diceva – voi volete far mangiare al popolo carta stampata, e quello invece vuol pane – e i liberali con compatimento lo ascoltavano. Per suo conto, poteva anche fare a meno delle notizie che le gazzette inglesi gli recavano: si contentava di Virgilio e dell'abate Meli; e dei ricordi e delle massime del Guicciardini del Lottini e del Sansovino che spesso da un vecchio libro mi leggeva e illustrava; ma soprattutto, diceva, gli bastava il Vangelo di Nostro Signore, e come dal Guicciardini apprendeva a conoscere gli uomini, dal Vangelo apprendeva ad amarli – ed è esercizio difficile – diceva – riuscire ad amarli dopo averli ben conosciuti.

Era magrissimo, nel volto affilato e bianco, lo sguardo sempre intento ed acuto sotto le palpebre grevi. Mi voleva bene, nonostante i colpi di bacchetta che mi dava: ché credeva nella bacchetta come strumento necessario all'educazione, e forse torto non aveva. Finita la lezione mi trattava come fossi stato grande, mi teneva con sé in giardino, non piú di una ventina di canne quadrate di terreno, e mi diceva dei fiori e delle erbe, delle stagioni e delle ore, del male che si attacca alle piante come al corpo e ai sentimenti degli uomini. E mi parlava anche della rivoluzione vera, quella che stavano facendo gli pareva un modo di sostituire l'organista senza cambiare né strumento né musica: e a tirare il mantice dell'organo restavano i poveri. Poiché raramente usciva di casa, e niente del tutto dopo gli avvenimenti di gennaio, a me domandava ironicamente – che fanno i rivoluzionari? hanno cominciato la distribuzione dei libri? – ma non si aspettava che davvero potessi dargli notizie e quelle domande servivano ad aprire il suo sfogo contro gli avvenimenti e le persone. – Se ci fosse davvero la rivoluzione, la rivoluzione che dico io, tutti quelli del Comitato correrebbero a nascondersi nei tettimorti: il vescovo il barone e anche lo speziale Napoli. Chi ti pare il migliore, tra questi galantuomini, tiene in casa due qualità di pane: di semola per la famiglia e di crusca per i garzoni. Trattano i cani come cristiani, ma i cristiani che lavorano li trattano peggio che se fossero cani. Ed hanno il coraggio di parlare come parlano: la tirannide da abbattere, la libertà...

Nel Comitato, cinque o sei persone operavano in fervore di rinnovamento; gli altri membri, con scetticismo e quasi con commiserazione, seguivano i tentativi dei novatori per la riorganizzazione dell'ordine e della finanza pubblica, implacabilmente dicevano di no, in ogni nuova proposta trovavano il nodo da tirare per farla miseramente cadere; sicché le entrate si ridussero irrisorie, il dazio non funzionava piú, il paese e la campagna infestati dai malviventi.

Cura sollecita ed unanime ebbe invece da parte del Comitato il servizio dei pubblici divertimenti: una banda musicale ebbe finalmente regolare costituzione, stipendio al capobanda e acquisto di strumenti e divise; e furono chiamati stuccatori e pittori, con una spesa di circa centocinquanta onze, per decorare il teatro comunale, edificato una ventina d'anni prima sul modello di quello di Trapani e rimasto fino allora inattivo.

Da gennaio a luglio il Comitato tenne un centinaio di sedute, e complessivamente non riuscí a varare piú di dieci provvedimenti destinati a sicura esecuzione: l'istituzione della guardia nazionale e della banda musicale, i lavori di decorazione per il teatro e di alberatura per la strada lungomare, l'assunzione di quattro nuovi impiegati, la rimozione di un mortaio di legno, da una villa fuorimano al palazzo del Comune, in solenne sfilata per le vie della città e con discorsi impastati di sangue patria sacrificio e fuoco. Altra festa si ebbe quando il vescovo si recò in forma ufficiale a visitare e benedire la guardia nazionale. E poi venne, come ogni anno, la festa di santa Venera: il mese di giugno che stendeva una rutilante coltre di fuoco sul paese e sul mare, il paese che bolliva di festa; parevano elementi stessi del sole le baracche bianche dei venditori di torrone e sorbetti, la polpa rossa delle angurie divisa ed offerta sui banchi in mezzelune, le terraglie smaltate che riverberavano; e il rullo dei tamburi le voci gli scoppi dei mortaretti.

Per la festa a Cristina le monache avevano anticipato le vacanze dell'estate. Era tornata piú smagrita e pensosa, pareva diventata tutta occhi: nel suo sguardo mi faceva impressione, a momenti, il veder affiorare, come il batter d'ali di un uccello preso al vischio, la pazzia di donna Concettina. Ora sapeva tante cose di religione e parlava dell'inferno; io nell'inferno non credevo, mia madre quando facevo cose storte mi diceva – andrai all'inferno con le scarpe ai piedi – e io un po' mi preoccupavo, soprattutto per il fatto delle scarpe, che chi sa quale sofferenza immaginavo aggiungessero; una volta ne chiesi a don Paolo, sorridendo mi rispose – per il sí o per il no: o ti metti a rigar dritto o ti rassegni a camminare scalzo – e mi formai opinione che la storia dell'inferno, e delle scarpe, nessuno al mondo sapesse veramente; e dunque meglio non pensarci. Cristina voleva invece farmici pensare e discutere con me se, dovendo finire all'inferno, sarebbe stato preferibile star tra le vampe o nella neve; poiché il sole scorticava io stavo per la neve, ci volevano due grani per comprare un rotolo di neve, a me sarebbe piaciuto averne tanta da rotolarmici sopra. Ma neve o fuoco che ci fosse, parlare dell'inferno non mi piaceva; perciò con Cristina non ci stavo bene come prima, solo mi piaceva far con lei il giuoco della moscacieca che le avevano insegnato in collegio.

Dopo la festa di santa Venera il Comitato lavorò alacremente a preparare le elezioni per il Consiglio Comunale. Furono ammessi al suffragio tutti i cittadini che, sapendo leggere e scrivere, fecero domanda; mio padre domanda non voleva presentare, il barone disse che non andare a votare significava far sgarbo a lui, personalmente: e mio padre si decise. In tutto, erano iscritti alla lista dei votanti trecento cittadini: e si dovevano eleggere sessanta consiglieri.

La votazione avvenne nei primi di luglio, in perfetta tranquillità. Eletti consiglieri furono quindici preti, una ventina di persone legate al vescovo o di evidente fedeltà ai Borboni, una diecina di mastri artigiani notoriamente devoti o economicamente dipendenti da quelle persone a lor volta legate al vescovo; non piú di quindici consiglieri erano noti per vaghi o provati sentimenti liberali. A fare un conto piú concreto ed effettuale, la composizione del Consiglio era approssimativamente la seguente: trenta galantuomini o borghesi, cinque nobili, quindici preti, dieci popolani. Alla prima seduta per le nomine alle cariche, il barone Garziano fu eletto presidente con quarantanove voti favorevoli contro undici astensioni; alle altre cariche furono eletti il canonico Mantia con trentasette voti, lo speziale Napoli con trentasei, il barbiere Vitanza con quarantaquattro; e cinquantanove voti ebbe don Cecé Melisenda. Risultati che, a guardarli tentando di dar loro un significato politico o di interessi, si rischia di non capirci niente: conoscendo il paese io giurerei che il barone non ha avuto i voti dei nobili e il canonico non ha avuto quelli dei preti e il barbiere non ha avuto quelli dei popolani, e cosí via. E l'unanimità riscossa da don Cecé va spiegata col fatto, a dirla nuda, che don Cecé era considerato un uomo da niente: tutto bontà e messe cantate.

I lavori del Consiglio si aprirono col deliberare la nomina di un rettore provvisorio per la chiesa del Gesú – «affinché non vi mancasse il culto divino e quant'altro prima dalla disciolta Compagnia di Gesú adempivasi» – e a ruota veniva decisa la celebrazione di un triduo solenne a scongiurare la siccità e la concessione di un mutuo senza interessi di onze milleduecento alla Mensa Vescovile – « attesoché per l'infelicità dei tempi detta Mensa non può riscuotere le sue rendite né attingere alla sua cassa dal governo dichiarata intangibile ».

Tutte e tre le proposte partirono dal gruppo liberale e unanime il Consiglio le votò. Il barone don Cecé Melisenda e il barbiere Vitanza tripudiando portarono al vescovo la nuova delle deliberazioni, ma il vescovo freddamente disse che, sí, ringraziava il Consiglio – ma con la mia solita sincerità vi dico: sapete che vuol dire questo? Vuol dire, scusatemi, gettar le fave per prendere il porco.

– Che fave? – domandò confuso don Cecé. – E, con rispetto parlando, che porco? Io, col perdono di vostra eccellenza, non ci vedo né fave né porco.

– Voi, caro don Cecé – disse il Vescovo – il mondo lo vedete piano e liscio come una balaustrata di marmo: non capite le malizie, siete sempre fresco come una rosa – e in latino parlò di vermi e serpi che nelle cose che sembrano buone si nascondono e strisciano.

– Se non ho dimenticato quel po' di latino che ho appreso in seminario – disse don Cecé – vostra eccellenza sta parlando ora di serpi e vermi: io ci terrei a smorfiare prima il significato del porco e delle fave.

– Come facciamo con questo don Cecé? – disse il vescovo rivolto al barone e a Vitanza, con tono che scherzava e commiserava insieme. – Come facciamo con questo benedetto uomo? Glielo diciamo chiaro e tondo, il nostro pensiero, cosí saprà regolarsi per l'avvenire. Ecco dunque: il porco sarei io...

– Eccellenza! – protestò don Cecé.

– ...il porco sarei io, lasciatemi dire, e il Consiglio, con le deliberazioni di oggi, non fa che gettarmi davanti un mucchietto di fave: se il porco mangia le nostre fave, pensano certi vostri amici del Consiglio, il porco è nostro. E io invece vi dico: il porco mangia le fave vostre ma da voi non si lascerà mai prendere. Ecco, caro don Cecé, il proverbio bello e smorfiato per il nostro caso.

– Eccellenza – disse don Cecé – io le cose quando le capisco le capisco: se voi la pensate cosí, io da figlio obbediente della Chiesa tiro il senso giusto e dico: mi dimetto, lascio il Consiglio, non voglio continuare, scusate, a tenere il moccolo a quelli che ci scavano il terreno sotto i piedi.

– Il vostro è parlare d'angelo – disse il vescovo. – Ma il fatto è che se voi lasciate il Consiglio e il barone lo lascia e lo lascia il nostro Vitanza e tutti i buoni cristiani lo lasciano, ditemi in mano a chi restano le cose del paese: avanti, ditemelo...

– È questo il punto – disse il barone.

– Ma io – disse don Cecé – per mia educazione le cose voglio vederle chiare: vostra eccellenza ha voluto la mia partecipazione al Consiglio, mi ci trovo dunque nella certezza che a fare gli interessi della città e della Sicilia non c'è contrasto con la nostra religione e con gli interessi della Chiesa; ma se ora vostra eccellenza mi dice che il contrasto c'è, quattro e quattro fanno otto, io mi dimetto.

– « Siate prudenti come il serpente » – citò il vescovo. – Capite? Prudenti. È Cristo che parla, caro don Cecé. Voi invece, scusatemi, vi gettate come... come...

– ...un bue – disse don Cecé diventando rosso.

– Non avrei osato dirlo – disse il vescovo.

– E perché? – si meravigliò don Cecé. – Il bue, è vero, ha le corna: ma da questo lato io sono tranquillo come una monaca di casa; e poi, corna o non corna, è un animale buono; ma il serpente, Vangelo o no, è un animale, vostra eccellenza mi perdoni, che mi fa schifo.

– Stiamo parlando di tutti gli animali dell'arca – disse il vescovo – senza riuscire a cavare un ragno dal buco... Mi è scappato un altro animale: per carità, non vi mettete a far filosofia sul ragno, ora... Veniamo al concreto, dunque: voi, come cattolico, e finora non mi avete dato motivo di dubitare della vostra devozione, in Consiglio ci state per difendere il buon diritto della Chiesa in contrasto (appunto: in contrasto) con gli interessi, diciamo, dello Stato... E vi faccio un esempio: se il Governo, come pare, ordinerà la confisca dell'oro e dell'argento che si trova nelle chiese e nei monasteri; se il Governo darà un ordine cosí iniquo, voi, da devotissimo figlio della Chiesa, cosa farete?

– Ne ho già sentito parlare – disse don Cecé – e ne ho avuto un certo turbamento; poi ho filato questo ragionamento, posso anche aver sbagliato ma mi pare dritto: il popolo tutto, poveri e ricchi, per fede e riconoscenza ha dato l'oro e l'argento che splende sugli altari; la Chiesa, che è madre, in amore e carità restituisce i doni ricevuti, per salvare la vita e la libertà dei suoi figli.

– Bravo! – disse il vescovo. – Filate ragionamenti che è un piacere! Li filate camminando all'indietro come un mastro cordaro: e non vedete le bocche d'inferno che dietro vi si aprono. Da che c'è la rivoluzione – e a caricatura pronunciò la parola come avesse tre o quattro zete invece di una – vi sento fare certi discorsi che, se non vi conoscessi come vi conosco... Certi discorsi...

– Posso aver sbagliato – disse, ma senza umiltà, don Cecé.

Il barone e Vitanza sogghignarono di compatimento; ed il vescovo, che dopo tanti anni di familiarità credeva di conoscere don Cecé e di sapere quanto facile fosse portarlo al pentimento e alle lacrime, continuò ad incalzarlo alternando ironia e sdegno a paterna persuasione e dolcezza; ma sbagliarono grosso tutti e tre, ché quel giorno don Cecé, come tutti i timidi e i docili, aveva il suo momento brutto di insofferenza e furore. Il vescovo diceva – ma questo, caro cavalier Melisenda, è peccato da confessarsene: l'aver pensato che la Chiesa si mettesse a far rivoluzione, e contro i principî piú degni e legittimi. E creder poi che tutto ciò che è ornamento e decoro della casa di Dio possa essere gettato cosí, a beneficio di una causa che, a parte l'illegittimità da cui muove, è ben misera cosa, come tutte le vicende umane, di fronte alla gloria di Dio... I governi passano, mio caro amico, ma la Chiesa resta...

– Vostra eccellenza – interruppe brusco don Cecé – mi sta illuminando, il dito l'ha messo proprio sulla piaga: è questo il danno, che la Chiesa resta – fece un mezzo inchino e se ne andò; tre maschere di stupore restarono a fissare la porta dorata che don Cecé si era chiusa alle spalle.

Grazie al barbiere Vitanza, che aveva una larga clientela a domicilio, l'indomani tutta Castro sapeva, battuta per battuta, dell'incidente. Gli amici piú curiosi che andarono in cerca di don Cecé, seppero che era partito per Marsala.

Venne l'ordine di confisca del tesoro delle chiese, il vescovo fece consegnare pochi vasi e candelabri, chiese che ne stimassero il valore e subito li riscattò. Don Cecé non si faceva piú vivo in Consiglio e nemmeno frequentava il casino di compagnia; da tutti, anche dai liberali, era considerato pazzo; delle sue condizioni mentali il vescovo sempre premurosamente si informava con tutti, esprimeva compianto che ad un uomo cosí pio fosse toccata la terribile sorte di perdere il senno; ma i piú ritenevano che don Cecé, per quanto pio, di senno non ne avesse mai avuto.

Ma l'incidente tra il vescovo e don Cecé, sebbene da tutti valutato nei limiti della congenita o improvvisa pazzia del vecchio gentiluomo, aprí nel Consiglio incrinature dapprima inavvertite, poi piú profonde e incolmabili. Il barone a dritta e a manca andava dichiarando che restava al suo posto, con personale sacrificio, solo per impedire che le teste calde che c'erano in Consiglio facessero e disfacessero a piacer loro; le sedute si facevano piú vivaci ma inconcludenti, dagli scanni dei liberali partivano beccate, dirette agli scanni dei canonici e dei *sorci*, che facevano mugolare di godimento il pubblico presente nell'aula. Tutto si esauriva nella nomina di controllori: ai lavori pubblici illuminazione stradale dazio annona sensalía; la vita cittadina diventava tutto un incastro di controlli, al punto che le aste per l'appalto dei dazi e della civica illuminazione restavano deserte, nessuno voleva cacciarsi nel guaio che i capitolati d'appalto, minuziosi e lunghissimi, promettevano; e c'era nell'aria il senso del provvisorio, ché non poteva durare una cosí confusa situazione.

Gli usurpi delle terre demaniali e comunali erano arrivati al massimo, da parte di contadini e pastori e soprattutto da parte dei galantuomini che facevano parte del Consiglio: e fu nominata una commissione di accertamento; ma la commissione, accertatasi della enormità degli usurpi, non trovò di meglio che proporre di legalizzarli con contratti d'affitto a canone simbolico, i galantuomini stipularono subito i contratti, contadini e pastori ritennero fosse meglio continuare a sfruttare quelle terre senza contratto.

I prezzi dei generi alimentari vertiginosamente crescevano; la sicurezza della vita e dei beni, nel paese e nella campagna, completamente mancava; l'istruzione pubblica, nonostante il Consiglio continuamente dichiarasse di averla a cuore, rimase quella che era. Di buono c'era che il gruppo dei liberali cominciava a prendere coscienza dei problemi e a studiare di risolverli, nella opposizione si agguerriva, l'ideale politico dapprima vago ed incerto veniva assumendo in loro tanta forza da staccarli persino dagli interessi particolari. E si può dire che l'idea di rivoluzione maturasse, nella minoranza consiliare, proprio nel momento in cui gli avvenimenti precipitavano nella reazione.

Dopo un triste inverno di fame e di morti ammazzati, venne gracile primavera. La campagna, rimasta abbandonata dopo la semina, prometteva malannata. Il Consiglio non si riuniva piú. Il vescovo aveva fatto barricare il palazzo, alle finestre si vedevano materassi e tavole a protezione, i liberali contro il vescovo apertamente parlavano, pubblicavano vignette a caricatura e versi beffardi e insultanti; il popolo cominciava però a odiare i liberali, la domenica affollava le chiese per sentire le prediche contro quelli che, senza timor di Dio, erano artefici della sofferenza del popolo e del disordine; nell'avvento del vecchio ordine quasi tutti a Castro speravano.

E finalmente, il 25 aprile del 1849, giunse notizia che l'ordine tornava; il vescovo per primo la ebbe da un corriere, fece chiamare il barone gli diede la notizia istruendolo di quel che in Consiglio doveva fare; il barone chiamò a raccolta gli amici consiglieri, dal casino di compagnia mosse verso il municipio seguito da uomini visibilmente felici o almeno sollevati, preti nobili e galantuomini. I liberali invece lasciarono il casino per ritirarsi in casa: tre di loro però, bianchi di paura, seguirono il barone.

Dall'alto del suo scanno di presidenza, il barone brevemente comunicò i fatti nuovi al Consiglio e concluse – se Dio vuole, la pagliacciata è finita –. Tutti applaudirono. E a questo punto entrò in aula don Cecé Melisenda, all'estremo degli scanni vuoti dei liberali si pose a sedere. Il barone dettò al segretario – « Quest'oggi si è riunito spontaneamente questo Civico Consiglio senza che fosse proceduto verun invito del presidente, in questa sala del palazzo Senatorio, per avere inteso dalla pubblica voce che la Capitale ha spedito una commissione al Principe Satriano per fare la sua sommissione. Volendo corrispondere alla eguale manifestazione il Consiglio dichiara di voler concorrere nello stesso voto della Capitale, sommettendosi nell'egual modo al lodato Principe Satriano » – di un fiato, come recitasse di memoria; l'assemblea gli tributò lungo applauso, a ringraziare con inchini il barone si levò. Poi disse ancora – la pagliacciata è finita – e don Cecé, da seduto, disse calmo – se quella che finisce è una pagliacciata, tutti quelli che vi battono le mani sono dei pagliacci, e voi siete il primo pagliaccio del regno.

– Come?... come?... – fece il barone, e tutti rumoreggiarono contro don Cecé. Ma il vecchio, dritto e sicuro, col bastone puntato in avanti, allo scanno del segretario si avvicinò e disse – in questo Consiglio ho dei diritti: e voglio usarli anche se ormai servono solo a guadagnarmi la galera; dunque scrivete quello che vi dico, ché voglio firmare subito ed andarmene – girò lo sguardo su tutti e dettò con voce ferma – « il cavaliere Cesare Melisenda di Villamena dichiara di non associarsi alla decisione, presa dal Consiglio a maggioranza, di presentare al Principe Satriano i sensi di sommissione del Consiglio e della città di Castro; e tiene altresí a dichiarare la propria fede ai principî della libertà che il Consiglio, unanime, nella sua prima riunione ha esaltato » – firmò il margine del registro accanto alla sua dichiarazione e si allontanò.

– Pazzo fottuto – gli gridò dietro il barone.

Come per tocco di magia, il giudice regio il sottintendente i gendarmi e i compagni d'arme ricomparvero a Castro: come niente fosse accaduto, e forse con l'ordine preciso di far finta di ignorare tutto, gli avvenimenti e le persone che vi si erano compromesse. Fino all'autunno non si ebbe il minimo segno di rappresaglia, gli sbirri parevano anzi diventati piú gentili, il sottintendente sorrideva a tutti, al casino di compagnia giuocava la sua partita a scopa anche con lo speziale Napoli. Poi venne una colonna di truppa e fu ordinato il disarmo della guardia nazionale, una cosa simbolica, solo la massiccia presenza della truppa faceva paura. Le guardie nazionali consegnarono le carabine e un momento dopo le riebbero nella qualità di guardie urbane. Dal frontone del teatro venne scalpellato il segno della Trinacria, vi si incastonò il giglio del Borbone; e gigli rifiorirono sulle porte dei pubblici edifici. Il vescovo intentò causa in tribunale contro il Comune, negando « il diritto di legnare ai singoli di questa comune medesima sui fondi di pertinenza della Mensa Vescovile ». Il Consiglio Comunale quasi al completo ridiventò Decurionato Civico: vi mancavano solo don Cecé Melisenda, di cui anche il sottintendente e il giudice compiangevano l'insania, e i due liberali che erano scappati a Malta.

Tutto sommato, non poteva andar meglio. La truppa se ne andò quasi in punta di piedi, portandosi dietro una diecina di malviventi catturati nella campagna; il paese tirò un respiro di sollievo.

Le cose pubbliche ormai veleggiavano, secondo il barone, con lieto vento; ma inclementi soffiavano sempre, per le sue cose familiari, i venti: donna Concettina che mai gli rivolgeva parola, Rosalia che gli costava un occhio e forse lo tradiva, Cristina che non voleva tornare in collegio e Vincenzino che invece in seminario voleva restare a farsi prete. La baronessa sosteneva la resistenza di Cristina ed era felice della vocazione che in Vincenzino si rivelava, a dispetto del marito continuamente andava dal vescovo a raccomandare che la vocazione del figlio fosse incoraggiata e nutrita. Il barone, sempre attraverso un interprete, diceva a donna Concettina – con questa storia della vocazione di vostro figlio, mi farete uscir pazzo come don Cecé: un giorno di questi vado dal vescovo e gliele canto chiare: ché questa farsa della vocazione voi e lui l'avete armata, quel povero figlio è un'anima di pena nelle vostre mani – e donna Concettina rispondeva, a fargli perdere il lume, senza mai scordarsi dell'interprete – dite al barone che ci vada davvero a cantarle chiare al vescovo, io proprio questo voglio, che ci vada.

– Ho tanti pensieri in testa – diceva il barone – che la notte, nel sonno, me li sento saltare dentro come grilli: appena piglio sonno, zac, un pensiero mi salta: e mi ritrovo con gli occhi aperti.

– Sono i grilli della tentazione – mormorava donna Concettina.

Dei dialoghi a tre sull'argomento della vocazione di Vincenzino, padre madre e interprete, Cristina ne cavava divertimento come a teatro: voleva bene a sua madre, e godeva a veder il barone aver sempre la peggio; tanto più che sapeva il barone ormai avviato a infernale destinazione, per la mantenuta che aveva e per la vocazione che ostacolava. Una volta domandai a don Paolo Vitale se davvero il barone era destinato a finire nell'inferno, don Paolo scuotendo la testa disse – non ci va all'inferno: all'ultimo momento quello troverà il modo di mettersi in pace con Domineddio – e veramente il barone fece poi morte da santo, con tutti i sacramenti e in testamento legando beni a parrocchie ed opere pie; e negli ultimi anni aveva istituito l'elemosina del venerdí, ad ogni povero che il venerdí si presentava al portone, in elemosina venivano dati due soldi, a volte arrivava a distribuire cinque lire in un solo venerdí.

Ma nel '49 il barone godeva di perfetta salute, aveva robusta complessione; gran mangiatore e bevitore discreto; praticava l'esercizio della caccia con passione, a cavallo girava per le sue terre specialmente nei periodi delle raccolte; e quasi ogni giorno trovava il tempo per fare una scappata da Rosalia. Non si preoccupava dell'inferno; anzi, a parlar chiaro, diceva che il purgatorio magari arrivava a concepirlo, l'inferno gli pareva una favola per la gente grossa: una buona favola per tenere in soggezione la gentaglia, e credeva fosse stato Dante Alighieri ad inventarla – a quello giravano i... per la rabbia di essere stato cacciato dal paese, si mise d'impegno a far spavento alla gente – ma donna Concettina era convinta, senza peraltro averlo mai letto, che nel libro di Dante ci fosse divina rivelazione.

Vincenzino insisteva, fervidamente appoggiato dalla madre; non voleva uscire dal seminario nemmeno al tempo delle vacanze temendo il barone lo mettesse sotto chiave a fargli passare la vocazione. Era diventato alto e bianco come una candela, la testa gli dondolava sul collo lungo che pareva aspettasse il colpo di decollazione. – Morto è – diceva il barone – lo fanno squagliare a forza di penitenze e preghiere, gli mettono in testa che deve farsi santo: e digiuna per arrivarci subito. E ci arriva... oh se ci arriva... – Donna Concettina era invece del parere che

Vincenzino stesse in sviluppo, tutti nella sua famiglia diventavano cosí in età di sviluppo, Vincenzino non aveva preso dai Garziano, che nell'adolescenza assumevano massiccia struttura, era in tutto simile ai fratelli al padre al nonno di donna Concettina: gente di fisico delicato, e di delicati sentimenti; vecchia nobiltà spagnola che aveva dato al Regno uomini di penna e di devozione.

– Io me ne fotto – diceva il barone – delle delicatezze della vostra razza: mio figlio non lo voglio né santo né filosofo. Bel guadagno ha fatto quel vostro zio gesuita che è andato a farsi mettere in croce dai cinesi o dagli indiani o da chi diavolo è stato; e non mi parlate poi di quell'altro vostro parente che ha scritto tutti quei libri in latino che a solo guardarli mi gira la testa, quello era pazzo come è vero Dio: e non dice in un libro che bisogna metter tutto in comune, case terre animali e donne?... Piú pazzo di cosí!... Lasciamo perdere: mio figlio io lo voglio come me, che vada a caccia che si occupi delle terre che mangi da padreterno e che gli piacciano le donne... A proposito: pazzo com'era, quel vostro parente l'idea buona di mettere le donne in comune l'aveva avuta... L'unica cosa buona che è venuta fuori da uno della vostra famiglia...

Questo era, per donna Concettina, il colpo di grazia: si raccoglieva tutta nella veste, come ci fossero topi che le camminassero sui piedi, e scappava. Il barone godeva di un momento di soddisfazione, poi si rabbuiava forse al pensiero di aver parlato troppo e che per esasperazione donna Concettina finisse col riferire al fratello, uomo a corte di gran prestigio, gli insulti che dal marito riceveva. Perché fuori di casa, di quel cognato che aveva a corte, il barone menava vanto e gloria – mio cognato mi scrive che il re... scriverò due paroline a mio cognato... se mio cognato la prende a cuore, è cosa fatta...

A distrarre il barone dai guai familiari avvenne, nel gennaio del 1850, un piccolo fatto. Defilando la costa, in una giornata di gelido azzurro, passò davanti a Castro una grossa squadra della marina di guerra inglese: nitida nelle alberature nei colori nel movimento degli uomini sopracoperta. Ai liberali di Castro parve una decisiva dimostrazione di forza del governo inglese, che in quegli ultimi mesi aveva tenuto reciso atteggiamento verso il governo di Napoli; e sulle gazzette inglesi si leggevano giudizi sui Borboni ed accuse evidentemente ispirati dai tempestosi rapporti tra i due governi. Incautamente i liberali mostrarono allegria per quella dimostrazione, in Castro gli inglesi erano ben visti per quel che nella vicina Marsala avevano fatto nell'industria di vini, li si conosceva per uomini retti e liberi, di poche parole e di agire sicuro: veder passare la squadra navale e fantasticare di un'operazione intimidatrice, se non di guerra, contro il governo borbonico, fu tutt'uno. E tanto si sbaglia a far conto dell'aiuto altrui che gli inglesi da quella crociera di ammonizione certo cavarono vantaggio, e i liberali di Castro finirono in galera.

Dopo qualche mese venne a Castro un reggimento di truppa, e una cinquantina di gendarmi guidati da un uomo che, per l'odio verso i liberali e le sevizie che su loro praticava, era in Sicilia famoso. Dopo quello di Maniscalco, il nome del tenente Desimone significava galera e morte: ché di Salvatore Maniscalco egli era il braccio destro, il brutale esecutore. Io lo ricordo come lo vidi in quel giorno che doveva essere di primavera imminente, se mi pare di risentire l'amarognola fioritura dei mandorli, nel giardino del barone Garziano: il naso venoso, lo sguardo che dagli occhi porcini pareva strisciasse sulle cose, le gambe corte e incerte sotto il ventre a botte; ed era allegro, scoppiava a ridere e nel riso calava manate affettuose sulle spalle del barone, in gesto di furba intesa con l'indice gli pungeva a solletico la pancia. E rideva anche il barone, bevevano vino e ridevano; il tenente Desimone non beveva che vino, quando il barone gli aveva proposto il caffè era scoppiato a ridere – avete detto caffè? caffè volete darmi? io sapete come lo chiamo il caffè? – all'orecchio gli disse come chiamava il caffè, il barone si torse in una risata. – Datemi il vino, come Dio comanda: ché il vino è la bevanda degli angeli – e il barone ne ordinò al cameriere un paio di caraffe, che fosse della botte del 1837.

Nel vino cresceva confidenza tra il barone e il tenente, parlarono dei nemici dell'ordine che c'erano in Castro e poi di donne, di quelle di Palermo e di quelle di Trapani, il barone stava per le trapanesi, Desimone giurava che le palermitane, senza dubbio avide di denaro e piene di sfizî, erano le piú focose che avesse mai conosciuto. Si accordarono sulle siracusane, una ne aveva conosciuto il barone e una il tenente – ma una gran signora, caro barone, una cosa da leccarsi le dita... una cosa greca... – e il barone approvò – l'avete detta giusta: le siracusane sono cose greche... Quella che io... voi mi capite... era una statua, perfetta una statua: e per me faceva cose, cose...

Di sera, dentro un ferro di cavallo di soldati e gendarmi, appoggiati al muro del monastero di san Michele, vidi gli undici liberali arrestati: le mani incatenate e tra loro dalle catene legati; la luce gialla delle lanterne, mobile e vacillante, dall'ombra faceva emergere ora il volto dello speziale Napoli ora quello di don Giuseppe Nicastro, e di altri che non conoscevo bene; facce che parevano di febbre o pietrificate di spavento. Oltre la siepe dei soldati, fuori, c'era la gente del paese; si era sparsa la voce che i prigionieri stavano per fucilarli, la gente era accorsa, silenziosamente affluiva davanti al convento. Ma il tenente Desimone voleva solo scherzare, dopo un paio d'ore fece accompagnare i prigionieri alla caserma dei gendarmi; soddisfatto se ne tornò a palazzo Garziano a raccontare al barone dello scherzo e a far buona cena.

Il signor Gaetano Peruzzo, nella sua *Istoria della città di Castro*, alla pagina 187, afferma « esser per chiari segni gli arresti del 1850 avvenuti ad ispirazione di monsignor Calabrò, che come in congiura si strinse al giudice regio e a una notabile personalità cittadina, di cui è degno tacere il nome, oltre che per carità di patria, per il fatto che negli avvenimenti del 1860 si prodigò, a riscatto del suo triste passato, ad aiutare la garibaldina impresa » – e per chiari segni tutti i cittadini di Castro riconoscono, nella personalità di cui il Peruzzo tace il nome, il barone Garziano. Aggiunge il Peruzzo che il vescovo – « alla congiura fu mosso dal contegno di noi giovani, delle cose di religione noncuranti e beffardi, assenti ad ogni pastorale cerimonia e convocazione: e la piccola manifestazione di giubilo al passaggio della squadra della Real Marina Britannica serví a promuovere, con apparenza di giusta causa, il nostro arresto ». Queste affermazioni sono avvalorate dal fatto che le famiglie degli arrestati si rivolsero, ad implorare clemenza, al vescovo prima che alle autorità regie; e che il vescovo, pur protestandosi estraneo al provvedimento, faceva intendere che lettere di contrizione da parte degli arrestati gli sarebbero state gradite e l'avrebbero forse mosso ad intercedere. E alcuni dai familiari si lasciarono convincere a scrivere al vescovo: ed ottennero una specie di stralcio processuale che separò la loro sorte da quella, piú cruda, di chi al vescovo rifiutò di scrivere. Comunque, quegli undici arresti gettarono altrettante famiglie di Castro nell'angoscia e nella rovina, interi patrimoni fluirono nelle mani di giudici avvocati sbirri carcerieri e capimafia (i capimafia assicuravano, dentro le mura del carcere, protezione ai detenuti politici); ragazze bellissime e con ricca dote furono sacrificate in matrimoni con vecchi giudici e funzionari: e resta memoria in Castro del matrimonio della sorella di don Vito Bonsignore, uno degli arrestati del '50, con un vegliardo giudice del Tribunale di Trapani: una fanciulla di quindici o sedici anni che a me pareva come un fiore di magnolia delicata e intoccabile. Tanto l'amore familiare può, oltre il giusto ed il lecito, nei paesi nostri.

Gli anni passarono: per i liberali di Castro chiusi nelle prigioni della Favignana, per il loro orrore famose, misura delle stagioni fu il dolore nelle ossa, uno scheletro di dolore dentro la carne consunta, uno scheletro che s'incrinava di fredda morte; per altri, piú arrendevoli a chieder clemenza, fu misura di lunghi giorni la voce di campane non familiari, campane di Castelvetrano o di Girgenti che contavano, portando malinconia e disperazione, le ore della piú mite pena del confino; e altri ancora il tempo dell'esilio in Malta misuravano nel ritmo dei torchi tipografici da cui uscivano manifesti ed opuscoli destinati a varcare il braccio di mare che dalla Sicilia, cosí vicina che nelle giornate limpide pareva di poter toccare con mano, implacabilmente li separava.

Piú clemente passava il tempo per il barone Garziano; e forse gli stessi guai che in famiglia passava servivano a dare alla sua esistenza quel tocco di drammatica trasfigurazione che gli ci voleva a insaporirla. Tra l'altro, Rosalia aveva avuto un bambino: e il fatto, ancor piú avvelenando la vita di donna Concettina, al barone diede giovanile spavalderia e una certa noncuranza nei riguardi della vocazione, sempre viva, di Vincenzino; ché forse in cuore gli nasceva disegno di legittimare quest'altro figlio che, a suo dire, gli somigliava che pareva cavato da un piccolo stampo foggiato sulle fattezze sue.

Cristina si faceva intanto piú bella e lontana, per me sempre piú lontana, e non giuocava piú e non scendeva nemmeno in giardino, nel suo fiorire donna Concettina sentiva alitare la tentazione e perciò non la lasciava di un passo. Quasi sempre la vedevo alla finestra di quella che donna Concettina chiamava – la stanza di lavoro – china sul tombolo che sotto la sua mano sbocciava di fiori vividi: il suo profilo delicato appesantito e come tirato all'indietro dal tuppo dei capelli dorati. Avevo per lei un vago sentimento d'amore: esile e vuoto, mi pareva, come una spiga che venisse su senza granire; quotidianamente presente, già lei viveva in me come nell'essenza del ricordo, memoria e malinconia, la spiga lieve e gracile che non dà pane. Si diceva fosse già promessa ad uno di Castelvetrano, un bell'uomo che aveva il doppio della età sua ed era ricchissimo; io sentivo un certo sollievo a pensare che, una volta sposata, dovesse andar via dal paese; e mai piú l'avrei vista e sempre ricordata cosí come alla finestra la vedevo, un profilo di fanciulla lieve ed aereo` come luna nuova.

Leggevo tanti libri allora, negli angoli piú remoti del giardino mi rifugiavo a leggere; e per la passione che avevo a leggere libri e a ripensarli, diventavo distratto e stranito; e mio padre cominciò a credere che le letture mi intossicassero, mi faceva prediche piene di sentenze e proverbi – meglio un asino vivo che un dottore morto; l'asino zoppo gode la sua via, la meglio gioventú alla Vicaria – e quest'ultimo proverbio, di conio recente, alludeva ai sentimenti di odio che in me nascevano contro il Borbone: ché la meglio gioventú siciliana di quei sentimenti viveva, e le palermitane carceri della Vicaria buona parte di quella gioventú ingoiavano.

Per sottrarmi al veleno delle letture mio padre mi trovò impiego, forse con l'aiuto del barone, alle dipendenze dei Wodehouse, che in Marsala avevano uno stabilimento vinicolo e tenevano anche nel nostro paese magazzini ed ufficio. Ma il lavoro non mi allontanò dalle letture, serví anzi a crearmi rapporti con gli uomini di idee liberali nel paese stesso e negli ambienti di Marsala e di Castelvetrano: per cui da allora fui piú vicino alla galera di quanto mio padre immaginasse.

I tempi impercettibilmente mutavano, allora non me ne accorgevo, ché il tempo me lo vedevo davanti come un macigno e avrei voluto spingerlo a spallate e precipitarmici dietro: ma ora, guardando al passato, vedo come il tempo, nei dieci anni dal '50 al '60, operasse a mutare il sentimento degli uomini, il volto stesso delle cose. Già dopo gli arresti del '50, a Castro venne un sottintendente che si occupava solo della famiglia, che aveva numerosa, e della pubblica amministrazione: non dava retta a spie e lettere anonime, frequentava i cittadini che avevano fama di liberali, li proteggeva e li avvisava di ogni cosa che loro potesse nuocere. E poi venne anche un giudice regio di uguale sentimento, sicché la polizia si trovò circondata da un vuoto, una ruota che piú con altre ruote non ingranava. Ed era segno di cose mutate il fatto che tutti i tentativi del vescovo e del barone di rimuovere da Castro e il giudice e il sottintendente riuscissero infruttuosi. Nel '54 fu anzi trasferito il vescovo ad una diocesi di Calabria, proprio tra le montagne: e, cosa di cui il vescovo tanto si accorò che, a quanto si disse, ne morí, la diocesi era poverissima e infestata da briganti di senza pari ferocia. Il nuovo vescovo non si impicciò tanto di affari polizieschi, si diede tutto a rinnovare il seminario e a restaurare le finanze che, inspiegabilmente, monsignor Calabrò aveva lasciato in dissesto.

Castro, che era fino allora stato un paese di mare senza pescatori, e il pescato aveva sempre importato da Trapani o Marsala, cominciava a tentare il mare: la sera uscivano ora le barche per la pesca; non piú di una diecina, ma bastavano a fornire il paese di pesce ed a buon prezzo. E c'era anche qualche barco da carico che usciva, armato da commercianti del paese, a portare fichi secchi e vino fino a Malta. Nell'agricoltura, appunto per la richiesta degli inglesi, i vigneti cominciavano a fare piú umana e popolata la campagna intorno. Ci furono brutte annate a causa della filossera che attaccò le viti; ma in complesso la vita del paese si rinnovava e migliorava.

Al barone pareva che le cose andassero di male in peggio, con un giudice e un sottintendente che filavano intesa con i nemici dell'ordine e del re, con un vescovo che badava alle cose di chiesa e di seminario. Dalla visita del tenente Desimone fino all'arrivo di Garibaldi, altra soddisfazione non ebbe che l'annientamento della spedizione di Pisacane – bella fine hanno fatto: sotto i colpi di forcone dei villani! Cosí bisogna trattarli, questi nemici di Dio, a forconate. E quel loro capo, che razza di nome: Pisacane; e come un cane è morto.

Proprio l'anno della spedizione di Pisacane, in primavera, Cristina aveva sposato don Saverio Valenti di Castelvetrano, che il barone Garziano riteneva di fedelissimi sentimenti al Borbone, stante la famiglia Valenti aveva dato a re Ferdinando un ministro tuttora in carica e un luogotenente generale da qualche anno defunto. Ma il genero gli si rivelò piú tardi inclinato alle sovversive idee e successivamente, nei moti del 4 aprile 1860, che a Castelvetrano si manifestarono piú tumultuosamente che a Castro, si compromise al punto da essere arrestato e tradotto, insieme a molti altri, nelle carceri di Trapani.

Il 4 aprile del '60 a Castro, tranne qualche insulto agli sbirri e qualche giglio scalpellato, non accadde niente: e sottintendente e giudice come al solito fecero finta di non aver sentito gli infiammati discorsi che si tennero al casino di compagnia e in piazza. Quando si seppe che la rivoluzione, a Palermo e in altri centri, era fallita, chi a Castro si era compromesso, con parole e atti di spregio verso il governo, per qualche giorno dal paese si allontanò. Mi allontanai anch'io, con la scusa di essere stato chiamato a Marsala per ragioni di lavoro; quando seppi che niente a Castro si muoveva contro di noi, sollecitamente tornai. Il barone, che ormai sapeva come la pensavo, incontrandomi al mio ritorno da Marsala mi disse – e che volevate fare un nuovo quarantotto? Orbi fottuti siete, tu e tutti gli altri, anche quello sciagurato di mio genero – e io non dissi niente, per non creare guai a mio padre e a me stesso.

Due o tre giorni dopo questo incontro col barone, mi trovavo nel punto piú alto del paese, nell'officina di un fabbro, quando sentii, in una pausa del martellare, quan-

153

do il silenzio pare che improvvisamente come acqua dilaghi, un suono cupo e lontano, con continuità e cadenza: e pensai perciò ad una delle solite esercitazioni di tiro delle navi inglesi. Poi riflettendo, considerando che i moti dell'aprile fossero nelle città non del tutto sopiti, cominciai a sentire una certa agitazione e inquietudine: scesi in paese e ne informai gli amici, insieme ci recammo su una collina a sentir meglio i colpi; poi decidemmo che qualcuno di noi, a cavallo, andasse fino a Marsala. Andò Vito Costa, un giovane della mia età che poi cadde nella battaglia di Milazzo; ma non ebbe bisogno di raggiungere Marsala, ché a mezza strada incontrò Giuseppe Calà, che da parte degli amici di Marsala a noi di Castro portava la notizia dell'avvenuto sbarco di Garibaldi. Già era calata la sera quando la notizia ci giunse, in piazza gridammo – viva Garibaldi, viva la libertà – raccogliemmo gente e facemmo discorsi. Sentivo di amare tutto il mondo, la gioia mi invadeva fino al pianto.

Quando a notte già alta tornai a casa, mentre piano bussavo alla porta, la voce del barone mi giunse da una finestra alta, alzai gli occhi e vidi la sua faccia come una macchia bianca nell'oscurità – è sbarcato eh?... Tutti allegri siete, ma domani ve ne accorgerete, quando l'esercito del re farà a polpette lui e tutti i delinquenti che gli vanno appresso... Finirà peggio di quello... come si chiamava?... quello che nel nome aveva un cane... Domani ne parliamo, domani... – e con fracasso chiuse la finestra.

Ma l'indomani il barone si torceva tutto e diceva – cornuti, tutti cornuti: ammiragli e generali... cornuti traditori. E come gli fanno mettere piede a terra ad un pugno di briganti? Quattro cannonate bene assestate sarebbero bastate a mandarli a fondo. E invece li fanno avanzare, poco ci vuole e li vediamo qui a Castro.

Fino al 15 Garibaldi restò a Salemi, e il barone ebbe notizia che l'esercito del re si preparava ad affrontare quei banditi in battaglia. Già molti giovani di Castro erano partiti per raggiungere Garibaldi, la mattina del 16 partii anch'io, ma alla battaglia di Calatafimi non presi parte: vidi da un'altura l'assalto affannoso dei garibaldini, come ondate contro un muro forte; poi il muro cominciò a sgretolarsi, dal vallone l'ondata di uomini saliva, come sostenuta dal grido lacerato della tromba, in un viluppo di giacche azzurre e camicie rosse una bandiera tricolore scomparve, ci fu come un momento di smarrimento negli uomini che salendo si avventavano: ma per il nuovo balzo che fecero fu come avessero preso respiro. Ma già i napoletani, oltre la linea di resistenza tenuta dai cacciatori che sparavano fermi e precisi, se si vedevano i garibaldini rotolare colpiti; già i napoletani si raccoglievano in ritirata, il muro diventava piú debole, poi di colpo parve sommerso, anche i cacciatori si ritiravano, correvano: e i garibaldini furono sull'altura, mi parve vi cadessero come stremati.

Non riesco a calcolare quanto tempo durò la battaglia, tutto è cosí confuso nel mio ricordo: un groviglio di colori e di spari, quella bandiera che scompariva, l'agonia di quel suono di tromba. E poi i morti, si distinguevano anche a distanza i morti garibaldini e napoletani: al clamore della battaglia era successo un silenzio che apparteneva a quei morti distesi nel sole, un silenzio che pareva lievitare di putrefazione. Ma avevamo vinto, questo contava: avevo pianto, durante la battaglia; e tutto teso ero stato a cogliere la visione di Garibaldi nell'assalto, ma non riuscii a distinguerlo, anche se tutti vicino a me dicevano – ecco Garibaldi, è lui, vicino alla bandiera, piú a sinistra, quello con la sciabola alta – perché solo vagamente sapevo com'era Garibaldi e avevo creduto le battaglie si facessero cosí come i soldati marciano per le strade, col comandante in testa: e invece una battaglia non era che confusa morte, uomini in disordine lanciati contro altri uomini che in eguale disordine resistono e poi cedono.

La sera scese gelida, fitta di stelle, sui morti di Calatafimi.

Qualche giorno dopo marciavamo verso Castro. Il colonnello Türr aveva gridato, passando di corsa in senso inverso alla nostra marcia, che voleva uno del paese che stavamo per raggiungere, che però sapesse far di conto; lo seguii, pur non riuscendo a immaginare perché volesse uno del paese idoneo a far di conto. Mi disse che bisognava trovare delle pecore, se nella campagna di Castro era possibile trovarne e quante ce ne sarebbero volute. Io pensai subito alla masseria di Fontana Grande, e che sarebbe stato uno scherzo bello far mangiare ai garibaldini le pecore del barone Garziano; domandai al colonnello quante pecore bisognassero, ché sapevo bene dove trovarle. Il colonnello disse – è per questo che ho voluto uno che sapesse far calcolo: io ti dico che bisogna preparare circa millecinquecento razioni, e di quattrocento grammi ciascuna; ora tu sbrigatela con i rotoli e i mezzi rotoli, fammeli diventare chilogrammi, e poi pecore; io solo questo voglio sapere: quante pecore –. Feci il conto con una gran paura di sgarrare, dissi – trentasette pecore – e Türr mi batté sulla spalla sorridendo – bravo: non ti allontanare, e poi ti dirai dove prenderle – sicché mi trovai piú vicino a Garibaldi di quanto avessi mai sognato, e intanto il pensiero mi sorrideva di quel che avrebbe detto il barone apprendendo la perdita di trentasette pecore.

Camminavamo nel sole, la polvere si impastava nel sudore, tutti avevamo le sopraciglia bianche di polvere; ma dalle file si levavano canzoni, canzoni d'amore di veneziani e di liguri, i siciliani ne cantavano una che con oscenità scherniva Franceschiello e la regina:

> la palummedda bianca
> ci muzzica lu pedi,
> la p... di to' muglieri
> a Palermo 'un ci veni cchiú...

Era una canzone del '48, fatta per Ferdinando e ora adattata per Francesco. Quando i canti tacevano si sen-

tivano le messi frusciare nel refolo arso del vento, e veniva voglia di cacciarsi nei campi a stramazzare di sonno
tra le spighe alte.

Poi apparve Castro, bianca da sembrare incandescente
nel fuoco del sole, un paese mai visto mi pareva: eppure
distinguevo tra le case il verde del giardino in cui ero cre-
sciuto, il palazzo Garziano, il monastero di san Michele
e il palazzo vescovile: e la porta ad ogiva, dentro cui si
imbucava già la testa della nostra colonna, era bene Porta
Trapani: e fuori della porta, ai margini della strada, c'erano gruppi di persone e carrozze. Io camminavo, a piedi,
dietro Garibaldi e Türr e Sirtori e altri quattro o cinque
ufficiali che ancora non conoscevo; veniva dietro, cigo-
lante e col passo stracco dei due cavalli che la tiravano,
la carrozza dell'Intendenza; e chiudeva la marcia la compagnia del colonnello Carini. Gli ufficiali fermarono i
cavalli davanti alle persone in attesa, smontarono: e vidi
allora il barone Garziano, vestito di scuro e con una coccarda tricolore al petto grande come una focaccia, il volto
atteggiato a incontenibile gioia; aveva a lato il genero e
don Cecé Melisenda, con lui erano tutti quelli del casino
di compagnia, c'erano anche i miei amici, i pochi veri
liberali di Castro. Poiché il barone era davanti a tutti,
Garibaldi a lui tese la mano, il barone la strinse tra le sue
con devozione: e dava l'impressione che gratitudine e
gioia stessero per esplodergli in pianto.

Io guardavo come allucinato: e veramente il sole la
stanchezza il sonno che dentro mi ronzava, rendevano come di sogno la visione del barone Garziano incoccardato
e commosso con la mano di Garibaldi tra le sue. Non mi
accorsi di mio padre se non quando, col manico della frusta, mi toccò la spalla: era a cassetta, con la solita caciotta
verdastra, mi parve un povero vecchio; mi disse – monta
a lato a me, ché stai morendo – ma io non volevo perdere il colonnello Türr, e mi arrampicai a lato di mio padre quando vidi che Garibaldi, con Türr e il barone, saliva sulla carrozza nostra. Türr, accorgendosi di me, disse

– bravo; non ti perdere ché le pecore tu devi trovarmele –
e il barone disse – pecore cercate? A Fontana Grande,
nella mia masseria... tutte quelle che volete – e io mi sentii
ancora piú stanco e deluso.

Mio padre mi raccontò poi quel che era avvenuto, dopo
la mia partenza, in casa del barone. Era arrivato, di notte,
il genero: era stato liberato dalle carceri di Trapani, aveva raggiunto Garibaldi a Calatafimi, dopo l'esito vittorioso
era corso a Castro per avvisare il suocero, per convertirlo
al nuovo corso delle cose. Il barone dapprima aveva reagito con violenza, l'aveva chiamato traditore e delinquente,
poi aveva inveito contro i generali del re, poi contro il
re che come un cretino si faceva prendere a gabbo e tra-
dire: e infine aveva dichiarato che, mettendosi cosí le
cose, era tempo che ognuno badasse alle cose proprie, e
se il re non era buono a badare alle sue – « forca che t'in-
forca al piano della Marina » – cioè: finisca come vuole
finire – io della sua sorte me ne fotto e so quel che fare
per la sorte mia – e subito aveva cominciato a mettere
sottosopra la casa, a far rimuovere dalle pareti ritratti e
stampe del re e della real famiglia, una serie intera di stampe a colori che raffigurava momenti della visita di Ferdinando in Sicilia; e un ritratto di Pio nono; e quello,
infelucato e irto di decorazioni, del fratello di donna Concettina che aveva a Napoli altissima carica. Svegliandosi
al fracasso, donna Concettina era scesa in vestaglia e cuffia
da notte, aveva chiesto ragioni di quel movimento. Il barone le rispose che il generale Garibaldi stava arrivando
a Castro, e bisognava preparare la casa per riceverlo de-
gnamente.

Donna Concettina, che per il sonno da cui usciva capiva meno del solito, domandò – il generale Garibaldi?
E chi è?

Il barone diede in bestia – come? non sapete chi è il
generale Garibaldi? Quello sta mettendo il mondo sotto-

sopra, da una settimana non facciamo che parlare di lui, e voi venite a domandare chi è... E da dove scendete, dalla luna?

Donna Concettina si era ripresa, si rivolse al genero e disse — ripetetemi quel che ha detto vostro suocero — il barone bestemmiò, il genero disse — ha detto che sta per arrivare a Castro il generale Garibaldi.

— Io — disse donna Concettina — è la prima volta che sento parlare di un generale Garibaldi; proprio stasera, prima di andare a letto, vostro suocero mi fece sapere che c'era pericolo arrivasse a Castro un brigante di nome Garibaldi: chiedetegli se per caso è avvenuto che sua maestà il re Francesco ha nominato generale il brigante, mi pare sia avvenuto qualcosa di simile una volta.

Il barone si accese di bestemmie come un barile di polvere da sparo, poi implorò il genero che gli levasse dai piedi la moglie — Se no — disse — l'ammazzo e me la tolgo dai piedi una volta per sempre — ma mentre il genero si adoperava a convincere donna Concettina a tornarsene a letto, mio padre stava staccando dalla parete il ritratto di Pio nono; la baronessa urlò — non toccate quel ritratto.

Il barone gridò — tiratelo giú — e rivolto alla moglie — se, Dio ne scampi, il generale Garibaldi vede quel ritratto, voi io e tutti in questa casa ce ne andiamo in fumo: che non lo sapete come ci sta quello col Papa? Come il gatto col cane, ci sta.

— Dite a vostro suocero — disse donna Concettina piangendo — che io mi contento, come lui dice, andarmene in fumo: ma il ritratto di sua santità deve restare al suo posto. Anzi: ditegli che se quell'uomo, generale o brigante che sia, entra in questa casa, io mi metto a gridare come pazza: mi faccio ammazzare, faccio bruciare tutto... ma in questa casa un nemico di Dio non deve entrare.

Il barone parve sul punto di cadere per un colpo di sangue, pregò e minacciò, atroci insulti si fusero a dolci espressioni d'affetto; disse che, per quanto stava in lui, a Garibaldi avrebbe volentieri dato la polpetta col veleno che si dà ai cani: ma vinceva, quel brigante, non c'era niente da fare; e poi c'erano i figli, Vincenzino e Cristina – non ci pensate voi all'avvenire dei figli, alla loro salvezza? – Si giunse, infine, a un patto: che Garibaldi sarebbe stato accolto in casa; ma in espiazione di un tale peccato il barone avrebbe fatto edificare, a lato del palazzo, una chiesa: una chiesa tutta per donna Concettina, e dedicata a un santo cui si addicesse il compito di far mediazione tra le colpe di casa Garziano e la misericordia di Dio. Placata, donna Concettina disse che sceglieva senz'altro sant'Ignazio, al quale particolarmente si sentiva legata per quel suo zio gesuita che in oriente era morto nel martirio.

E cosí a Castro, a lato del palazzo in cui è stata murata una lapide che ricorda il soggiorno di Garibaldi, sorge oggi la chiesa di sant'Ignazio.

Nel giardino il barone aveva fatto apparecchiare i tavoli, c'erano caraffe di vino ciambelle e pandispagna, sotto gli alberi erano allineati i pozzetti dei gelati, ai rami erano appese bandierine tricolori. Il barone diceva – voi, signori miei, siete ospiti in casa mia: tutti, ché la mia casa è grande e ci starete con comodità... Mentre starete in Castro, per me sarà un onore e un piacere ospitarvi... E tutto quel che vi occorre, non fatevi scrupolo a chiederlo... – e rivolto al colonnello Türr – le pecore arriveranno, entro un'ora; e anche i buoi... Tutto quel che possiedo è a disposizione vostra, tutto – si allontanò per dare ordini alla servitú, leggero come una farfalla sfiorava i gruppi che si erano formati, ufficiali garibaldini e cittadini di Castro, ad ogni gruppo lanciava parole di complimento e di allegria. Garibaldi, seguendolo con lo sguardo, disse – questi siciliani: che cuore hanno, che passione mettono nelle cose...

– Io direi, generale, che quest'uomo ha per noi tutto l'entusiasmo della paura – disse un giovane che durante la marcia avevo visto dentro la carrozza dell'Intendenza:

un giovane dal profilo nitido, la fronte alta, gli occhi che continuamente mutavano dall'attenzione alla noia, dalla soavità alla freddezza – Mi son fatto ormai opinione sicura sui siciliani: e costui mi pare abbia molto da nascondere, da farsi perdonare; e forse ci odia...

– Mio caro Nievo – disse con affettuoso compatimento Garibaldi.

– Sí, generale – continuò il giovane – siete voi che avete un cuore grande: e nella vostra generosità e passione non vedete la viltà, la paura e l'odio che si mascherano di festa e agitano bandiere a salutarci... Perché abbiamo vinto: e se a Calatafimi ci fossimo rimasti, molti di questi signori che ci fanno festa, che ci aprono i palazzi e le cantine, contro di noi avrebbero lanciato i loro contadini...

– Mio caro Nievo – disse ancora Garibaldi.

– Vedete – continuò Nievo – questo è un popolo che conosce solo gli estremi: ci sono i siciliani come Carini, e ci sono i siciliani come... come questo barone, insomma.

– D'accordo su Carini – disse Garibaldi. – Ma non capisco perché all'altro estremo mettiate questo povero barone: che ci apre, sí, il palazzo e le cantine, ed è già molto... ma non credo abbia da farsi perdonare, e che nasconda odio per noi.

– Perché – disse Nievo – io credo nei siciliani che parlano poco, nei siciliani che non si agitano, nei siciliani che si rodono dentro e soffrono: i poveri che ci salutano con un gesto stanco, come da una lontananza di secoli; e il colonnello Carini sempre cosí silenzioso e lontano, impastato di malinconia e di noia ma ad ogni momento pronto all'azione: un uomo che pare non abbia molte speranze, eppure è il cuore stesso della speranza, la silenziosa fragile speranza dei siciliani migliori... una speranza, vorrei dire, che teme se stessa, che ha paura delle parole ed ha invece vicina e familiare la morte... Questo popolo ha bisogno di essere conosciuto ed amato in ciò che tace, nelle parole che nutre nel cuore e non dice...

– Questa è poesia – disse Sirtori.

– Oh, certamente – disse Nievo. – Ma per far prosa vi dirò, e il generale vorrà perdonarmi, che non mi piace questo barone; e non mi piacciono i siciliani come Cri...

Garibaldi fece un gesto reciso – torniamo alla poesia – disse.

Ma tornava il barone, seguito dal cameriere che portava il vassoio coi gelati. Il barone prese la prima coppa dal vassoio e la porse al generale con un inchino, poi servì Türr, poi Sirtori; poi al giovane, che non sapeva chi fosse, disse – e a voi, capitano.

– Non sono capitano – disse Nievo.

Garibaldi disse ridendo – è un poeta, un poeta che fa la guerra: e canterà le nostre vittorie e il cuore dei siciliani.

– Mi rallegro – disse il barone: e come per rendere omaggio alla poesia declamò:

> S'ode a destra uno squillo di tromba
> A sinistra risponde uno squillo...

due versi che gli erano rimasti in mente dalle cerimonie del '48; ma per cambiar subito discorso disse – ho fatto preparare la camera per voi, generale; se volete salire a riposare un po', la troverete già pronta: ecco, è quella la vostra camera... – e alzò il bastone a indicare una finestra.

Io stavo un po' in disparte, appoggiato al tronco di un ulivo: in quel bastone che si mosse, nel barbaglio del pomo, mi parve il tempo si aprisse come un imbuto di vento a risucchiarmi nel passato; e il barone, euforico e sicuro, continuava – è la camera migliore, soleggiata da ogni parte, come vedete: la riservo agli ospiti piú illustri... E ne son passati da quella camera!... Sapete chi ci ha dormito?... Provate a indovinare...

– Chi? – fece Garibaldi, freddo.

E guardando in faccia il barone vidi che per un momento il suo cervello si era fermato come un orologio guasto: i suoi occhi ora annaspavano come quelli di un naufrago, disperatamente. « Gli piglia un colpo – pensai – ora muore ». Invece si riprese, disse – ci ha dormito un parente di mia moglie che era un po' strambo, intelligente ma strambo: figuratevi che scrisse libri cosí, e tutti in latino, per dire che tutti i beni del mondo vanno messi in comune, anche le donne.

Tutti risero. Il barone si passò il fazzoletto sulla faccia.

(Partii l'indomani con l'esercito di Garibaldi, partecipai a tutte le battaglie, dal Ponte dell'Ammiraglio a Capua; poi passai, da ufficiale, nell'esercito regolare, disertai per seguire ancora Garibaldi, fino all'Aspromonte. Ma questa è un'altra storia).

L'antimonio

And the Cardinal dying and Sicily over the ears –
Trouble enough without new lands to be conquered...
We signed on and we sailed by the first tide...

A. MAC LEISH, *Conquistador.*

Gli zolfatari del mio paese chiamano *antimonio* il *grisou*. Tra gli zolfatari, è leggenda che il nome provenga da *anti-monaco*: ché anticamente lo lavoravano i monaci e, incautamente maneggiandolo, ne morivano. Si aggiunga che l'antimonio entra nella composizione della polvere da sparo e dei caratteri tipografici e, in antico, in quella dei cosmetici. Per me suggestive ragioni, queste, ad intitolare *L'antimonio* il racconto.

I.

Sparavano dal campanile: secondo i nostri movimenti, raffiche brevi di mitragliatrice o precisi colpi di fucile. Il paese era solo una strada cieca, case basse e bianche, e in fondo una chiesa dalla grezza facciata di arenaria con due rampe di gradinata e un campanile a vela di tre arcate. Dal campanile sparavano. Eravamo entrati credendo avessero completamente abbandonato il paese, ma le raffiche della mitragliatrice e i colpi di fucile ci fermarono alle prime case. Alla nostra compagnia fu ordinato di andare dall'altra parte del paese, dietro la chiesa: ma dietro la chiesa c'era uno strapiombo di roccia che pareva segato tanto era a filo e liscio, il capitano decise di farci appostare nel cimitero, che era su un'altura vicina, a livello del tetto della chiesa e del campanile. Quando quelli se ne accorsero, cominciarono a mandare raffiche sulle tombe.

Da un'ora stavo dietro il cippo di una tomba, in ginocchio, e strusciavo la faccia sul marmo per trovare refrigerio. Mi sentivo friggere la testa dentro l'elmetto infuocato, della vampa del sole l'aria vibrava come dalla bocca di un forno. Alla mia destra, nell'arco di una cappella gentilizia, il capitano e un giornalista che conoscevo stavano rigidi, come inchiodati alla porta; un piccolo movimento poteva farli bersaglio. Se voltavo gli occhi a sinistra, un po' indietro, vedevo mezza faccia di Ventura, in ogni azione ci trovavamo vicini, dietro una grossa lastra di marmo sulla quale era una lunga scritta e grosse le parole – *subió al cielo* – che ad un certo punto cominciarono a ballarmi negli occhi e nel cervello come se le lettere, una per una, uscissero incandescenti dalla forgia di un fabbroferraio. Per me, ne ero certo, l'ora di salire al cielo non era ancora venuta; e se mai, meglio sarebbe stato scendere nella terra, dove umida si attacca alle barbe delle radici. Di sicuro al cielo non era salito il soldato che dalla tomba davanti a me si era mosso verso l'ombra della cappella, la testa gli si era sgranata, ora da magro che era il suo corpo diventava gonfio come un otre; avevamo quaranta gradi all'ombra, diceva il capitano: all'ombra della cappella dove lui stava.

– Arrivano i mori – mi disse Ventura.

Venivano verso di noi piegati nella corsa, parevano aggomitolati. Dal campanile spostarono il fuoco su di loro, il capitano e il giornalista allungarono la testa come giraffe, il corpo sempre incollato alla porta della cappella; fischiò una pallottola a filo delle loro teste, il monocolo del giornalista cadde sul gradino e si frantumò con un suono d'argento, disse – rossi cornuti – ma aveva un altro monocolo in tasca, lo svolse dalla carta velina e se lo incastrò all'occhio. Lo conoscevo, era del mio paese, senza il monocolo non poteva vivere; lo ricordavo com'era da giovane, nel '22, in camicia nera, con la paglietta dura il nerbo di bue che gli pendeva dal polso e sempre il monocolo, i suoi amici lo chiamavano « conte » per sfotterlo, era figlio di un vecchio usuraio; nel '22, nell'estate, aveva attaccato il fuoco alla porta della Camera del Lavoro, per poco non mandava in fumo tutto il paese. Poi se ne era andato, non sapevo facesse il giornalista, l'ultima volta era venuto in paese dieci anni prima, aveva fatto un discorso su D'Annunzio al teatro comunale: a me le cose dei libri piacciono, dal suo discorso D'Annunzio non mi piacque. Lo avevo ritrovato in Spagna, mi ero fatto riconoscere perché fa piacere quando si è fuori incontrare un paesano, anche se in paese non lo hai mai avvicinato per antipatia: era contento, disse, di trovare un concittadino a servire la patria in terra di Spagna – bravo – disse – facciamoci onore –. Non capiva niente.

I mori avevano perduto qualche penna, dal posto dov'ero ne vedevo due caduti con le braccia aperte, la faccia al sole: *cara al sol* cominciava l'inno della Falange, le facce dei morti mangiate dal sole; l'inno voleva dire dei vivi che marciano col sole in faccia, per me il sole stava nello stemma della morte. Le nostre mitragliatrici morsero furiose: l'arrivo dei marocchini incoraggiava sempre, almeno per il fatto che le azioni di rischio loro le facevano per festa.

Nel campanile non dovevano esserci piú di quattro uomini con due mitragliatrici. Ad un punto dal campanile la mitraglia tacque, solo il ta-pum dei fucili continuò regolare; quel ta-pum mi ricordava una lontana giornata di estate, i banditi che dalle rocce sparavano sulla strada ai contadini, per fargli lasciare i muli: mio padre mi spiegò che quel suono facevano i moschetti austriaci; si era negli anni del dopoguerra, la campagna del mio paese formicolava di banditi. I marocchini si agitarono dietro le tombe, cominciarono a scoprirsi: di nuovo vennero raffiche dal campanile, i marocchini non se ne curarono, l'ultima raffica si spense: sapemmo che era l'ultima cosí come il contadino dice sull'aia – tra poco cambia il vento, il vento è finito –. A quelli del campanile le mitragliatrici non servivano piú.

Una pattuglia dei nostri restò nel cimitero, gli altri tornarono di corsa alle prime case del paese. Sparando, dai due lati della strada, strisciando lungo le case, i mori avanzarono verso la chiesa; dal campanile venivano colpi di fucile, uno dei mori stramazzò sull'acciottolato.

– Bella gente – disse il giornalista.

– Sono impeciati della pece d'inferno – disse Ventura.

I mori giunsero alle rampe della scalinata, solo allora mi accorsi che la chiesa era precisa quella di Santa Maria del mio paese. Non vennero piú colpi dal campanile, poi si sentí una voce lacerata, come di un ragazzo che ha paura e sta per scoppiare a piangere.

– Si arrendono – disse il giornalista.

I mori si accularono sui gradini, i fucili puntati alla

porta; sentii crescere intorno il silenzio. Quando c'era gente che si arrendeva io mi sentivo salire la terzana, lame di freddo per il filo della schiena sentivo, un groppo di dolore alla bocca dello stomaco: e in testa mi venivano cose di sogno, una cabala di cose.

Si aprí stridendo la porta della chiesa, vennero fuori due in tuta, uno era ferito, aveva in faccia colore di morte; erano della FAI, lo avevo saputo nel momento stesso in cui mi ero reso conto che non avevano nessuna possibilità di fuga, e che lo sapevano. Ci avvicinammo tutti. Il ferito si accasciò su un gradino; l'altro si tolse l'elmetto, capelli colore di paglia gli piovvero sulla faccia, il gesto della mano per aggiustarseli la rifece donna, aveva grandi occhi grigi. Il colonnello spagnuolo cominciò a farle domande, rispondeva rapida e si capiva che tra una risposta e l'altra pregava il colonnello per il compagno ferito. Il giornalista ci spiegava – erano quattro, due sono morti sul campanile; lei è tedesca...

Sorridendo il colonnello parlò ai mori, la donna gridò, urlando di gioia i mori la trascinarono. Il giornalista disse – gliela regala, la faranno divertire: troverà piú di quel che è venuta a cercare – e l'occhio gli luceva di malizia dietro il monocolo.

Portarono via anche il ferito che era tutto un gemito. Ventura ed io sedemmo sui gradini della chiesa, tirammo fuori il trinciato e le cartine, versavo a terra il tabacco per il tremito che avevo alle mani. Qualche casa si apriva, due o tre finestre fiorirono di bandiere rossogiallorosso.

– Se mi capita a tiro al momento buono – disse Ventura – a quel giornalista del tuo paese gli caccio una pallottola nell'occhio di vetro.

– E a quel colonnello – dissi.

– Anche al colonnello – disse – lo metto in elenco proprio tra i primi; è da sei mesi che vado facendo il mio elenco, sta diventando troppo lungo, bisogna che mi decida a cominciare...

Ventura teneva un po' di mafia, diceva che durante la

guerra del '15 suo padre suo zio un compare di suo zio un cugino di sua madre, tutti quelli del suo paese, insomma, che si trovarono sul fronte, non ci pensavano due volte a liberarsi durante un assalto degli ufficiali e dei sergenti « fetenti ». A stare a quel che raccontava, l'esercito italiano aveva perso piú ufficiali e sottufficiali sotto i colpi dei parenti suoi che sotto quelli degli austriaci. Ma consentivo al suo giuoco, ci trovavo una specie di sfogo, serviva a sciogliermi quel groppo di spavento che mi sentivo dentro. Ventura era un buon compagno, forse quelle cose diceva per tirarmi su; da Malaga stavamo insieme, sempre vicini nei momenti di pericolo. Eravamo diventati amici un giorno che aveva preso a pugni un calabrese cui piaceva « vedere le fucilazioni », appena aveva un momento libero diceva – vado a vedere le fucilazioni – allegro come andasse ai fuochi di Santa Rosalia; Ventura gli disse che di fucilazioni non doveva piú parlare, e se aveva il gusto di vederle, che era poi un gusto da cornuto, andasse senza rompere le scatole a persone cui veniva il vomito a sentir parlare di fucilazioni; il calabrese aveva reagito, voleva dargli un colpo di baionetta, Ventura a pugni gli aveva gonfiata la faccia. Dopo la zuffa, invitai Ventura a bere un bicchiere di vino: passammo un'ora a sgranocchiare granchi di mare e a bere vino, un vino che era come quello di Pantelleria odoroso; solo allora cominciai a capire che cosa era la guerra di Spagna, ché io credevo i « rossi » fossero dei ribelli che volevano rovesciare un governo d'ordine, Ventura mi spiegò la ribellione l'avevano fatta i fascisti spagnuoli, e da soli non ce la facevano a buttar giú il governo: avevano domandato aiuto a Mussolini, Mussolini dice – che me ne faccio di tutti i disoccupati? li mando in Spagna e sto a posto – e non era poi vero che in Spagna ci fosse un governo di comunisti.

– E poi – disse Ventura – che ti fanno i comunisti? a te e a me, che ci fanno? A me non importa niente del comunismo e del fascismo, ci sputo sopra: io in America voglio andare.

– E come ci vai in America?

– Per questo sono venuto in Spagna – disse – passo il fronte, gli americani aiutano la Repubblica, ci sono americani che combattono nelle brigate, ce n'è una tutta di americani; passo il fronte e mi metto nella brigata: se mi ammazzano, se voi mi ammazzate... – il pensiero lo sorprese, che io o qualcuno di noi potesse ammazzarlo – ma non ci resto morto in questo imbroglio, in America ci arrivo, magari con qualche pezzo in meno ma ci arrivo... C'è mia madre in America; mio fratello due sorelle sposate i nipoti... Io ci sono andato a due anni, con mio padre e mia madre; poi mio padre è morto, mi sono messo con tutti i vagabondi del Bronx: una notte ammazzarono un poliziotto, mi ci trovai immischiato senza sapere come, non sono stato io a sparare, nel giro di quindici giorni mi trovai sul piroscafo che doveva portarmi in Italia... Ero ancora un ragazzo, mia madre voleva venire con me, la persuasero a restare: ché un grande avvocato si sarebbe occupato di me, per farmi tornare, e anche un senatore... Mia madre va dietro all'avvocato e al senatore da dieci anni: e io in Italia disperato, senza far niente, ché dollari non me ne hanno fatto mai mancare, ad aspettare... Ho tentato piú di una volta di passare in Francia, sempre mi hanno pescato... Appena ho sentito della guerra in Spagna, e dei volontari che volevano, sono diventato il fascista piú fanatico del paese, mi hanno fatto partire tra i primi: ma io sul fascismo ci sputo, e anche sul comunismo.

Credo che il vino gli avesse messo gran voglia di parlare, di confidarsi per sfogo; ché non avrebbe dovuto parlare cosí, con me che appena conosceva; e tanta confidenza, e di cose tanto pericolose, mi faceva paura. Dopo qualche giorno mi disse però che quella confidenza non me l'aveva fatta per il vino bevuto, aveva capito che di me poteva fidarsi, lui gli uomini li conosceva: io continuai a credere lo avesse spinto il vino, sempre gli raccomandavo di non fidarsi a superare la mezza bottiglia.

– Tu – mi disse quel giorno Ventura, e già il vino gli

si volgeva in tenerezza per me – sei uno di quelli che Mussolini si è levato dai...; un disoccupato sei, facciamogli fare la guerra al povero disoccupato; senza pane in Italia, in Spagna un eroe diventa; farà cose da pazzi per la grandezza del duce...

Ora, seduti sui gradini di quella chiesa che era in tutto uguale a quella del mio paese, avvitando tra le dita sigarette sgorbie, sentivo un gran bisogno di parlare e parlare, come un ubriaco: di me del mio paese di mia moglie, e della zolfara in cui avevo lavorato, e della fuga, dalla zolfara, nel fuoco della Spagna.

Si sentirono dei colpi di fucile. – Hanno sparato al ferito – disse Ventura.

– Io – dissi – verrei con te dall'altra parte per questo: per non sentire piú le fucilazioni, per non vedere piú scannare i feriti, per non vedere quel che ho visto ora con quella tedesca, per non vedere piú i mori i colonnelli del *tercio* i Crocefissi e i Cuoridigesú...

– Non vedresti piú i giummetti del *tercio* i mori i Crocefissi e i Cuoridigesú: ma le fucilazioni e il resto non te li leva nessuno.

Sapevo che era vero; e pure mi pareva già molto non vedere piú i Crocefissi attaccati, per devozione dei falangisti, a tutte le cose che seminavano morte, ai cannoni e ai carri armati; non sentire piú invocare la gran madre di Dio da quei navarresi che si riposavano degli assalti fucilando prigionieri, e non vedere i cappellani benedicenti, quel monaco che passava di foga tra le nostre file con la mano levata esortandoci in nome di Dio e della Vergine...

– Al mio paese – dissi – c'è per ora la festa dell'Assunta, la Madonna di mezzoagosto, dicono i contadini... Qui fucilano i contadini a gloria della Madonna di mezzoagosto... I contadini vanno coi muli parati, in processione; i muli carichi di sonagliere, ogni mulo porta una bisaccia nuova nuova piena di frumento: arrivano alla chiesa e scaricano il frumento, centinaia di tomoli di frumento in ringraziamento della pioggia che è venuta al tempo giusto, del mal di vermi che al bambino è passato, del calcio del mulo che ha solo sfiorato la testa del contadino... Certo, muoiono tanti bambini; c'è stata buona pioggia per il frumento ma i mandorli hanno avuto brutta gelata, e non sarà annata abbondante per l'olio; e qualche contadino ha preso in pieno, alla testa o al ventre, il calcio del mulo... Ma per la fede nostra solo le cose buone contano: nelle pene Dio non c'entra, è il destino che ce le porta. Facciamo una buona domenica, con il brodo e la carne: e mia madre dice che dobbiamo ringraziare Dio; portano a casa mio padre, bruciato dall'antimonio: e mia madre dice che il destino infame l'ha bruciato... Vorrei far vedere a mia madre che qui in Spagna, Dio e il destino hanno la stessa faccia.

— Non voglio saper niente – disse Ventura – né di Dio né del destino; è da stupidi pensare al destino, è come mettersi vicino a un formicaio e pensare « gli do un colpo di tacco o no? è destino che glielo dia o è destino che lo lasci intatto? », se cominci a pensare al destino, ti può uscire il senno stando a guardare un formicaio. In quanto a Dio, la cosa è piú complicata: in dieci anni di non far niente ho avuto il tempo di pensare anche a Dio, mi sono convinto che la morte è Dio, ogni uomo si porta dentro il Dio della sua morte, come un tarlo; ma non è una cosa semplice, ci sono momenti in cui vorresti la morte fosse come il sonno, e che qualcosa di te restasse sospesa in un sogno: uno specchio che continuasse a tenere la tua figura, e tu sei già lontano... È per questo che gli uomini si fanno un Dio. Ma io non voglio saperne, in questo momento mi sentirei abbandonato, come un bambino che comincia a camminare e ad un certo punto si accorge che la mano della madre non è piú pronta a sostenerlo, e ruzzola: qui dovrei camminare da solo, senza Dio; tanto vale non averlo mai avuto... Ché se avessi dovuto farmi un Dio, sarebbe stato un buon Dio: e in Spagna mi avrebbe certo lasciato solo... Il Dio del *tercio* e dei navarresi non è buon Dio.

– Lo direi a mia madre – dissi – che il suo Dio sta col *tercio*.

– Ti direbbe che è giusto: forse in questo momento sta facendo la novena per il *tercio* e per i navarresi, dal pulpito il prete avrà predicato « e la vostra novena alla Madonna di mezzoagosto fatela con l'intenzione di invocare da Dio protezione e forza per gli eserciti che per il suo nome e la sua gloria combattono ».

– Li odio, gli spagnuoli – dissi.

– Perché hanno tirato Dio dalla loro parte come una coltre, e ti hanno lasciato all'addiaccio: il tuo Dio e quello di tua madre. Ma nella Repubblica Dio non c'è: ci sono quelli che l'hanno sempre saputo, come me; e altri che tremano di freddo perché la Falange ha tirato tutta a sé la coltre di Dio.

– Non è solo questo – dissi – è che sono feroci.

– Senti – disse Ventura – io per il gran desiderio che ho di tornare in America son venuto a rischiare la vita in Spagna; l'America è ricca è civile è piena di buone cose; c'è libertà, uno può diventare, da niente che è, ricco come Ford; o può diventare Presidente, può diventare quello che vuole. Ma due innocenti sono stati mandati alla sedia elettrica: e tutta l'America sapeva che erano innocenti, lo sapevano i giudici il Presidente quelli che fanno i giornali e quelli che li vendono. A me pare un fatto piú terribile delle fucilazioni che si fanno qui. E quei due sono stati condannati, in un paese libero ordinato ricco, con tutte le forme della legge, per le stesse ragioni per cui i falangisti macellano quelli della FAI. Non hai mai sentito parlare di Sacco e Vanzetti?

– No – dissi – non ne ho mai sentito parlare.

Mi raccontò la storia di Sacco e Vanzetti, davvero non c'era da meravigliarsi della Spagna.

– E pensa alla Sicilia – disse Ventura – pensa alla Sicilia degli zolfatari, dei contadini che vanno a giornata: all'inverno dei contadini, quando non c'è lavoro, le case piene di bambini che hanno fame, le donne con le gambe gonfie per l'albumina che si muovono per la casa, l'asino e la capra vicino al letto. Impazzirei, io. E se i contadini e zolfatari un bel giorno ammazzano il podestà il segretario del fascio don Giuseppe Catalanotto, che è il padrone della zolfara, e il principe di Castro, che è padrone del feudo; se questo succede al mio paese, e se il tuo paese comincia a muoversi, e se in tutti i paesi della Sicilia comincia a soffiare un vento simile, sai che succede? Tutti i galantuomini, che sono fascisti, si mettono coi preti coi carabinieri coi questurini: cominciano a fucilare contadini e zolfatari, e contadini e zolfatari ammazzano preti carabinieri e galantuomini; non si finirebbe piú di ammazzare, e poi vengono i tedeschi e ti aggiustano un paio di bombardamenti da far passare per sempre ai siciliani la voglia di fare rivolta, e i galantuomini vincono.

– Anche in Spagna finisce cosí – dissi.

– Per merito nostro – disse Ventura – ché senza italiani e tedeschi i galantuomini qui sarebbero morti come sorci. Siamo peggio dei mori siamo.

Mi piacerebbe ricordare il nome di quel paese, ricordo che la chiesa era dedicata a santo Isidoro; è un santo contadino ma i contadini gli avevano tirato a bersaglio, in quella chiesa: il giornalista prese fotografie di santo Isidoro con la testa scoperchiata che sembrava una grasta, e senza braccia come quel milite che le aveva perdute a Guadalajara. Seduto sulla scalinata di quella chiesa, ho capito tante cose della Spagna e dell'Italia, del mondo intero e degli uomini nel mondo.

A Malaga, il calabrese che andava a vedere le fucilazioni diceva – è come a teatro, ci vengono anche le signore: si mettono un po' lontano e guardano, c'è una vecchia signora che guarda con un binocolo di madreperla – l'immagine della vecchia signora mi aveva dato alla fantasia, mi pareva un simbolo della Spagna fanatica e feroce. Ora mi veniva in mente donna Maria Grazia, ci faceva abitare un dammuso del suo palazzo e mia madre scontava il prezzo dell'affitto lavando due volte la settimana i pavimenti e le scale del palazzo, donna Maria Grazia guardava con l'occhialino e diceva – avete lavato la scala tutta a sbavature, passate lo straccio in quest'angolo, ripassatelo nel salotto – due volte la settimana mia madre scendeva dal palazzo sfinita, per la stanchezza le passava persino la voglia di mangiare. Donna Maria Grazia non aveva buona opinione di me, diceva a mia madre – vostro figlio cresce male, non è servizievole, mi saluta appena; e si veste che pare un galantuomo, chi sa che cattivi pensieri si mette in testa: insegnateglielo, che uno deve stare dove la provvidenza l'ha messo, il povero che fa il superbo sempre male finisce – e mia madre mi diceva – salutala, fallo per me, salutala – ma io mai avevo mancato di salutarla, mi levavo il berretto e dicevo – buonasera – lei voleva invece che dicessi – baciolemani – perciò mi guardava attraverso l'occhialino e non rispondeva, sarebbe venuta col binocolo a vedere la mia fucilazione.

Fino all'arrivo in Spagna non capivo niente del fascismo, per me era come se non ci fosse, mio padre aveva lavorato nella zolfara, e anche mio nonno, e come loro io nella zolfara lavoravo: leggevo il giornale, l'Italia era grande e rispettata, aveva conquistato l'impero, Mussolini faceva discorsi che era un piacere sentirli. Avevo i preti in antipatia, per quel che nelle storie avevo letto e per il fatto delle confessioni, non mi piaceva che mia madre o mia moglie andassero a raccontare al prete quel che succedeva in casa, i loro peccati e quelli miei e dei vicini: le donne dei nostri paesi cosí si confessano, parlano piú dei peccati degli altri che dei propri. Anche i galantuomini mi davano fastidio, quelli che vivevano della rendita delle terre e delle miniere; e quando la domenica li vedevo in divisa mi pareva che il fascio facesse una sorta di giustizia, costringendoli a vestirsi in un modo buffo e a marciare nella piazza del castello. Credevo in Dio andavo a messa e rispettavo il fascio. Volevo bene a mia moglie, ché l'avevo sposata per amore e senza un soldo di dote. E lavoravo nella zolfara, una settimana nel turno di notte e un'altra nel turno di giorno, senza mai lamentarmi. Avevo solo una gran paura dell'antimonio, ché mio padre c'era rimasto bruciato, e nella stessa zolfara. Era una zolfara che, a memoria dei piú vecchi, i padroni avevano sempre sfruttato senza curarsi della sicurezza degli operai, frequenti erano le « disgrazie », il crollo d'una volta o lo scoppio dell'antimonio: e le famiglie di quelli che restavano schiacciati o arsi se la prendevano col destino. C'era stato un tempo, nel '19, nel '20, che invece di prendersela col destino, gli zolfatari che scampavano la « disgrazia », se l'erano presa col padrone, avevano scioperato e mandato minacce: ma il tempo degli scioperi era passato, per la verità non credevo lo sciopero fosse una buona cosa in una nazione d'ordine come era diventata l'Italia.

L'otto settembre del 1936, giornata di Maria Bambina, e in sua gloria in tutta la campagna del mio paese vengono accesi dei falò (mia madre disse poi che era giornata « segnalata », e nelle giornate « segnalate » non si lavora), avevo il turno di giorno: il turno di giorno mi faceva alzare alle tre di notte, uscire di casa alle tre e mezzo, fare un'ora di strada e « calare » nei pozzi alle cinque. Mio zio Pietro Griffeo, fratello di mia madre, che della zolfara era vecchio lupo, da diversi giorni raccomandava – ragazzi, tenete basse le lampade, c'è qualcosa che non mi piace – e anche quel giorno fece la raccomandazione solita. La nostra sezione era la meno ventilata, non c'erano armature; e i « ripieni » erano da fare. Ci spogliammo, e l'aria ce la sentivamo sul corpo nudo come un lenzuolo bagnato. Le nostre lampade erano ad acetilene, le lampade di sicurezza l'amministrazione le teneva come uno di noi tiene il vestito della festa, per « comparire » quando venivano gli ingegneri per l'ispezione: del resto, i vecchi zolfatari non le volevano – quando è destino – dicevano – si muore anche con le lampade di sicurezza – chi sa perché le avevano in antipatia, amavano i vecchi lumi ad acetilene.

Dopo aver fatto colazione, quasi tutti mangiavamo pane con sarde salate e cipolla cruda, riprendemmo il lavoro. Mio zio ancora raccomandò – basse le acetilene – e un minuto dopo dal fondo della galleria venne un ruggito di fuoco, come avevo visto al cinematografo l'acqua precipitare dalle chiuse aperte, cosí il fuoco venne verso di noi urlando; ma questo sto pensandolo ora, non sono sicuro fosse proprio cosí, mi vedevo il fuoco sopra e non capivo niente, mio zio che gridava – l'antimonio – e mi trascinava, e io già correvo come in un sogno. Corsi anche dopo che uscii dalla bocca della zolfara, scalzo e nudo corsi per la campagna finché non sentii il cuore che mi schiattava, mi buttai a terra piangendo forte come un bambino e tremando.

La notte ebbi delirio, non avevo febbre né dormivo, ogni parola che mi dicevano ogni rumore che sentivo ogni pensiero che mi nasceva, parevami esplodesse dentro come il lampo che fanno i fotografi, il lampo si spegneva e mi restava una luce viola, la luce che immaginavo si portassero dentro i ciechi; sempre avevo avuto spavento dell'antimonio perché sapevo che bruciava le viscere, cosí mio padre era morto, o gli occhi: conoscevo molti che per l'antimonio erano ciechi.

L'indomani mi sentivo vecchio di cento anni, decisi che mai piú sarei tornato alla zolfara. Sapevo che c'era una guerra in Spagna, molti erano andati a quella d'Africa e avevano fatto i soldi, uno solo era morto in Africa del mio paese. E poi morire alla luce del sole non mi faceva paura (e in tutta la guerra di Spagna non ho avuto paura della morte, mi faceva sudare di paura solo il pensiero dei lanciafiamme). Mi vestii come fosse domenica e andai alla casa del fascio. C'era il segretario politico che era stato mio compagno di scuola, lui era poi diventato maestro delle scuole elementari, non mi voleva male anche se temeva che io lo trattassi con la confidenza del compagno di scuola e gli dessi del tu, ma io gli parlavo con tanto rispetto.

Dissi – vorrei andare alla guerra, in Spagna.

– Ecco – disse – effettivamente c'è qualcosa, una richiesta di volontari è già arrivata, non è poi detto che si vada in Spagna...

– Anche all'inferno – dissi.

– Sí, va bene, ma vogliono militi, i militi hanno la precedenza: tu non fai parte della milizia.

– Iscrivetemi – dissi.

– Non è una cosa facile.

– Sono nei sindacati fascisti – dissi – sono stato giovane fascista, ho fatto il premilitare e poi il soldato, non so perché quando son tornato non mi avete iscritto milite.

– Dovevi domandarlo – disse.

– Lo domando ora: non ho fatto la guerra d'Africa, ma questa la voglio fare; sono stato bersagliere, sto in buona salute: credo che uno come me il diritto di fare una guerra ce l'abbia; o io scrivo al duce e mi offro a lui come volontario.

Questo argomento era buono, una volta un operaio aveva scritto al duce per un premio che non gli volevano dare, aveva piantato una grana che il segretario politico ancora se ne ricordava; vero è che poi gliel'avevano fatta pagare, all'operaio.

– Vedremo quel che si può fare – disse il segretario politico – lo dico al console e vediamo: torna lunedí.

Mi arruolarono. Mia madre e mia moglie piansero. Io partii col cuore in pace: la zolfara mi faceva paura, al confronto la guerra in Spagna mi pareva una scampagnata.

Era bella Cádiz, somigliava a Trapani, ma per il bianco delle case piú luminosa; e anche Malaga era bella in quelle giornate di febbraio vive di sole, e il buon vino di sole e il cognac. Da novembre a febbraio fu bella anche la guerra, bello essere nel *tercio* con quegli ufficiali che andavano all'assalto senza tirar fuori la pistola, il solo frustino nelle mani inguantate. L'essenza della guerra nostra mi pareva quell'uomo col pizzo che gli spagnuoli acclamavano, non era ufficiale ma certo era un pezzo grosso del fascismo: sulla blusa nera portava i segni del fascio della croce e frecce ed arco della Falange, era un bell'uomo, a cavallo stava benissimo; gli spagnuoli dicevano avesse fatto grandi cose, ho saputo poi che un francese scrisse un libro intero per raccontare le cose tremende che quell'uomo aveva fatto, mi piacerebbe leggerlo.

A Malaga cominciai a sentir parlare di fucilazioni, e poi il mio incontro con Ventura cominciò ad aprirmi gli occhi. Ma gli spagnuoli di Malaga ci acclamavano, tutti volevano offrirci qualcosa, parlare con noi, le donne ci sorridevano. Gli uomini dicevano – sono di destra – e ci invitavano a bere qualcosa, io non capivo cosa volessero dire, credevo che dichiarare di essere di destra fosse un complimento o saluto d'uso spagnuolo: Ventura mi spiegò che il fascismo era partito politico di destra, e di sinistra erano comunismo e socialismo. Gli spagnuoli di Malaga erano tutti di destra, io ho visto sei anni dopo tutti i fascisti del mio paese dichiararsi di sinistra. La città era intatta, il passeggio festoso di donne; ma fucilavano a non finire.

Fino a Malaga non si può dire che io avessi rischiato la vita, avevo solo partecipato a piccole azioni intorno a villaggi e paesi, a Malaga ero entrato in sfilata di comparsa. La guerra vera cominciai a sentirla un mese dopo, nella battaglia per Madrid che ebbe poi nome dal paese di Guadalajara. È un ricordo d'inferno: e piú per il vento che soffiava affilato come un rasoio, per la neve il fango e gli altoparlanti, che per le cannonate e le falci di mitraglia che venivano da ogni parte. Gli altoparlanti mettevano in testa delirio, le voci parevano uscire dal bosco dai rami sulle nostre teste, erano nel vento come avessero la stessa natura, nella neve. Alberi vento e neve dicevano – Compagni, operai e contadini d'Italia, perché combattete contro di noi? Volete morire per impedire agli operai e ai contadini di Spagna di vivere liberamente? Vi hanno ingannati: tornate alle vostre case, alle vostre famiglie. Oppure venite a noi: i vostri compagni che sono già nostri

prigionieri vi diranno che abbiamo aperto loro le braccia...
– poi si sentiva un'altra voce – Ascoltate, camerati: siamo
stati ingannati e traditi. Non è vero che i rossi fucilano
i prigionieri: e sono armati meglio di noi, mangiano meglio di noi... Non è vero che non hanno generali: li ho
visti io, mi hanno interrogato... È Pinto che parla, Calogero Pinto... – e ad ogni nome che veniva fuori dall'alto-
parlante gli ufficiali nostri dicevano – non è vero, Pinto
(o come si chiamava) l'ho visto cadere io, è morto: si servono del suo piastrino di riconoscimento – e forse era vero, che si servivano dei piastrini; ma insospettiva il fatto
che tanti ufficiali avessero veduto cadere lo stesso soldato.

Ventura mi diceva – me ne vado, sto cercando di capire
dov'è la brigata americana, voglio trovarmi subito in mezzo agli americani – e non se ne andava, credo si sentisse
impegnato a non andarsene mentre le cose andavano male.
Il quindici marzo eravamo in pattuglia, ci fermammo ad un
certo punto, sospesi ed intenti al silenzio: come se ciascuno di noi avesse sentito misterioso avvertimento; ma credo
qualcosa di reale avessimo sentito, ché agli avvertimenti
misteriosi non metto fede. Ci muovemmo e una voce disse
– gettate le armi – come burattini girammo la testa a cercare il punto da dove la voce veniva, venne una scarica,
sparavano alto, e la voce disse ancora – gettate le armi, ar-
rendetevi – erano italiane le parole e la voce, serena che
pareva ci invitasse in amicizia. Il tenente si ingannò, disse
– non fate scherzi, siamo noi – e con divertimento la voce
rispose – certo che siete voi, vi riconosciamo benissimo:
gettate le armi – e Ventura fece un movimento rapido, la
granata esplose tra gli alberi: venne grandine di colpi, ci
gettammo a terra dietro i tronchi, il tenente e un soldato
ci rimasero morti. Quando raggiungemmo le linee, mentre ci asciugavamo a un piccolo fuoco, Ventura mi disse –
quando voglio me ne vado: ma a prendere Luigi Ventura
come un fesso gli uomini capaci di farlo non sono ancora
nati.

Stavamo in una casupola che era saltata per metà, restava in piedi un angolo che sarebbe andato bene per accogliere i personaggi del presepio: ché sul pezzo di tetto che restava c'era un mantello di neve, e neve intorno ad addolcire la distruzione. Sul fuoco avevamo messo a bollire un po' di vino.

Io dissi – erano italiani: forse la tua bomba ne ha ammazzato qualcuno.

– Mi dispiace – disse Ventura – ma anche se fossero stati gli americani che vado cercando, la bomba l'avrei gettata. In certe circostanze non c'è né Italia né America, né fascismo né comunismo; oggi la circostanza era questa: c'era Luigi Ventura e c'era un tizio che voleva farlo prigioniero. Una volta c'è stata zuffa in un bar di Nuova York, sono arrivati i poliziotti e ci hanno fatto mettere contro il muro con le mani in alto; per dieci minuti sono rimasto incollato al muro, non è bello per un uomo stare con la faccia al muro e le mani in alto. Ho pensato: da oggi, il primo che mi dice di alzare le mani, o la sua pelle o la mia. Finisce la dignità, a stare con le mani alzate mentre uno ti punta il fucile. E le fucilazioni mi fanno venire il vomito: non c'è dignità a mettere un uomo contro un muro e a sparargli con dodici fucili. Disonorati, quelli che ordinano le fucilazioni e quelli che le fanno, ecco che cosa sono: disonorati, persone che non hanno onore in faccia.

– Ad ammazzare non c'è onore – dissi.

– C'è onore anche ad ammazzare – disse Ventura – ma quando si ammazza in caldo, o la tua pelle o la mia; o quando si ammazzano le carogne, quelli che per vigliaccheria o per mestiere fanno la spia, e quelli che nel comando puzzano: anche a freddo li puoi ammazzare, e fai una cosa d'onore.

Uccidere un poliziotto nel Bronx o un carabiniere nella campagna di Naro, tirare un colpo alle spalle ad un ufficiale, gli parevano cose d'onore. E questo modo di pensare non mi era nuovo: cosí pensavano i capomastri della zolfara che prendevano soldi da noi e dai padroni, e a noi assicuravano il lavoro e ai padroni il nostro buon rendimento, e chi non pagava li offendeva nell'onore. Persone che io detestavo: e Ventura era un po' come loro, nella zolfara forse l'avrei odiato, ma dentro quella guerra le sue ragioni d'onore diventavano migliori, piú vicine alla dignità dell'uomo, di quelle che il fascismo metteva nelle sue e nostre bandiere. Per me per Ventura per tanti di noi, in una guerra che avevamo accettata senza capire e che lentamente ci trascinava verso i sentimenti e le ragioni del nemico, non c'erano bandiere: ciascuno di noi aveva verso se stesso impegno d'onore a non aver paura a non arrendersi a non lasciare il proprio posto. E può darsi che tutte le guerre si facciano cosí, con uomini che sono soltanto uomini, senza bandiere; che per gli uomini che le combattono non ci siano nelle guerre Italia o Spagna o Russia, e nemmeno il fascismo il comunismo e la chiesa ci siano: solo la dignità di ciascuno a giuocar bene la propria vita, ad accettare il giuoco della morte. Può darsi, dico: ché, per quanto mi riguarda, una vera e umana bandiera sotto cui combattere mi sarebbe piaciuta averla. Dagli altoparlanti, quando tacevano le voci che ci invitavano alla diserzione, veniva il canto dell'inno dei lavoratori: mi davano, quegli inviti quelle dichiarazioni di fraternità, un greve fastidio; anche le cose vere, gridate e diffuse dagli altoparlanti, assumono apparenza d'inganno; ma l'inno dei lavoratori mi dava sentimento diverso. Mio padre era morto nel '26, io avevo sedici anni quando era morto, il pensiero della sua vita, e di come era morto, non mi lasciava mai: ma avevo dimenticato che era stato socialista. Nel suono dell'inno dei lavoratori vedevo mio padre che mi teneva per mano, la banda che suonava e poi un uomo con la cravatta a fiocco che si affacciava ad un balcone e parlava, e mio padre diceva – benissimo – e batteva le mani. E chi se ne ricordava piú dell'inno? Era bella musica, ad un certo punto pareva squarciasse pesanti nuvole, le parole dicevano – sulla libera bandiera brilla il sol dell'avvenir – davvero aprivano speranza.

Ma il socialismo che cosa era? Certo era una buona bandiera, mio padre diceva – giustizia uguaglianza – ma non ci può essere uguaglianza se Dio non c'è, non si può fare il regno dell'uguaglianza davanti a un notaro, solo davanti a Dio si può fare. O davanti alla morte: se tutti, ad ogni momento, nella morte ci specchiassimo. Sarebbe cosí ingiusto il mondo dell'uguaglianza che solo in nome di Dio, o specchiandoci nella morte, potremmo viverlo. Senza Dio però si può fare giustizia, non ho mai pensato che Dio fosse giustizia, dalla nostra speranza di giustizia è lontano. Mio padre non si contentava della giustizia, voleva l'uguaglianza: credeva che quei grandi avvocati con cappello largo e cravatta a fiocco stessero al posto di Dio, l'avvocato Ferri e l'avvocato Cigna al posto di Dio.

Ma anche il socialismo doveva un po' essere come la religione, un calderone in cui bollono tante cose, e ognuno ci mette dentro un osso per farne il brodo che gli piace. Per me era solo il ricordo di mio padre la sua fede il modo com'era morto, e io che avevo rischiato di fare la stessa sua morte; e donna Maria Grazia che diceva di me – ha le idee storte di suo padre – e io invece non avevo idee dritte o storte, solo un dolce ricordo di mio padre e la pena di com'era morto; e una gran paura dell'antimonio; e un po' di speranza nella giustizia.

Fu detto, dopo Guadalajara, che noi ci eravamo fatti battere perché sul fronte di Madrid il comunismo come un morbo cominciava tra noi a circolare; credettero forse che il gran vociare degli altoparlanti e i manifestini che dagli aerei piovevano (ma piovevano anche le bombe: e uno non può insieme accettare verità e bombe) avessero, come si diceva, intaccato il morale delle truppe. Ci furono poi inchieste, qualcuno di noi fu rimpatriato. Ricordo che un giorno ci fecero mettere in riga, venne Teruzzi, che comandava tutta la milizia, e ci passò in rivista; ad un certo punto si fermò davanti a un legionario e domandò – tu perché sei venuto in Spagna? – e il legionario cominciò a balbettare – un amico è stato, dice « c'è guerra in Spagna, fa' domanda »... io mi ero sposato da poco, avevo un terreno a mezzadria insieme a mio padre e a mio fratello, mi sposai e loro mi misero fuori, mio padre dice « cerca una mezzadria per conto tuo », e io dico « e che è una cosa da niente trovare una mezzadria? dov'è che la trovo? »... e per fortuna viene il mio amico e mi dice che in Spagna c'è guerra – Teruzzi lo guardava in un modo che pareva il soldato gli stesse confidando un segreto, si faceva attento e pensoso; dicevano che prima del fascismo era stato sergente, e in quel momento capiva il soldato da sergente, da pover'uomo qual era stato, e non da comandante della milizia. Ma il colonnello che l'accompagnava disse al legionario – cretino – e Teruzzi senza dire una parola passò avanti, distratto guardava le facce dei legionari, poi di nuovo si fermò e chiese – e tu, sentiamo, perché sei venuto in Spagna? – Ma per non farci dare del cretino dal colonnello, ormai tutti avevamo capito come bisognava rispondere, il legionario disse con voce ferma – per la grandezza dell'Italia e la salvezza della Spagna – Teruzzi respirò di sollievo, disse – bravo – e al colonnello disse – daremo un premio a questo legionario – e davvero poi gli diedero venticinque pesetas; quello che aveva risposto con la storia dell'amico e della mezzadria fu invece rimpatriato. Fatta in questo modo, l'inchiesta era una cosa stupida; il colonnello tornò da solo ad interrogarci, e Ventura che aveva buona parlantina fece gran bella figura, parlò del duce e dell'Italia fascista e della religione come un federale e un padre predicatore messi assieme: ed era uno che odiava fascismo e preti. Come sempre, i fascisti volevano la menzogna. Tutti, tranne pochi fascisti di fede, eravamo andati in Spagna per la paga che ci davano, costretti o dalla disoccupazione o dalle condizioni del lavoro; ma la guerra la facevamo con impegno, e si moriva. Senza dubbio ci turbava il fatto che contadini e minatori spagnuoli si trovassero dall'altra parte, e i falangisti li fucilassero; e non sapendo niente del socialismo, quella musica e quella bandiera bastavano a suscitare pericolosi ricordi, come in me il ricordo di mio padre.

Guadalajara, la battaglia per Madrid, era un inferno: dalla primavera dolce di Malaga non avrei mai creduto si potesse in Spagna incontrare un inverno cosí violento. Le labbra e le mani mi crepavano per il ventoneve, stavamo a zuppo nel fango. I nostri aeroplani raramente si vedevano, quelli della Repubblica ci passavano sopra che pareva volessero decollarci, uno si sentiva portar via la testa; e avevano carri armati come case, i nostri al confronto davvero erano come scatole di sardine. L'avevano scritto su tutti i muri – *Madrid es el baluarte del antifascismo* – e combattevano con grande valore e disciplina per mantenerlo. Fino a Malaga avevamo combattuto contro bande di contadini ed operai che senza ordine e precauzione venivano a farsi bruciare dalle mitragliatrici, o si agguatavano dietro i muretti dei campi sui tetti e sui campanili per disperata resistenza; e spesso erano armati solo di una schioppetta a due canne. A Malaga c'era buon numero di miliziani, diecimila furono i prigionieri, avrebbero potuto resistere meglio e forse batterci: ma non conoscevano ordine; io non sapevo niente d'arte di guerra, ma quel modo di muoversi a mandria negli assalti e nelle ritirate mi dava senso che non avevano buon comando. Forse si erano gettati nella guerra con quel sogno dell'uguaglianza che mio padre aveva, credevano di poter cominciare a far nascere dalla guerra il mondo dell'uguaglianza: niente ufficiali tutti ufficiali, a mio padre sarebbe piaciuto gettarsi in quella guerra. Ma in guerra ci vuole chi comanda, anche se capita a comandare uno che ha la testa come un cocomero d'acqua. Ed ecco che avevano capito, per difendere Madrid avevano soldati disciplinati e buoni ufficiali, i nostri ufficiali dicevano che erano arrivati dalla Russia ufficiali che, per imporre disciplina, fucilavano in continuazione: non credo però fosse vero, ché un russo prigioniero non l'ho mai visto; ho visto tedeschi americani francesi, e anche un italiano ho visto cadere prigioniero; un russo mai. Il fatto è che avevano capito; avevano cominciato male, ma ora la guerra la prendevano per il verso giusto.

Racconterei cose che soltanto dieci anni dopo ho saputo, se dicessi di aver capito la battaglia e di avere avuto il senso della sconfitta; in quei giorni grande ammirazione sentivo per i generali, ché da tutta quella confusione di uomini e autocarri nel fango e tra gli alberi, sotto neve e vento e fuoco, riuscivano a districare immagini di linee, a vedere dove stavamo noi e dove stavano i repubblicani. E può darsi non vedessero poi tanto chiaramente le cose, se siamo stati sconfitti. O fu il generale Franco, come si diceva tra noi, a darci la fregatura: sulla parte del fronte che era tenuta dalle sue truppe, lasciò tranquilli i repubblicani, come fosse nei patti che la battaglia di Madrid dovessero vincergliela i soldati di Mussolini. Certo è che gli spagnuoli, sotto sotto, della nostra sconfitta fecero festa: quando in un caffè nasceva lite tra spagnuoli e italiani, per offenderci dicevano – Guadalajara – e anche a me che non litigavo quel nome dava fastidio.

Noi prendemmo rivincita quando l'esercito repubblicano di Santander volle trattare con gli italiani la resa, ché si fidava della parola dei nostri generali e non di quella di Franco; e veramente della parola di Franco non mi sarei neanche io fidato, circolavano ritratti di Franco giovane che pareva un san Luigi Gonzaga con i baffetti, e lo avevo visto da vicino, piú vecchio, e sempre con quell'aria di uomo che ha appena finito di pregare: come don Carmelo Ferraro che, al mio paese, nelle processioni del Corpus Domini teneva l'ombrello dorato del Santissimo, ogni pomeriggio andava in chiesa a dirigere la recitazione del rosario, il mormorio dei vecchi e delle donne appresso alla sua bella voce profonda, e camminava sempre guardando al cielo, come se gli occhi per forza di calamita al cielo fossero tirati: e prestava soldi a grosso interesse, per cinquantamila lire si prese un oliveto del barone Fiandaca che valeva piú di un milione, lo ingorgò negli interessi, e anche i poveri scorticava con gli interessi. Come don Carmelo, Franco aveva il volto pieno e liscio; e quegli occhi chiamati al cielo. Mi convinsi che era uno di quegli uomini, ne conoscevo tanti nel mio paese e in Sicilia, che sembrano calati da una pala d'altare, e fanno tutto il male che un uomo può fare, rubano e fanno ammazzare: e per testamento fanno lascito a chiese ed ospedali. Meglio quel generale che parlava alla radio ogni sera, e gli spagnuoli si divertivano come a una farsa, si chiamava Queipo de Llano: e a Malaga fece quello che fece, ma c'era da aspettarselo dalla sua faccia da cane e dalle oscene cose che alla radio diceva. Sereno ed elegante, Franco era l'uomo che si è appena alzato dall'inginocchiatoio di velluto, niente di buono c'è da aspettarsi da un uomo che prega sull'inginocchiatoio di velluto. L'esercito di Santander volle dunque arrendersi agli italiani, gli italiani garantirono la vita dei prigionieri, ci diede soddisfazione che i repubblicani ci conoscessero umani. Fu però soddisfazione amara, ché Franco si alzò dall'inginocchiatoio e disse che il generale Bastico cominciava a rompergli i..., certo non disse cosí, la sua collera trovò di sicuro pulita espressione; informò Mussolini, ché era cosa da pazzi che un generale italiano se ne infischiasse degli ordini suoi e gli impedisse di fare *limpieza* a Santander, pulizia in quella rossa città, e dunque facesse un fischio a Bastico per richiamarlo a casa. Mussolini capí, figuriamoci se non capiva la necessità di far *limpieza*, anche lui ci teneva alla pulizia: Bastico se ne andò, e la Falange cominciò a far festa anche a Santander.

Ma mentre sedevo sui gradini della chiesa di santo Isidoro, in quel paese di cui non ricordo il nome, la battaglia per Santander era appena cominciata, era il 15 di agosto del 1937. Giravamo intorno a Madrid come di notte le farfalle intorno al lume, si avvicinano fino a sentirsi bruciare ed allargano il volo, di nuovo si avvicinano e per un guizzo di vento la fiamma le coglie. Cosí era Madrid. Venne la ventata di Brunete, i repubblicani ci vennero addosso a sorpresa, la mia ammirazione per i generali scese di colpo: ché potevano prenderci, come si suol dire, nel sonno; e non fecero travolgente avanzata forse perché ebbero sorpresa di quel vuoto, temettero predisposta insidia, e invece non c'era niente; superarono il quadrivio di Brunete e spensero la corsa. Lister, che era il loro generale, fece in quella occasione gran credito ai generali nostri, da bracciante che era stato pensava, come me, che i generali vedessero tutto: e che a lasciare un vuoto come quello sul fronte di Madrid ci fosse segreto calcolo. Quando si accorse che avrebbe potuto spingersi oltre, era già tardi: le sue forze stringevano intorno a Brunete, e dentro c'erano molti soldati nostri, ma noi passavamo già al contrattacco per impedire altre avanzate e per rompere la tenaglia che intorno ai nostri si era chiusa. Non riuscimmo a romperla, ma costringemmo le forze di Lister alla difesa; l'iniziale successo che non seppe a fondo sfruttare fu, nel giro di dieci giorni, annullato. E si ricominciava a far pulizia nei villaggi. Quello che avevamo preso il giorno della Madonna di mezzoagosto era nella zona di Brunete, mi pare di ricordare che c'era un piccolo fiume, da un paese passammo che si chiamava Maqueda, mi dissero che un duca di quella terra era stato anticamente viceré in Sicilia, perciò Maqueda si chiamava la piú bella via di Palermo: ma può darsi ricordi male, e che da Maqueda sia passato qualche giorno prima o dopo. Non so perché, dei paesi e delle città della Spagna, non ho netta memoria: anche di Siviglia, che è la piú bella città che io abbia mai visto. Non ho buona memoria per i luoghi, ma per i luoghi della Spagna ancora meno: forse perché i paesi somigliavano molto a quelli che fin da bambino conoscevo, il mio e i paesi vicini, e dicevo – questo paese è come Grotte, qui mi pare di essere a Milocca, questa piazza è come quella del mio paese – ed anche a Siviglia mi pareva a momenti di camminare per le strade di Palermo intorno a piazza Marina.

E anche la campagna era come quella della Sicilia: nella Castiglia desolata e solitaria com'è tra Caltanissetta ed Enna, ma piú vasta desolazione e solitudine; come se il Padreterno, dopo aver buttato giú la Sicilia, si fosse dilettato a fare un gioco di ingrandimento con uno di quegli apparecchi che vendono nelle fiere, anche gli ingegneri li usano, pantografi si chiamano. E che idea andare a piantare una città capitale nel bel mezzo della Castiglia. Che in mezzo a quel deserto ci fosse una grande e bella città sembrava incredibile, era solo un allucinato pensiero, sorgeva come nell'assetato l'immagine dell'acqua che sgorga. Ma c'era, Madrid: di notte riverberava rosso nel cielo per gli incendi che i nostri aeroplani andavano ad attaccare; solo a momenti pensavo che in quella città c'erano bambini e vecchi, donne che urlavano pena, e case in cui migliaia e migliaia di persone abitavano. Pensavo – l'antimonio, il fuoco – ma cosí lontano era il riverbero, costava a noi tanto sangue e dolore quella città da allucinazione, che di solito guardavo la rossa aureola di morte come da bambino, in campagna, guardavo le lontane girandole di fuoco della festa di san Calogero: un luminoso lontano giuoco della notte.

Scendeva la sera su quel piccolo paese di Castiglia o d'Estremadura, la campagna di crete e rovi e stoppie arse, una campagna in cui si sentiva il feudo, campieri violenti gabelloti ladri e il duca che sta a Palermo, a Madrid, a bruciare le rendite in donne e automobili, e i contadini che faticano su quelle crete sotto l'occhio nemico dei campieri; la campagna mi fiatava malinconia: cosí era quando uscivo dalla bocca della zolfara e mi veniva incontro odore di terra e di sole, e mi cresceva voglia di mettermi a fare il contadino. Ci spingemmo oltre le ultime case. Un uomo vestito di scuro ci salutò con la mano tesa in alto – viva l'Italia – disse, Ventura pronto rispose – *arriba España* – di solito quello scambio di saluti mi piaceva, per i nomi d'Italia e di Spagna che nel saluto si incrociavano.

L'uomo si fermò, disse – *es magnífico*.

– *Sí* – disse Ventura.

– Mussolini – disse l'uomo – *nos ha prestado un gran servicio... Es magnífico*.

– *Cómo no!* – disse Ventura.

– *Una pandilla de asesinos, los rojos* – disse l'uomo.

– Questo qui comincia a grattarmi i... – disse Ventura, e domandò – *por qué?*

– *Qué opinion tiene usted?* – chiese l'uomo con ansia improvvisa.

– *Arriba España* – disse Ventura.

L'uomo respirò. – *Falange ama España sobre todas las cosas...* – e poi – *Es terrible estar entre cuatro paredes cuando fuera... Los dias son largos entre cuatro paredes... Pues, ahora empieza nuestro triunfo...*

– *Cómo no!* – disse Ventura – *Ahora limpieza: y hombre profético partido único sindicato vertical...* – leggeva i giornali spagnuoli e sapeva molte cose.

– *Claro* – disse l'uomo – *España no se aparta de Dios.*

– La Spagna non si allontana da Dio – tradusse Ventura, e all'uomo disse – *Naturalmente: así es... Manos a la obra, ahora: limpieza.*

– *Es magnífico* – disse ancora l'uomo, per un momento come incantato in una sua visione, poi muovendo la mano come fosse una mitragliatrice, a falciare – *Falange fusilará a todos, a todos... Es terrible estar entre cuatro paredes...*

– *Arriba Falange* – disse Ventura voltandogli le spalle.

– Viva Mussolini – salutò l'uomo.

– Questo cornuto – disse Ventura – vuol fucilare mezza Spagna per vendicarsi delle giornate che ha passato chiuso in casa. Sarà il farmacista o il medico condotto o il fratello dell'arciprete, nei nostri paesi queste sono le forze del fascismo; un galantuomo, insomma.

Nella piazza davanti la chiesa avevano messo una radio su una sedia, scatarrava e dava suoni come di corde di chitarra che si spezzassero, poi una voce annunciò, come ogni sera – *El excelentisimo señor general don Gonzalo Queipo de Llano, gobernador de la Andalucia y jefe del glorioso ejercito del sur...* – cominciava la *charla*, Ventura disse – questo degenerato: tutte le brutte parole spagnuole che conosco è lui che me l'ha insegnate.

II.

Zaragoza era piena di prostitute, mai vista una città con tante prostitute, fiottavano nei bar come mosche, ogni soldato trovava la sua: e c'erano migliaia di soldati a Zaragoza. Quando i repubblicani bombardavano, bar e ristoranti di colpo diventavano come refettori di monasteri, tutte quelle donne che invocavano la Vergine del Pilar e sgomitolavano preghiere, qualcuna tirava fuori la corona del Rosario e si inginocchiava: dava un certo gusto il passare da una compagnia di donne mezzo ubriache ed allegre ad una dolente congrega di figlie di Maria, un piacere fatto di tante cose, come una pietanza che ti piace ed è fatta di tante e diverse cose che ad una ad una non mangeresti, e messe insieme piú non riconosci il sapore di ognuna.

La Vergine del Pilar proteggeva Zaragoza, aveva già fatto chiaro miracolo ai tempi di Napoleone, continuava a dare protezione con grado di capitana generale delle truppe d'Aragona (quelle falangiste) e relativo stipendio. Mia madre si segnò di croce quando poi le raccontai della Madonna del Pilar che teneva nell'esercito grado e stipendio, credette avessi inventata io, per fare arrabbiare lei, una cosí evidente diavoleria: ché la Madonna non prende parte e grado in una guerra in cui si ammazzano figli di mamma, e stipendio poi...; si convinse, io giurando sull'anima dei familiari morti, che poteva anche essere: ma come la Madonna non riscuoteva stipendio, ché certo qualche prete andava a riscuoterlo, cosí non si occupava delle truppe d'Aragona; o meglio: pensava a quelli dell'Aragona e a me siciliano e a tutti quelli che facevano guerra in Spagna, volgendo a Dio preghiera di far cessare il macello.

Zaragoza era a pochi chilometri dalle linee, ma la guerra pareva mille miglia lontana, solo qualche bombardamento, e non faceva gran danno, diceva della guerra vicina. In linea ci davamo il cambio, era diventata una guerra di posizione, con trincee e posti che si prendevano e si lasciavano e si riprendevano. Avevamo avuto un grosso guaio a Belchite, ma a mezzo settembre il fronte era tornato, come si suol dire, normale. Perdevamo pochi uomini, cioè; e ne ammazzavamo pochi. C'era bel tempo, qualche rovescio di pioggia e poi il cielo luminoso e sereno, la campagna nitida, l'Ebro come una viva vena della terra. C'era Lister davanti a noi, per un colpo di mano un giorno stavamo per prenderlo, ci restarono le sue cose e una scimmia che dissero era sua, se la portava appresso come portafortuna o forse ci si divertiva: ho una fotografia con la scimmia di Lister tenuta da un legionario che alla scimmia somigliava, il tenente apposta lo aveva scelto, e noi disposti intorno a ferro di cavallo, con facce sorridenti. Lister era un diavolo, sempre ci sfuggiva; ed era un buon comandante. Non ho mai visto un suo ritratto, non so che cosa veramente fosse stato, se terrazziere o filosofo; e mi piacerebbe sapere dove è andato a finire, e se è ancora vivo. Tante cose, non solo di Lister, mi piacerebbe sapere di quella guerra.

Quando dalle linee tornavo a Zaragoza, cercavo sempre la stessa donna: si chiamava Maria Dolores; il marito era andato coi miliziani, lei aveva sentimento diverso, suo padre stava col partito cattolico e i rossi l'avevano fucilato. Sperava il marito fosse già morto, comunque era certa che non sarebbe tornato.

Maria Dolores era piena d'odio, voleva che si ammazzassero tutti quelli che combattevano per la Repubblica, per vendicare suo padre e per esser certa che il marito non la scampasse; per lei Mussolini era un uomo che per liberarla da un marito incanaglito dal vino e dalla politica, e per vendicare la morte di suo padre, era calato nella guerra spagnuola; e andava a letto con gli italiani come per dare piacere anche a Mussolini. Io non sarei riuscito a fare amicizia con un uomo spagnuolo come lei pieno d'odio; con una donna era cosa diversa, il suo odio diventava per me un fatto d'amore; e non perché dall'odio per gli altri le nascesse amore per me, ma proprio perché odiava mi piaceva, per quel suo fare magia dell'odio, per quel suo essere un po' strega. Il piacere dell'amore è molto complicato: ed è piú grande quando c'è nella donna oscura dannazione, un centro di maligno mistero nel suo essere; dico il piacere, ché l'amore è un fatto piú semplice e chiaro. Quella donna mi attirava piú di ogni altra non solo perché col suo corpo coi suoi occhi i suoi capelli e la sua voce « mi faceva sangue », come si dice al mio paese quando una donna irresistibilmente attira; ma anche perché violentemente amava tutto ciò che la mia coscienza rifiutava. In quei giorni, il pensiero che mia moglie potesse tradirmi, e forse mi tradiva, non mi bruciava piú come nei primi tempi di lontananza: tra il crudo piacere dell'amore, intorbidato e complicato, e la dolorosa chiarezza che quella guerra veniva acquistando ai miei occhi, trovavo uno strano equilibrio, alla mia vita di ieri mi sentivo indifferente e lontano, come piú non mi appartenesse se non per quei fatti che mi avevano portato in Spagna: la povertà la zolfara il fascismo. Il ricordo di mio padre, della sua morte, e la visione di mia madre, che a sessant'anni e con i dolori d'artrite andava a fare il mezzo servizio nelle case dei ricchi, non mi lasciavano mai: ma solo perché avevo avuto l'atroce rivelazione di essere venuto in Spagna per combattere contro la loro speranza, contro la speranza di gente come loro e come me. Mia moglie era invece una immagine d'amore che ad ogni giorno che passava, ad ogni lettera che da lei ricevevo, si allontanava insignificante e sfocata. Le sue lettere erano svagate e stupide, mi diceva dei domestici guai come se io fossi andato, invece che a far la guerra, in un posto di villeggiatura: che le pesava andare a far la fila per riscuotere quei soldi che io guadagnavo per lei con la guerra, che certe giornate le passava in una solitudine da impazzire, che mia madre la rimproverava per certe spese ritenendole inutili o eccessive; e mi raccontava dei vestiti che si cuciva e della gente che incontrava; una lettera intera mi scrisse su Mussolini che era passato dalla stazione del nostro paese, e lei era andata a vederlo, era proprio un bell'uomo, meglio che nelle fotografie, una faccia simpatica e abbronzata; e c'era andata tanta gente alla stazione che Mussolini ad un certo punto si era preoccupato che i balilla e le piccole italiane, spinti dalla folla, finissero sotto le ruote del treno. Mia madre invece mi scriveva che pregava per me, ed anche per gli altri figli di mamma, che la guerra finisse presto, e sempre diceva – « non so che cosa tua moglie ti scriva di me, ma non credere che io faccia la suocera con lei: solo le raccomando di fare risparmio, di pensare che quei soldi che dànno a lei tu amaramente li buschi » – e mia madre non immaginava l'amarezza di portare una guerra, rimorso e vergogna, nel cuore; lei pensava al lavoro amaro della guerra, alle fucilate e alle bombe, alla morte che da un momento all'altro poteva cogliermi. Mia madre non sapeva scrivere, le sue lettere le dettava ad una vicina di casa la quale, ad un certo punto, svagava di sua iniziativa a raccontarmi quel che nel paese succedeva: conoscevo bene mia madre, a suo figlio che lavorava alla guerra mai avrebbe scritto di come era andata la festa di san Calogero e del vescovo che era venuto nella parrocchia nostra a far cresima.

Avevo sposato per amore, l'amore che nei nostri paesi è fatto di sguardi furtivi di incontri senza parole: si suole passare da una strada e ad un certo punto ti accorgi di una bella ragazza al balcone, forse ieri era bambina; e da quel giorno, passando, ogni volta guardi a quel balcone, e lei ogni giorno ti guarda; e poi vai alla messa di mezzogiorno, ogni domenica, per vederla; e ai tuoi occhi si fa sempre piú bella, sei innamorato e lei innamorata ti guarda. E, tranne che ti vuole, non sai niente dei suoi pensieri, della sua vita e delle cose che le piacciono e delle cose che teme, niente del suo cuore, del suo modo di avere gioia o pietà delle cose del mondo. L'amore dovrebbe invece nascere dalla serena scoperta che insieme, un uomo e una donna, stanno bene per affrontare la pena, soprattutto la pena, della vita: insieme per la vita, e nella conoscenza del dolore, e per aiutarci in questa conoscenza; e insieme nel piacere, che è un momento, e ci lascia col nostro cuore nudo, ad intenderci meglio nel cuore. Così mi si illuminava il significato dell'amore, e scoprivo di non avere amore per mia moglie. Mi appagavo perciò del piacere, mi bastava una donna da soldati, una donna che aveva dentro il male di quella guerra. La cercavo come un assetato, ma dopo qualche giorno, tornando in linea, con sollievo la lasciavo; mi dava acre piacere il pensiero che altri soldati prendessero il mio posto nel suo *cuarto*, e sentissero l'odio che c'era in lei, l'oscuro piacere del suo odio.

Ventura passava da una donna all'altra, una volta era andato anche con Maria Dolores, mi avevano lasciato al bar e se ne erano andati insieme, un po' ne soffrii: perché Ventura era mio amico, non perché lei andasse con altri. A pensarci, una cosa stupida. Ventura si divertiva a Zaragoza, voleva dimenticarsi della guerra; in linea diventava, ad ogni ritorno, più cupo e arrabbiato, litigava e sempre più imprudente diventava nel parlare. La volontà di andarsene pareva gli fosse passata.

Sui fronti dell'Aragona, in quell'autunno, la guerra non era dura come era stata a Guadalajara e a Brunete, i giorni neri dovevano venire con l'inverno. Facevamo piccole azioni, a volte avevo l'impressione che ci facessero correre come un cane che tenti di addentarsi la coda, a trottola. Ci doveva essere un certo disordine nei nostri comandi, e forse Lister lo sapeva. Una notte, stavamo a dormire in una masseria vicino Zaragoza, ci svegliarono con allarme: si diffuse la notizia che la cavalleria nemica si era infiltrata nelle nostre linee e un paese aveva occupato che stava nel nostro schieramento. Facemmo marcia per un'ora, un buio che si poteva affettare tanto era fitto e come consistente intorno ad ognuno di noi, e l'umidità della notte la sentivamo inzupparci fino alle ossa. Giungemmo ad un paese pieno di cani, ce n'erano tanti che pareva ci muovessimo in mezzo a un gregge, ognuno vezzeggiava – *perro perrito* – e buttava nell'oscurità il pezzo di pagnotta che si trovava in tasca, per timore di qualche morso: nell'oscurità si sentiva lo scatto delle mascelle che addentavano il pezzo di pagnotta, il violento rosicchiare, ché ci dovevano essere pezzi di pagnotta duri come ossa. Ci dissero di fermarci: il paese che stava appresso, a quattro o cinque chilometri su quella strada, era quello che la cavalleria nemica aveva occupato. Erano le tre, gli ufficiali dissero che fino all'alba potevamo arrangiarci a riposare. Nel ricordo (e anche allora), quel movimento di uomini e di cani nel buio, quel chiamare i cani e bestemmiare, il rosicchiare dei cani, mi pare cosa di sogno.

L'alba spuntò livida, i cani come noi sbadigliavano. Partirono dei motociclisti. Mezz'ora, un'ora: non tornavano. Gli ufficiali si consultarono, venne un tenente verso di noi, un giovane siciliano che stava sempre vicino al maggiore, mi era simpatico, disse – una ventina di uomini che vengano con me, a vedere un po' che succede – Ventura si fece avanti per primo, gli andai appresso. Già il sole incocciava quando giungemmo in vista del paese, il sole dell'autunno che in Spagna come in Sicilia a volte è peggio di quello dell'estate. C'era un silenzio di morte. Non era la prima volta che i miliziani prendevano un paese e si davano al sonno, sonno di stanchezza e di vino, e non lasciavano sentinelle: e nel sonno si facevano cogliere da noi.

Ma c'era il fatto dei due motociclisti nostri che non erano tornati. Con tutte le precauzioni ci muovemmo tra le prime case. Niente. Sboccammo in una piazzetta come in punta di piedi: e c'era un prete con tre o quattro vecchie, il prete e le vecchie della prima messa, come nei paesi nostri; a vederci spuntare dalle cantonate coi fucili puntati, prete e vecchie per poco non morirono. Per parte mia, non ho mai sentito tanta festa a vedere un prete come quella volta: ché voleva dire che rossi in quel paese non ce n'erano, o non ci sarebbe stato il prete. Per lo spavento il prete era diventato una pala di baccalà, ci volle un po' di tempo prima che riuscisse a ricambiare il saluto del tenente. Il tenente domandò dei rossi, ché il paese, disse, era stato segnalato come già in mano ai rossi: il prete sussultò, istintivamente si tirò su la veste, come donne e preti fanno quando si preparano a correre. Ci volle tutta la pazienza del tenente per calmarlo e fargli dire che di rossi, in quel paese, non si era sentito manco parlare; e nemmeno nei paesi vicini. E i motociclisti? Nemmeno di questi il prete poteva darci notizia. Riprendemmo la strada per andare avanti: a pochi chilometri un altro paese, piú grande. C'erano due motociclette davanti a un palazzetto, e una sentinella; sul portone c'era una tabella di legno – comando. Il tenente infilò il portone infuriato, dopo cinque minuti venne fuori insieme a un maggiore, il maggiore in tono di lamento diceva – qui, figlio mio, io non ci capisco niente: tutti se la pigliano comoda, ufficiali e soldati; ieri un tenente mi dice « sor maggiore, me ne vado » e io dico « e addò vai? », dice « sto male e me ne vado, in ospedale vado », dico « ma che ospedale del..., tu meglio di me stai, io sí che dovrei andarmene in barella », dice « me ne vado, sto male ». Ora che dovrei fare? rovinarlo, questo dovrei fare. E questa del tenente è una: non ti dico quanti guai passo, qui ci stanno i lavativi piú grossi, pare che me li abbiano scelti apposta, uno per uno, « questi li diamo al maggiore D'Assunta, ché tiene pazienza, ci ha nervi a posto », e io invece ho i nervi che mi tirano come corde di chitarra, io ne prendo qualcuno e lo sistemo per sempre, lo rovino.

Il tenente domandò – e la cavalleria nemica?

– Questo, figlio mio, è un altro discorso. O meglio: è lo stesso discorso. Qui debbo fare tutto io, ogni giorno vado sui bastioni e guardo in giro col binocolo, e questo è niente, faccio tante altre cose che non mi toccano. Insomma: ieri guardo da questa parte (fece un gesto verso il paese dove avevamo incontrato il prete) e vedo nel vallone, dove c'è un torrente, uomini a cavallo e uomini a piedi che portavano tavole, da un costone lassú le portavano sulla sponda del torrente. Dico «ah, qui mi vogliono fare fesso!», chiamo tutti a rapporto, uno mi dice «e che è la storia delle tavole? è da un paio di giorni che mi accorgo del movimento». Capisci, figlio mio?: da un paio di giorni. E se lo tiene per sé, come avesse visto 'na bella figliola a via Toledo; la prendono comoda, ti dico; ma che guerra?: villeggiatura a Capri fanno. Insomma: mando un cifrato, «infiltrazione di cavalleria nemica». Ora ci siete voi, in quattro e quattr'otto neutralizziamo... – si passò una mano sulla faccia, che aveva dura di barba, e disse – lo tieni un barbiere tra i soldati tuoi?, il mio non si fa vedere da due giorni, figlio de bona mammeta.

Mandammo indietro i due motociclisti, vennero a raggiungerci gli altri. Il maggiore nostro osservò col binocolo, furono mandate pattuglie. Tornarono festose, ché nel vallone si erano incontrate con un reparto di cavalleria dei *requetés* e operai che lavoravano alla costruzione di un ponte. Il maggiore D'Assunta, sbarbato e allegro, disse – meno male: tenevo una gran paura che mi volessero fare fesso – e cominciò a raccontare al maggiore nostro i guai che passava con i suoi uomini, ma piú per farlo stare allegro che per lamentarsene veramente, dei guai che passava; era come un padre che racconta le birbanterie dei suoi ragazzi, e in fondo gli dispiacerebbe se non ne facessero piú. – Da un mese che stanno in questo paese, poveri guagliuna: si sono ambientati, hanno la *novia* il lettuccio caldo l'uovo fresco; si fanno voler bene da tutti, qui in paese; e mi vogliono bene, sapete, mi fanno arrabbiare qualche volta, ma mi vogliono bene... «Signor maggiore, munto con le mie mani»: un bel boccale di latte... «Signor maggiore, è ancora caldo»: l'uovo... «Signor maggiore, il *chorizo* che piace a lei »: una salsiccia quanto un braccio... – Il maggiore B (il nome lo ricordo, non voglio scriverlo perché altre cose dovrò raccontare di lui), comandante del nostro battaglione, lo guardava con una faccia da mastino, da un momento all'altro pareva dovesse sbranarlo. Il maggiore D'Assunta interruppe il racconto delle affettuose attenzioni di cui i suoi uomini lo facevano oggetto, domandò – e a voi il *chorizo* piace?

Fu l'ultima goccia: l'ira del maggiore B. traboccò. – Io – disse – non sono venuto in Spagna per mangiare il *chorizo*: sono venuto per fare la guerra, e per farla bene.

– Certo – disse il maggiore D'Assunta – la guerra la facciamo, come no?, facciamo la guerra: e che siamo venuti a fare in Spagna, 'a festa 'e Piedigrotta?... Forse non la faccio bene come voi, se fare bene la guerra, qui, vuol dire... lasciamo perdere. Insomma: il *chorizo* mi piace.

Il maggiore B. lo salutò romanamente e gli voltò le spalle.

– Domani – disse Ventura – il maggiore D'Assunta non avrà né l'uovo fresco né il latte appena munto: chi sa su quale fronte lo sbattono.

Vennero gli autocarri a prenderci, tornammo a Zaragoza.

La prima volta che dal mio paese sono andato a Palermo avevo dieci anni, c'era mio padre, a Palermo andavamo per accompagnare un suo fratello che partiva per l'America; era il mio primo viaggio in treno, il treno i ferrovieri le stazioni il paesaggio, tutto era per me gioiosa novità; andata e ritorno, feci tutto il viaggio in piedi, guardando dal finestrino. Mi venne allora la fantasia che da grande avrei fatto il ferroviere: scendere dal treno un momento prima che si fermasse, suonare la tromba e gridare il nome della stazione, mentre il treno riprendeva la corsa salire con un balzo sicuro. Ad un certo punto del viaggio il ferroviere gridava – Aragona, si cambia – quelli

che non dovevano andare verso Girgenti scendevano carichi di valige e fagotti per salire su un altro treno che
aspettava. Nel giuoco che io poi facevo con altri ragazzi
del mio quartiere, mi riservavo quel grido che era come
la voce stessa del destino, il destino che aveva fatto nascere, o portato a vivere, alcuni uomini ad est di Aragona
ed altri ad ovest; ma con precisione non saprei dire che
fascino avesse allora quel grido per me. Ricordo il paese di Aragona come appare dal treno, qualche minuto prima di giungere alla stazione: pare girare su un perno, un
mezzo giro intorno ad un grande palazzo che domina il
paese, la campagna nuda ai piedi del paese. A pochi chilometri dal mio paese, mai sono stato ad Aragona: del
paese mi resta la visione che dal treno si coglie.

Nell'Aragona spagnuola, una regione che ha tanti paesi
che somigliano ad Aragona in provincia di Girgenti, mi
ricordai di quel lontano viaggio e del giuoco che poi con
altri ragazzi facevo; e quel grido veniva sempre ad attra-
versarmi i pensieri – Aragona, si cambia – cosí come a
volte nella mente ci sorge un motivo di canto, la frase
di una canzone, e per giorni dentro di noi si volge e
svaria. Pensavo « si cambia, la mia vita cambia treno...
o sto per salire sul treno della morte... si cambia: Aragona,
si cambia... si cambia » e il pensiero diventava musicale
ossessione. Io credo nel mistero delle parole, e che le parole possano diventare vita, destino; cosí come diventano
bellezza.

Tante persone studiano, fanno l'università, diventano
buoni medici ingegneri avvocati, diventano funzionarî de-
putati ministri; a queste persone io vorrei chiedere – sapete che cosa è stata la guerra di Spagna? che cosa è stata
veramente? Se non lo sapete, non capirete mai quel che
sotto i vostri occhi oggi accade, non capirete mai niente
del fascismo del comunismo della religione dell'uomo,
niente di niente capirete mai: perché tutti gli errori e le
speranze del mondo si sono concentrati in quella guerra;
come una lente concentra i raggi del sole e dà il fuoco,

cosí la Spagna di tutte le speranze e gli errori del mondo si accese: e di quel fuoco oggi crepita il mondo –. Io sono andato in Spagna che sapevo appena leggere e scrivere, leggere il giornale e la *storia dei reali di Francia*, scrivere una lettera a casa; e son tornato che mi pare di poter leggere le cose piú ardue che un uomo può pensare e scrivere. E so perché il fascismo non muore, e tutte le cose che nella sua morte dovrebbero morire son sicuro di conoscere, e quel che in me e in tutti gli altri uomini dovrebbe morire perché per sempre il fascismo muoia.

– *Hoy España, mañana el mundo* – diceva Hitler dalle cartoline di propaganda che ci lanciavano i repubblicani: lo figuravano con un braccio teso sulla Spagna, e squadriglie di aerei pareva partissero dal suo gesto, e la terra di Spagna con una corona di facce piangenti di bambini. – Oggi la Spagna, domani il mondo – diceva Hitler: e sentivo che non erano parole inventate dalla propaganda; tutto il mondo sarebbe diventato Spagna, far saltare il banco in Spagna non voleva dire che il giuoco fosse per sempre concluso: tranne Mussolini, nessuno voleva giuocare in Spagna tutte le sue carte. I tedeschi provavano, nuovi e precisi, i loro strumenti di guerra: noi gettavamo invece tutto il nostro, gli aerei da caccia nuovi e i vecchi cannoni austriaci, i carri armati buoni per la festa del reggimento e le mitragliatrici 1914; e i poveri soldati con le pezze ai piedi le fasce a spirale il grigioverde che sotto la pioggia diventava come pane cotto; i poveri disoccupati delle Due Sicilie. E il bello è che nemmeno gli spagnuoli franchisti ci erano grati di tanto impegno, della sigla del Corpo Truppe Volontarie avevano fatto la frase – *Cuando Te vas?* – cioè? – quando te ne vai? – quasi noi fossimo in Spagna per far loro dispetto; e avrei voluto vederli a farcela da soli, i preti i galantuomini le figlie di Maria i ragazzi del circolo parrocchiale gli ufficiali di carriera e poche migliaia di *carabineros* e di guardie civili, avrei voluto vederli contro i contadini e i minatori, contro il rosso odio della Spagna povera. O forse in loro era l'umiliazione e la vergogna di averci a testimoni di quella miseria e di quel sangue, come di chi è costretto a far vedere ad amici la povertà della sua casa e la pazzia dei propri familiari: c'era tutto l'irragionevole orgoglio spagnuolo in quel desiderio che ce ne andassimo. E c'erano anche con Franco quelli che confidavano disagio ed angoscia per quel che vedevano dalla loro parte, non erano pochi quelli che dicevano – ci fosse José Antonio, tutto sarebbe diverso – senza di José Antonio quella rivolta di generali non li convinceva – *no es justo que el conde Romanones posea todas las tierras de Guadalajara* – ed erano malinconicamente certi che Franco non avrebbe tolto un ettaro di terra a Romanones; e sentivano vergogna a straziare la Spagna con armi e soldati stranieri, i tedeschi che schiacciavano di bombe città intere cosí come uno, camminando, può schiacciare un formicaio, e i mori che dopo secoli, guidati da spagnuoli, venivano a vendicarsi sui figli di quella Spagna cristiana che li aveva respinti. Quando prostitute e galantuomini, in una città conquistata, guardando sfilare i mori acclamavano – *moros moritos* – in certe facce di soldati spagnuoli leggevo mortificazione ed odio. In quanto a noi italiani, il fatto che li accusassimo di fucilare troppa gente, e pare che i nostri comandi continuamente protestassero, provocava insofferenza in quelli che volevano le fucilazioni e vergogna in quelli che non le volevano: e dunque non c'era spagnuolo che non sentisse fastidio della nostra presenza.

A Zaragoza tutti questi sentimenti e risentimenti si acuivano, forse perché c'erano prostitute e vicino a una donna, prostituta o no, uno vuole essere se stesso; e poi c'era il vino, quel momento di verità che dà il vino prima del bicchiere che ci ubriaca. E c'erano a Zaragoza mori e tedeschi, *requetés* e falangisti, spagnuoli d'Aragona e spagnuoli d'Andalusia, e anche tra noi c'era il fascista della prima ora, il settentrionale che si era arruolato per venire a dar colpi in Spagna agli antifascisti, che guardava i disoccupati siciliani come un castigliano guardava i mori;

e con del vino in corpo e una donna accanto, ognuno diventava il peggiore se stesso o il migliore.

Io dico che l'ultimo contadino del mio paese, il piú « oscuro » diciamo noi, cioè il piú ignorante, il piú chiuso alla conoscenza del mondo, se lo avessero portato sulla linea del fronte d'Aragona e gli avessero detto – indovina da quale parte sta la gente come te e vattene con lei – senza esitare si sarebbe avviato verso le trincee della Repubblica: ché dalla nostra parte la campagna restava in gran parte incolta, dalla parte dei repubblicani i contadini lavoravano anche sotto il tiro dei cannoni. A quanto pare, la Repubblica aveva diviso le terre ai contadini: e i vecchi, poiché i giovani contadini stavano a fare la guerra, si erano attaccati al loro pezzo di terra con tanta furia che nemmeno le cannonate, e il pensiero che da un momento all'altro la terra lavorata venisse sconvolta dalle trincee, riuscivano ad allontanarli. Da una collina, nelle chiare mattinate, guardando con un binocolo, si vedevano oltre le linee repubblicane i contadini, coi pantaloni neri la camicia color turchinetto e il cappello di paglia, reggere l'aratro che una pariglia di muli, o un solo mulo, trascinava: quegli aratri fatti a modo di croce, con un vomere non piú grande di una piccozza, che i contadini del mio paese ancora usano, e fa un solco che è un graffio, appena rimuove la secca crosta della terra. Ventura aveva un binocolo, mi incantavo a guardare l'aratura, dimenticavo la guerra e mi pareva di stare nella campagna del mio paese. È bella la campagna in autunno, il frullo delle pernici che s'alza improvviso, la leggera nebbia da cui traspare bruna ed azzurra la terra. L'Aragona è terra di colline, la nebbia vi si impiglia, tra nebbia e sole diventano piú belle; ma non che sia una terra davvero bella, che subito e a tutti appare bella: è bella in un modo particolare, bisogna esser nati in una terra come quella per riconoscerne la bellezza ed amarla.

Il fronte era una linea spezzata, come una greca da generale: dall'inizio della guerra non c'erano stati grandi movimenti, anche la storia di Belchite non aveva portato novità. C'erano azioni di un fracasso infernale, che pareva dovessero trascinare il fronte chi sa quanto in avanti, o indietro fino alle case di Zaragoza: ma tutto finiva in niente, andavamo ad occupare le trincee che ieri erano dei rossi, o i rossi venivano ad occupare le nostre; e poi di nuovo si ritornava alle trincee di ieri. A Ventura piaceva questa specie di cambio perché nelle trincee repubblicane trovava giornali americani e libri, era innamorato d'ogni cosa che venisse dall'America.

Questa situazione durò fino ai primi di dicembre. Tranne che per la città vicina, il riposo e le donne che Zaragoza offriva, non era poi un gran vantaggio stare sul fronte dell'Aragona. Quando per mesi una guerra ristagna negli stessi luoghi, anche se il rischio si riduce alle pallottole sperse e agli scontri di pattuglie, la nausea della guerra, di quel che nella guerra c'è di veramente nauseante, te la senti in gola come quando il medico ti caccia in bocca uno strumento e ti provoca il vomito: la terra sembra andare in decomposizione, con un suo odore di uova marce e di urina; come se trincee e camminamenti l'uomo li incidesse nella carne malata della terra, in un putrescente tumore. In realtà, quell'odore di morte non è della terra: è dell'uomo che vi fa la sua tana, dell'uomo che torna ad esscrc sclvatico animale e scava la sua tana; e come ogni altro selvaggio animale vi stinge il suo odore. In questo senso, credo per l'uomo non ci sia niente di piú degradante della guerra di trincea: costretto a vivere nel proprio selvaggio odore, a ingoiare il cibo mentre la terra esala fiato di vomito e di feci, a bere avaramente acqua che pare raccolta goccia a goccia da uno scolo bavoso di abbeveratoio.

La neve che quando cade e copre i tetti e la campagna dà gioia, che di ogni cosa dà il puro profilo, il segno luminoso, la neve che quando sul mio paese scende mette nel cuore allegria, e uno riscopre la propria casa come fosse inconsueta grazia viverci dentro, su un campo di trincee la neve porta disperazione: ché l'uomo dalla trincea la guarda con gli stessi occhi della volpe che sta all'imbocco della tana.

L'offensiva lanciata dai repubblicani contro Teruel, con tutto quel che mi è costata, io penso mi abbia salvato da un tremendo inverno in trincea: sarei impazzito a stare in un buco di trincea in quei due mesi, dicembre e gennaio, che furono tutto un urlo di vento su un mondo di bianca morte.

Teruel è una città alta come Enna, e non piú grande di Enna. Fin dal principio della guerra era in mano ai falangisti, pare che le guardie civili vi avessero fatto un macello di rossi, non solo di quelli della città: ingannati dalle guardie civili, che finsero di essere rimaste fedeli al governo, i miliziani che corsero ad occupare la città vi fecero la morte del sorcio. Era una buona posizione per tenere Valencia sotto la minaccia di un'offensiva: e i repubblicani decisero di toglierla a Franco. Dalla parte della Repubblica, era una strana guerra (ma mi sarebbe piaciuto trovarmici in mezzo): come se fossero le parole a determinare i fatti, un po' come nella religione o nella poesia, in cui le parole fanno sacre o belle le cose, il pane che si fa corpo sangue e anima di Gesú Cristo, una campagna o un paese che prima guardavi distratto ed ora ti dice bellezza perché la poesia vi è passata; non so se riesco ad essere preciso: voglio dire che da certe frasi che scrivevano sui muri o sui manifesti e volantini, io avevo il senso di un avvenimento già deciso, ancor prima che cominciasse l'azione che doveva deciderlo; e immaginavo che in ogni soldato della Repubblica quelle parole assumessero fatale verità e bellezza, diventassero decisione e forza. – *Madrid es el baluarte del antifascismo... Teruel sera hoy nuestro* – frasi come queste avevano per me un senso di fatalità. Le parole scorrevano a fiumane, ma ad un certo punto poche parole, una frase, venivano su come portate da un'onda alta, si incidevano con la forza della verità o della fede. *El comisario del XIX Cuerpo de Ejer-*

cito diceva in un proclama bellissime cose, l'attacco a Teruel era già lanciato e il commissario diceva – *Que en estas tierras ásperas de Aragón, sea donde florezcan las primimicias de nuestra victoria definitiva* – ma erano solo parole che scorrevano cosí, la certezza aveva parole piú nude e necessarie – *Teruel sera hoy nuestro*.

Il 15 dicembre del 1937 i repubblicani lanciarono dunque il loro attacco contro Teruel. Non che sia stata per noi una sorpresa, ché era una guerra in cui, da una parte e dall'altra, non c'erano sorprese: ci dovevano essere tante spie in tutta la Spagna quanti vermi ci sono in una forma di cacio che va a male. Infatti, prima del 15 ci avevano fatto muovere. In trincea, negli ultimi giorni, avevamo avuto di fronte miliziani anarchici, gente che ogni giorno si spassava a tirarci un migliaio di schioppettate, sempre con tiro alto, e a lanciarci coi megafoni prima fraterni inviti e poi furente disprezzo: tutto sommato, era gente che sarebbe venuta a giuocare una scopa, se l'avessimo invitata; e se si accaniva a far fischiare pallottole a un palmo buono sulle nostre teste era, piú che per ammazzare qualcuno di noi, per l'irresistibile tentazione che uno spagnuolo sente di strizzare il grilletto, appena gli mettono in mano un fucile. Per la verità, gli anarchici avevano una preferenza netta per le bombe a mano: solo la distanza li persuadeva all'uso del fucile. Cedendo alla tentazione di sparare o di lanciare una bomba anche nei momenti piú inopportuni, non si contavano le azioni che portavano a sanguinoso fallimento: quelle notturne specialmente, ché il colpo di fucile o lo scoppio della granata ci avvertiva giusto in tempo per accoglierli con un fuoco d'inferno; ma non è da escludere che in qualcuno di loro appunto ci fosse l'intenzione di avvertirci, tutti i franchisti della *quinta colonna* andavano a infilarsi nei battaglioni anarchici, profittando del fatto che i veri anarchici erano cosí pazzi e di assurdo coraggio da non notare se per impazienza o per tradimento qualcuno di loro ci metteva sull'avviso.

209

Mi piacevano, gli anarchici; quelli veri, si capisce. Non è che con gente come loro si possano vincere le guerre, si perdono sicuramente invece: da come è andata a finire, mi son fatto opinione che se la Repubblica avesse avuto piú comunisti e meno anarchici, Franco non avrebbe vinto; come non si può vivere con gli altri dicendo tutto quello che degli altri si pensa, cosí non si può fare una guerra come quella spagnuola facendo esplodere bombe sotto tutte le cose che si odiano. E gli anarchici odiavano troppe cose: i vescovi e gli stalinisti, le statue dei santi e quelle dei re, i monasteri e le case di prostituzione; morivano piú per le cose che odiavano che per quelle che amavano: perciò avevano pazzo coraggio e sete di sacrificio, ognuno di loro si sentiva un po' Gesú Cristo, e del proprio sangue vedeva redento il mondo. E si capisce che quando uno vuol farsi mettere in croce, essere soltanto immagine di sacrificio, non ha bisogno di ufficiali che gli dicano quando è il momento di muoversi e quando è il momento di fermarsi. Un anarchico, posso anche sbagliarmi, ché il mio giudizio viene dalle loro azioni e non so niente della loro dottrina, un anarchico considera se stesso come una bomba che è fatta per essere lanciata ed esplodere: e come in un'azione si è impazienti di lanciare la granata che si tiene in mano contro il primo segno o movimento del nemico, cosí l'anarchico è impaziente di lanciare se stesso ed esplodere contro le cose che odia. Dalla trincea di fronte alla sua, potevate chiedere a un anarchico il suo rancio, in nome della vostra fame: e sarebbe venuto a portarvelo con gioia; o magari il suo fucile, se il vostro si fosse inceppato: ma un minuto dopo, anche senza il suo fucile, sarebbe venuto all'assalto della vostra trincea con tutto il suo odio.

Anche in una guerra come quella ci voleva ipocrisia, e i comunisti ne avevano; se fossero stati loro a tenere i fili fin dal principio, nelle chiese della Repubblica ci sarebbero stati i tedeum e non i tiri a bersaglio, si sarebbero trovati a vagoni i preti che senza esitare avrebbero cantato messa per le vittorie della Repubblica invece che finire davanti a un plotone di miliziani. I borghesi spa- gnuoli, i buoni borghesi che vanno a messa, ammazzavano a migliaia i contadini per il fatto che erano contadini, sol- tanto per questo: e il mondo chiudeva gli occhi per non vedere; ma il primo prete che cadde sotto i colpi degli anarchici, la prima chiesa data alle fiamme, fecero balzare di orrore il mondo e segnarono il destino della Repub- blica. In fondo, ammazzare un prete perché è un prete è cosa piú giusta che ammazzare un contadino perché è un contadino; un prete è soldato della sua fede, un conta- dino è soltanto contadino. Ma il mondo non vuol saperne.

A Teruel c'era sede vescovile, il vescovo era in città quando i repubblicani strinsero la loro tenaglia di fuoco; c'erano anche bambini e donne, soldati e guardie civili che non l'avrebbero scampata: ma tutta la Spagna di Franco solo per il vescovo faceva lamento. Ad un certo punto dissero che i rossi l'avevano fucilato, ma io lessi circa un anno dopo della morte del vescovo di Teruel, gli anar- chici lo avevano ammazzato prima di passare in Francia; poiché nemmeno un vescovo può morire due volte, è chia- ro che i repubblicani quando presero Teruel il vescovo non lo ammazzarono.

Quando occupavamo un paese, e i galantuomini veni- vano fuori pallidi e flaccidi dai loro nascondigli, e i preti con le tonache che gli pendevano addosso come fossero appese a un attaccapanni tanto l'ansia li aveva fatti ma- gri, e le donne dei ricchi coi grandi occhi nei volti affilati dalla paura, e galantuomini e donne venivano fuori come per assistere a una corrida di gala, e i preti pronti a dare assoluzioni ultime ai repubblicani che avessero voluto pro- fittarne; quando vedevo, come un giorno a Zaragoza, la gente del Grand Hotel sciamare fuori porta, e credevo ci fosse una qualche galanteria di festa, e invece ho visto che andavano a veder sfilare i prigionieri che dovevano essere fucilati: un centinaio di uomini a tre a tre legati con corde, intorno i mori coi fucili puntati, in testa alla sfilata un ufficiale con la pistola dalla lunga canna in mano e un prete con la stola addosso; tra i prigionieri c'erano anche ragazzi, come sonnambuli camminavano incespicando, il passo sicuro di altri condannati a strattoni li tirava in quella terribile marcia; quando vedevo queste cose, mi dava acre consolazione il pensiero che i repubblicani potessero, anche per qualche ora, tornare. E certo se mi fossi trovato dalla parte della Repubblica, e avessi visto una cordata di preti e galantuomini andare verso la fucilazione, ne avrei avuto spavento: ma era una cosa diversa vedere gente come me, uomini che avevano lasciato il piccone e l'aratro per fare la loro guerra, andare verso quella morte. E perciò trovavo ci fosse una certa giustizia nel fatto che i repubblicani prendessero Teruel, che vi sorprendessero uomini che si credevano vittoriosi e sicuri, borghesi e guardie civili che ferocemente si erano sfogati sulla gente del popolo. Una guerra civile non è stupida come una guerra tra nazioni, gli italiani in guerra contro gli inglesi o i tedeschi contro i russi, ed io zolfataro siciliano ammazzo il minatore inglese e il contadino russo spara sul contadino tedesco; una guerra civile è un fatto più logico, un uomo si mette a sparare per le persone e per le cose che ama, e per le cose che vuole, e contro le persone che odia: e nessuno sbaglia a scegliere da quale parte stare, solo quelli che si mettono a gridare – pace – sbagliano. E credo che Mussolini, tra tutte le sue colpe, quella di aver portato migliaia di italiani poveri a combattere contro gli spagnuoli poveri non gli sarà perdonata. Una guerra civile, nonostante le sue atrocità, è una specie di *hora de la verdad*, ora della verità gli spagnuoli dicono il momento più acuto della corrida. Il popolo, per esempio, dice – sbirri – spregiando persone che per mestiere assicurano la pubblica tranquillità, che sono il braccio della legge: ingiusto dunque, e incivile, il disprezzo del popolo appare; e tanto più se si pensa che dal popolo lo sbirro proviene. Ma una guerra civile vi fa capire subito che cosa è uno sbirro e perché il popolo lo disprezza. Mi sono domandato spesso quali ragioni le guardie civili avessero per stare dalla parte di Franco: tradivano il giuramento di fedeltà alla Repubblica e tradivano il popolo di cui erano figli; né si può pensare stessero con Franco per forza di circostanze, per paura dei loro ufficiali o soltanto per obbedienza; ché dalla Repubblica disertavano rischiando la vita, alla spicciolata e in gruppi. L'unica ragione non poteva essere che questa: erano sbirri, con tutta la prepotenza e malvagità che il popolo attribuisce agli sbirri, e sapevano che nella Spagna di Franco potevano continuare ad essere sbirri, ad incutere paura, da umana feccia che erano levarsi davanti al popolo in vibrante autorità. Gli spagnuoli dicono – con rispetto parlando – quando gli capita di nominare la guardia civile: come i nostri contadini quando nominano certe parti del corpo o cose immonde; non tutti gli spagnuoli, si capisce.

A Teruel suonava ora di morte per molte guardie civili (con rispetto parlando): ma bisogna dire, a solo onore loro, che non erano vili nella guerra, anche loro sapevano combattere e morire; non ho visto, del resto, in tutta la guerra, uno spagnuolo aver paura della morte: nel momento in cui cadevano prigionieri, stavano alla loro sorte con indifferenza, qualcuno magari con ironico compatimento ci guardava; i più giovani, ché c'erano tanti ragazzi in quella guerra, si vedeva che avrebbero pianto, se fossero stati soli: ma dal contegno dei più grandi pigliavano puntiglio. Ventura diceva che il popolo spagnuolo è il più dignitoso del mondo, di fronte alla morte.

Quando un esercito è lanciato in una grossa offensiva, come quello repubblicano contro Teruel, l'esercito nemico che gli sta ai lati non può far molto per fermarlo: a meno che non si prolunghi la resistenza da parte di quelle forze su cui l'offensiva è diretta. Non so niente dell'arte di fare la guerra, questa affermazione faccio sulla sola esperienza di Teruel: ché noi stavamo, per così dire, alle costole della divisione di Lister come un cane che corre a lato di una automobile, l'automobile accelera e il cane vede che non ce la fa più e si ferma ansante sul ciglio della strada. In poco meno di una settimana i repubblicani avevano preso Teruel, e ci volle un'altra settimana prima che noi si potesse seriamente attaccare Lister.

Credevo che la Spagna non potesse dare, in neve e vento, più di quanto aveva dato a Guadalajara: ma intorno a Teruel era peggio; mi sentivo come di vetro, e che il vento mi tagliasse dentro con punte di diamante; anche le immagini che le pupille coglievano parevano spezzarsi a tela di ragno, come fossero su una lastra di vetro al centro colpita da un proiettile invisibile. Queste sensazioni mi venivano forse dal suono, simile a quello che fanno i vetrai quando tagliano il vetro, che il vento continuamente faceva, e dal vetrino scricchiare della neve sotto i nostri passi, e dal pungente lacrimare degli occhi.

Ho passato sotto Concud, che Lister teneva come un mastino, il più atroce Natale della mia vita: tutte le immagini della pace e della casa, la messa di mezzanotte il gioco del sette-e-mezzo intorno al braciere l'odore del cappone che bolliva in cucina il colore delle arance sulla tovaglia bianca, venivano a far contrasto con la realtà della guerra. La nostra festa, in una stalla mezzo sfondata dalle cannonate, fu un vino asprigno, che ancora sapeva di mosto, e un paio di pacchetti di sigarette americane. Ognuno negli altri si specchiava, si vedeva con la barba lunga gli occhi lucidi la coperta sulle spalle: eravamo figure che facevano pensare ai prigionieri più che ai combattenti, e un po' prigionieri ci sentivamo, non tanto perché i rossi vincevano e da un momento all'altro potevamo cadere nelle loro mani: ci sentivamo in condizioni di prigionia per quella guerra che ci facevano combattere, quelli di noi che capivano perché capivano, e quelli che non capivano perché non capivano; non era la guerra nostra, insomma, e per chi pensava – a combattere contro Franco sarebbe una bella guerra – e per chi invece trovava fosse una rogna che gli spagnuoli avrebbero dovuto rasparsi da soli. Mi accorsi quella notte che in ogni soldato la guerra

muoveva pensieri che, per un verso o per l'altro, rivela-
vano la faccia del fascismo: per i piú era una faccia di
pazzia, la pazzia di un uomo che col consiglio di vigliacchi e di buffoni guidava il destino di milioni di italiani,
e chi sa a quale precipizio li portava.

A Ventura il Natale, e il vino, suscitava rigore logico:
ché c'era un filo, diceva, tra la pazzia di Mussolini e quella di milioni di persone che in quel momento andavano in
chiesa per la nascita di Gesú Bambino; e questo filo era
in mano ai furbi, davano una tirata al filo ed esplodeva in
Spagna la guerra. – Gesú Cristo – diceva – nasce in una
stalla come questa: vengono i furbi e intorno alla stalla
mettono colonne d'oro, e un tetto d'oro sopra, fanno una
chiesa; e poi a lato alla chiesa costruiscono i loro palazzi,
una città fanno, la città dei furbi. Viene il contadino dalla
campagna e vede la città quanto è bella, dice « mi piacerebbe starci »; e i furbi lo portano in chiesa, gli fanno vedere la stalla, dicono « tu hai una stalla come questa e
vuoi venire in un palazzo? guarda dove Gesú ha voluto
nascere, per essere uguale a te: e tu non l'offendere la-
sciando la stalla tua ». Il contadino se ne torna alla stalla,
poi ci ripensa « e se Gesú Cristo ha voluto nascere in una
stalla – dice – forse voleva dire che non è giusto tenere gli
uomini nelle stalle »; e va in palazzo e dice « sistemiamo
le cose, ché mi pare non vanno per il verso di Dio ». I
furbi si arrabbiano, dicono « se proprio vuoi ragionare la
cosa, ti accontentiamo subito »: chiamano Mussolini...

– E Mussolini comincia a ragionare col manganello –
interruppe un palermitano. – Proprio cosí: io mi ricordo
che un giorno, non avevo ancora dieci anni, mio padre
tornò a casa con uno strappo in faccia e per una giornata
stette a vomitare, stava morendo, tanto olio di ricino gli
avevano dato; « volevo ragionare con uno che diceva bisognava impiccare i ferrovieri che scioperavano – disse
mio padre – e quello ha chiamato compagni e mi hanno
conciato ». Cosí è: appena si comincia a ragionare vengono le botte.

– Lasciamo perdere questo discorso – disse il sergente, un napoletano che aveva un mucchio di figli, e la moglie e i suoceri da mantenere: tutto il battaglione sapeva ormai dei suoi guai – lasciamo perdere, ché è Natale, è festa di famiglia, Natale e Pasqua con i tuoi, pensiamo alle famiglie nostre.

– E che vuoi pensare? – scherzò uno. – A quest'ora i tuoi suoceri fanno festa, forse stanno dicendo «alla faccia di quel cretino che va a fare la guerra per camparci».

– Tu non li conosci i suoceri miei – disse il sergente – tu credi di scherzare, dici cosí per farmi arrabbiare: ma quelli pensano davvero quello che tu dici, se domani muoio quelli un terno secco pigliano... Per carità, non mi ci fate pensare.

– E tu non ci pensare – disse Ventura – pensa a Mussolini piuttosto: che gli diresti, a Mussolini, se in questo momento te lo vedessi comparire in questa stalla?

– Gli direi: duce, tu sei tutti noi!

– E Mussolini ti direbbe «bravo, continua a lavorare in questa piccola guerra: io intanto te ne preparo un'altra, magari piú grande».

– Mussolini sempre alle guerre pensa – disse un catanese.

– Viva il duce nostro – disse il napoletano – salutate nel duce il fondatore dell'impero.

Il 28 dicembre attaccammo Lister con grandi forze, l'offensiva si infranse contro le posizioni di Lister come una quartara contro un muro; ma ebbimo notizia che dalla parte opposta i repubblicani cedevano. I giornalisti, che si aggiravano tra noi guardando Teruel col binocolo, cominciarono a scrivere sui loro giornali che Franco l'aveva riconquistata: la guerra di Spagna mi ha insegnato a non credere ai giornalisti, è un mestiere che somiglia a quello dei sensali, una pietraia te la fanno diventare giardino e un cavallo da macello come fosse quello di Astolfo. Teruel fu ripresa alla fine di gennaio del 1938, non so precisamente in che giorno, è certo però che fino al 18 gennaio i repubblicani resistettero, dopo il 18 io lasciai il fronte di Teruel e per sempre la guerra spagnuola.

Nei primi di gennaio Ventura seppe che era entrata sul fronte la brigata americana: non mi disse dell'intenzione di andarsene, solo la notizia che gli americani c'erano mi diede, né io gli feci domande. L'ultima volta lo vidi il 15, salivamo strisciando per una scarpata, imbruniva e nell'aria, sopra le nostre teste, esplodevano, come dalla mola dell'arrotino scappano scintille, le pallottole di una mitragliatrice, erano pallottole speciali, Ventura mi disse – non ammazzano, guardati gli occhi però – era a lato a me, un momento dopo non c'era piú, e mai piú l'avrei rivisto. Il giorno prima era accaduto un fatto che mi aveva sconvolto, ed era cresciuta l'ammirazione che avevo per lui. Avevamo fatto quella che si dice una piccola azione di attestamento; e mentre stavamo tra gli alberi che le cannonate avevano rimondato di ogni ramo, e il cielo crivellava fitta neve, un soldato repubblicano venne fuori come un fantasma, aveva il fucile in spalla e le mani alte, diceva – fascista fascista – la faccia aperta in un sorriso ansioso. Il maggiore B. sparò, nella faccia del soldato il sorriso si chiuse come una cerniera lampo, gli occhi di chi in cima a una scala mette il piede in fallo; cadde sulle ginocchia. Il maggiore B. era un gran tiratore, sparò i due colpi tenendo la sinistra di taglio sulla pistola, alla Tom Mix; va bene che il soldato rosso era a due passi. La scena si svolse come nel lampo di una fotografia, per una diecina di secondi vedemmo senza capire, cosí come una macchina fotografica è solo un occhio che coglie le immagini: quando staccammo gli occhi da quel corpo disteso bocconi sulla neve e ci guardammo in faccia tra noi, il tenente siciliano, quello che mi era simpatico, stava afflosciandosi sulle ginocchia come un momento prima il soldato rosso sotto i colpi del maggiore; in faccia gli si leggeva spavento e disgusto. Il maggiore B. se ne accorse e lo fulminò con gli occhi, il tenente si riprese, guardò in alto a farsi cadere la neve sulla faccia. – Non possiamo permetterci il lusso di tenere prigionieri – disse il maggiore; ma il contegno del tenente gli aveva dato ai nervi, si vedeva.

Un paio d'ore dopo una pattuglia rientrò con due prigionieri; pensai « ora il maggiore gli spara » ma il maggiore domandò se erano stati presi con le armi in mano, ché Franco aveva promesso, già dai tempi di Guadalajara, salva la vita ai rossi che si facessero catturare disarmati; ma i due erano stati presi che avevano in mano il fucile. Il maggiore cercò con gli occhi il tenente, lo fissò come a dirgli che lo faceva per il suo bene, che bisognava si abituasse a certe cose, gli ordinò di portar via i prigionieri e di liquidarli, e che alla meglio li facesse seppellire. Il tenente per un momento stette sospeso sull'orlo del furore, poi disse – signorsí – chiamò quattro di noi, i piú vicini, e coi prigionieri davanti ci allontanammo. Ventura non era tra i chiamati, ma venne con noi. Avevamo dentro tanto spavento, i sei italiani che ci avviammo, quanto i due prigionieri: erano due ragazzi, avevano capito che stavano per morire, avevano quel pianto silenzioso dei bambini quando sono stanchi di piangere con la voce e silenziosamente singultano. Con la pistola in mano, il tenente tremava tutto, gocce di sudore gli scendevano sul volto come lacrime, ci guardava smarrito e guardava i prigionieri; dopo un centinaio di metri si fermò e disse – qui – ci fermammo e anche i prigionieri si fermarono, uno di loro domandò – qué hora es? – Ventura guardò l'orologio e disse – las once y cinco – e poi disse – más adelante – e al tenente – piú avanti – il tenente gli obbedí, di nuovo ci avviammo.

Ventura disse ai prigionieri – calma: nada que temer – i prigionieri senza capire, con occhi di animali che indicibilmente soffrono, lo guardarono.

– Alto – disse Ventura ad un certo punto: eravamo dietro una montagnola, c'erano rovi ammatassati di neve, il tenente e Ventura si guardarono negli occhi, poi Ventura si volse ai prigionieri e disse – *con cuidado: a la izquierda* – con la mano sinistra, verso sinistra, fece che potevano andare.

I prigionieri guardarono con incredulità e speranza insieme, ma non si mossero.

– *A vuestras casas* – disse Ventura – *adiós.*

I ragazzi si guardarono, si intesero, presero la corsa verso sinistra continuamente voltandosi a guardarci, noi stavamo fermi come statue, scomparvero dietro una siepe. Ventura prese la pistola di mano al tenente e sparò quattro colpi sulla neve, gli restituí la pistola e il tenente meccanicamente la rimise nella fondina.

– Fumiamo – disse Ventura.

L'indomani sera Ventura scomparve: lo diedero per morto, ché si trova sempre quello che dice – l'ho visto cadere io – ma io lo cercai guardando i morti uno per uno, e non lo trovai. Forse è morto davvero, o è finito prigioniero, o è riuscito a trovare la quindicesima brigata, quella degli americani: ma io ho domandato a tutti i siciliani d'America che ho poi conosciuto, nessuno ha mai saputo dirmi niente di Ventura. Mi auguro che sia vivo, tra i suoi parenti del Bronx: che faccia il gangster, o venda birra e gelati, come a se stesso e a me prometteva, mi auguro sia vivo e felice.

Il 18 gennaio fu lanciata altra grossa offensiva. Dopo il primo scatto in avanti il nostro reparto si era fermato per una mitragliatrice che ci bersagliava precisa, tra gli alberi, con quelle pallottole esplosive. Stavo dietro un tronco d'albero e come dicono faccia lo struzzo, che nasconde la testa nella sabbia e crede cosí di aver trovato riparo, con la testa riparata non credevo la mitragliatrice potesse beccarmi: ero disteso bocconi e la mano sinistra che mi si era intorpidita distesi fuori del riparo. Fu come se l'aria intorno alla mano fosse diventata di colpo acqua bollente. Quel che si prova a vedersi improvvisamente una mano sanguinante, una mano che non è piú una mano, è come essere sbalzati fuori di se stessi: come succede nei trucchi del cinema, che una persona si guarda allo specchio e la sua immagine nello specchio si muove mentre lui sta fermo.

Mi trascinai dietro la linea. Le dita che non c'erano piú mi dolevano di bruciore, la curiosa sensazione che le dita ci fossero ancora e bruciassero. In infermeria il medico cominciò a lavorarci su e non sentii piú niente, forse per un momento svenni.

Quattro giorni dopo stavo a Valladolid in ospedale: la guerra di Spagna per me era finita.

III.

La guerra di Spagna per me era finita: la neve il vento
e il sole della Spagna, i giorni della trincea e gli assalti
alle trincee alle masserie ai villini, le battaglie della *car-
retera* di Francia e quelle dell'Ebro, l'angosciosa visione
dei prigionieri, le donne dei fucilati, nere di vesti e con
gli occhi appassiti, e quelle dei grandi alberghi e le prostitute: tutte queste cose erano finite per me. Non avrei piú
visto il maggiore B. gli ufficiali del *tercio* le guardie civili
i mori i navarresi coi loro Cuoridigesú e tutte le bandiere
di quella guerra, la speranza l'odio e la morte che inven-
tavano bandiere e le levavano nel cielo di Spagna come
una nave splende di bandiere quando è in festa. Ma dentro di me, nei pensieri e nel sangue, la guerra di Spagna
continuava ad essere viva: ogni momento della mia vita
si sarebbe intriso di quella esperienza, in quella esperienza
erano ormai le radici della mia vita, si muovevano silenziose in quell'oscuro nutrimento; il braccio sinistro mi
era rimasto come un ramo morto, ma le radici della mia
vita crescevano.

L'immagine dell'albero mi viene da un sogno che feci
in ospedale, a Valladolid: mi pareva di essere nudo come
alla visita di leva, un uomo senza faccia mi toccava con
mani di gelo e parlava come tra sé, dalle sue parole inten-
devo che mi considerava come un albero; volevo dirgli
che ero un uomo, ma la voce mi mancava, sentivo le parole scoppiarmi silenziosamente in gola come bolle di sa-
pone; l'uomo mi toccava la mano sinistra, nel sogno era
ritornata intatta, e diceva – bisogna tagliarla, è un sec-

cume, l'albero metterà nuovi rami, le radici... – io senza voce gridavo che la mano era buona, che era una mano e non un ramo; ma tutto si oscurava e nel buio sentivo lo scatto di una forbice da potare. Facevo tanti sogni, nei giorni d'ospedale, in cui mi vedevo intatta la mano: e sempre finivano che qualcosa mi ci cadeva sopra a schiacciarmela o qualcuno per strappo o per taglio, e per il dolore mi svegliavo, me la portava via.

Non soffrivo molto per la mano che mi mancava: un po' soffrii quando mi tolsero la fasciatura, ché sotto le bende, non so, era come se la mano ci fosse ancora; il moncherino scoperto, che per il colore e la forma faceva pensare a una salsiccia fresca dalla parte in cui la si chiude per appenderla, mi diede nei primi giorni disperazione; di disperazione sudavo nello spogliarmi e nel vestirmi, i bottoni e le stringhe e le fasce, e per accendere una sigaretta. Dopo qualche mese non ci badavo piú, come fossi nato con una sola mano: tranne che nel momento di accendere la sigaretta, in quel momento ancora oggi mi dispero.

La guerra mi aveva segnato di condanna nel corpo. Ma quando un uomo ha capito di essere immagine di dignità, potete anche ridurlo come un ceppo, straziarlo da ogni parte: e sarà sempre la piú grande cosa di Dio. Quando truppe nuove arrivano su un fronte e vengono gettate nella battaglia, generali e giornalisti dicono – hanno avuto il loro battesimo del fuoco – una delle tante frasi solenni e stupide che è d'uso gettare sulla bestialità delle guerre: ma dalla guerra di Spagna, dal fuoco di quella guerra, a me pare di avere avuto davvero un battesimo: un segno di liberazione nel cuore; di conoscenza; di giustizia.

A Valladolid, nelle ore che passavo fuori dell'ospedale, solo me ne andavo a passeggiare per calle Santiago sgrovigliando pensieri, sedevo al café Cantabrico e pensando mi volavano via le ore; a volte i pensieri mi si imbrogliavano come matasse di filo, Dio e la religione confondevano tutto, non riuscivo piú a trovarne il capo e a scioglierli.

Andavo al collegio di san Gregorio, entravo nel cortile: e i pensieri mi si scioglievano, salivano al di sopra delle parole, la pietra e la luce dalla mano dell'uomo fatte armonia: e la pietra non era più quella delle *sierre*, e la luce non era quella che batteva cruda sulla campagna castigliana; e io venivo da un mondo in cui il cuore dell'uomo era come la pietra della montagna, e la luce mangiava la faccia dei morti: e scoprivo che l'uomo, col suo cuore vivo, per la pace del suo cuore, può legare in armonia pietra e luce, ogni cosa alzare ed ordinare al di sopra di se stesso.

Anche la facciata di san Gregorio mi incantava; era fitta di tutti i simboli della storia di Spagna, per quanto della storia di Spagna non sapessi poi molto: la storia e le bellezze della Spagna in quella facciata mi pareva si specchiassero. Valladolid è una bella e antica città, per sempre ci sarei rimasto; mi piacciono le piccole e antiche città, spero finire la mia vita in una città come Valladolid, come Siena: una città in cui il passato dell'uomo è in ogni pietra. Ma per me la guerra era finita: sulla « fedeltà ed onore » con cui avevo servito, sulla mia mano perduta, calarono i timbri dei comandi di tappa e di imbarco, la Spagna fu un ultimo notturno segno di terra e case, come fosse ridiventata terra di pace nella gelida notte di febbraio. Mentre la nave si allontanava, un soldato con ironia cantò – *quando la Spagna dorme nelle sue notti limpide e serene* – che era una canzone di qualche anno prima, una di quelle canzoni che fanno jettatura (dico per dire, ché non ci credo: ma è curioso che in quegli anni nascessero guai nei paesi che le canzoni cominciavano a vagheggiare, forse le canzoni mettevano sfizi in testa a Mussolini). Al buio, con rabbia, uno gridò – e piantala!

IV.

Parenti ed amici venivano a far visita, mostravano un po' di afflizione per la mano che avevo perduta, consideravano il mio avvenire di pensionato, scoprivano che in fondo c'era da ringraziare Dio che non mi fosse capitato di peggio. Poi domandavano – com'è la Spagna? – quasi fossi andato in viaggio di piacere e solo per incidente avessi una mano di meno.

– Terribile – io rispondevo.

Restavano sorpresi. Le corride le chitarrate le donne dietro i rabeschi delle grate i gelsomini le processioni: non era questa la Spagna?

Non avevo sentito vibrare una sola corda di chitarra, ad una corrida ero uscito dopo il primo toro; e le donne le avevo viste ubriache nei bar, non misteriose dietro le grate; e avevo visto altre donne aggrumate, nera massa di pianto, dietro le porte dei comandi; e non avevo sentito il notturno odore dei gelsomini, né visto processioni d'oro e d'incenso.

– Ma è bella la Spagna? – insistevano.

– È come la Sicilia – dicevo – verso il mare bellissima, piena d'alberi e di vigne; all'interno arida, «terra di pane» come diciamo noi, e di pane scarso.

– Sono poveri gli spagnuoli?

– I poveri sono poveri peggio di noi; e i ricchi son ricchi da fare spavento, una intera nottata di treno ci vuole per attraversare le terre di un duca, un feudo che non finisce mai.

– Alla faccia sua! – dicevano i miei amici. – Qui Mussolini si è messo contro il feudo, dice che dividerà i feudi ai contadini, in piazza hanno attaccato manifesti, grosso cosí c'è scritto « assalto al latifondo ».

– Invece in Spagna noi combattiamo contro quelli che vogliono spartire i feudi ai contadini.

– Combattiamo per i ricchi in Spagna?

– Per i ricchi per i preti e per la sbirraglia – dicevo.

– E come può essere? Per i preti e la sbirraglia si capisce: ma i ricchi Mussolini come porci li tratta.

– Per parlare, può dire quello che vuole – spiegavo – ma né io né voi vedremo mai togliere qualche cosa ai ricchi, mentre Mussolini campa.

Mia madre mi sentiva fare questi discorsi e con gli occhi e con le labbra mi faceva segno di tacere; quando eravamo soli mi raccomandava prudenza, diceva che la tenevo col cuore sospeso quando veniva gente e parlavo. Mio zio Pietro diceva che non mi riconosceva piú, ero partito che a stento riuscivo a dire, una dietro l'altra, quattro parole: e ora parlavo come un avvocato delle cause perse; una cosa da pazzi, dopo aver perduto in guerra una mano, mettermi d'impegno per buscare il confino. Mia moglie non diceva niente, il libretto della banca, con le diecimila lire che era riuscita a risparmiare, le pareva compensasse tutto, la guerra la mano perduta la repulsione che lei sentiva a guardarmi il moncherino o a sentirsi toccata; la sentivo vibrare, come di un brivido, quando la toccavo. Non c'era mai stato amore tra noi, nei pochi mesi che eravamo stati assieme avevamo avuto piacere: bastava quel polso monco, sempre freddo come il muso di un cane, a inaridire il suo desiderio; cosí certi fiori, appena toccati, prendono un colore di bruciato. Era bella, il desiderio di lei mi prendeva come una vampa, appena appagato la mia vita era vuota di lei, come da una lavagna i segni scompaiono strusciandovi sopra uno straccio. Si era fatta piú bella, piú perfetta nel corpo: e con impegno fingeva il suo momento d'amore, piú era lontana da me e piú fingeva il desiderio: era una buona moglie. O forse io mi ero incattivito verso di lei, mi sentivo diverso nel corpo e nella coscienza e in lei immaginavo malizia e finzione; e la sua animazione quando diceva del libretto di banca, e di quel che si poteva fare con i soldi risparmiati, io condannavo come avidità, meschina gioia di donna che soltanto il denaro ama: e invece era forse la povertà da cui uscivamo che faceva splendere ai suoi occhi il denaro, ed anche mia madre per quel denaro risparmiato, e per la pensione che mi sarebbe toccata, vedeva sereno il futuro; io di quel denaro soffrivo, mi vedevo come un sicario che ha fatto il suo atroce lavoro e ha avuto compenso, un Giuda coi suoi trenta danari; ricordavo il momento, l'unico momento della guerra, in cui mi prese il freddo piacere di uccidere: i repubblicani scappavano ed io con calcolo sparavo, la mira leggermente piú avanti dell'uomo in corsa che volevo colpire, la feroce gioia di vedere un uomo abbattersi a terra colpito. Non riesco a capire perché, in quel momento, il piacere di uccidere sia sorto in me con tanta violenza e lucidità insieme; la guerra è terribile soprattutto per questo: ché ad un momento a noi stessi ci rivela assassini, il piacere di uccidere violento come il desiderio di possedere una donna. E per quel momento in cui ero stato assassino mi pareva aver guadagnato il denaro che stava nel rosso libretto di banca. Mia madre forse avrebbe capito, se le avessi detto che quel denaro ai miei occhi, alla mia coscienza, rappresentava vergogna: di una guerra che non era mia, contro la gente come me, e di un momento in cui ero stato assassino; avrebbe capito, ma tutto secondo lei si sarebbe risolto, per la mia pace di oggi e per quella eterna, raccontando i miei pensieri ad un prete, in ginocchio, e portando offerta alla Madonna, una piccola parte di quel denaro. Questo della religione mi dà fastidio: che la gente vi porti la sua coscienza come una coltre sporca al lavatoio, e pulita di nuovo se la stenda sul proprio sonno. Ma mia moglie nemmeno questo bucato della coscienza capiva, aveva appetito e gioia, andava in chiesa come certuni fanno scongiuri quando vedono un gatto nero, un disegno da ripetere all'uncinetto era il massimo cui sforzo di capire e senso della bellezza in lei potessero arrivare. Avere un figlio da lei era un pensiero che mi spaventava.

In quel tempo io ero come un bambino che ha avuto un giocattolo nuovo, un complicato giocattolo, e nemmeno per un momento lo lascia. Avevo scoperto che a pensare su me stesso e sugli altri e su tutte le cose del mondo stavo in un giuoco inesauribile, come dentro l'infinita catena dei numeri: non che avessi coscienza della scoperta e per volontà mi spingessi nel terribile giuoco, era un fatto naturale, come di una pianta che nella grasta è stenta, e trapiantata in campagna irrompe di fronde e radici. Da bambini, nelle scuole elementari, facevamo il giuoco dei numeri: lo zero dopo l'uno e leggevamo – dieci – altro zero – cento – e poi ancora zeri, uno dopo l'altro, e giungevamo a numeri che nemmeno il maestro sapeva leggere, e ancora mettevamo zeri: cosí è il pensiero. E mi sentivo come un acrobata che si libra sul filo, guarda il mondo in una gioia di volo e poi lo rovescia, si rovescia, e vede sotto di sé la morte, un filo lo sospende su un vortice di teste umane e luci, il tamburo che rulla morte. Insomma, mi era venuto il furore di vedere ogni cosa dal di dentro, come se ogni persona ogni cosa ogni fatto fosse come un libro che uno apre e legge: anche il libro è una cosa, lo si può mettere su un tavolo e guardarlo soltanto, magari per tener su un tavolino zoppo lo si può usare o per sbatterlo in testa a qualcuno: ma se lo apri e leggi diventa un mondo; e perché ogni cosa non si dovrebbe aprire e leggere ed essere un mondo?

Quel che piú mi feriva e mi faceva piú solo, era l'indifferenza di tutti alle tremende cose che io avevo vissuto e che la Spagna viveva; mi sentivo come chi, nei giorni della festa di san Calogero o dell'Assunta, si trova a seguire un funerale; e la gente è stolida di gioia, la piazza gronda di colori vivi: e tu passi dietro la carrozza nera e gialla che chiude un morto, hai il cuore nero di pena e ti tocca attraversare una galleria di gioia, ti nasce rancore per la festa e per la gente che si diverte. Forse è di tutti i reduci scottarsi all'indifferenza degli altri e chiudersi in sé, fin quando la vita di ogni giorno, il lavoro la famiglia gli amici, non li riassorbe e li assimila: ma quando uno torna da una guerra come quella di Spagna, con la certezza che la sua casa brucerà dello stesso fuoco, non gli riesce fare della sua esperienza ricordo e riprendere il sonno delle abitudini; vuole anzi che anche gli altri stiano svegli, che anche gli altri sappiano.

Ma gli altri volevano dormire. Cosí povero, e nella povertà vile, era il mio paese, che con invidia tutti mi dicevano — ti sei fatto i soldi, puoi campare tranquillo ora — anche i ricchi me lo dicevano. Se non avessi perduto una mano, sarei tornato alla zolfara; era Spagna anche la zolfara, l'uomo sfruttato come bestia e il fuoco della morte in agguato a dilagare da uno squarcio, l'uomo con la sua bestemmia e il suo odio, la speranza gracile come i bianchi germogli di grano del venerdí santo dentro la bestemmia e l'odio. Con la mia mano perduta ero invece condannato a trascinare ozio dalla conversazione coi vecchi, nel dopolavoro dei minatori, alle lunghe passeggiate solitarie; coi vecchi potevo parlare a non finire, mi ascoltavano come raccontassi le storie dei paladini di Francia, cose lontane, il sangue soltanto vivo colore come nelle pitture dei carretti.

Il segretario del fascio mi guardava come se io fossi andato a far guerra in Spagna per suo conto, a nome suo: portava fierezza per la mano che io avevo perduto, il paese nostro pesava con la mia mano nella bilancia della vittoria. — Una pagina di valore abbiamo scritto — diceva; era la frase che chiudeva la motivazione per la medaglia che mi avevano dato, la motivazione lui l'aveva fatta copiare da un professore; in calligrafia piena di svolazzi, intorno acquarellata di fasci e bandiere, stava incorniciata tra il diploma di sansepolcrista di un nostro concittadino e il ritratto di uno che era caduto in Abissinia: fotografie di caduti diplomi e motivazioni di medaglie coprivano le pareti della casa del fascio, dietro il tavolo *di lavoro* del segretario stava in cornice un comandamento del decalogo fascista – « la Patria si serve anche facendo la sentinella a un bidone di benzina » – non senza ragione il segretario metteva in evidenza questo comandamento, a fare la sentinella al bidone Mussolini su di lui poteva contare, e poi la benzina si vende. Quasi ogni giorno il segretario mi faceva chiamare, diceva che la patria non dimenticava verso i suoi figli migliori il debito di gratitudine, a ricordare alla patria il suo debito verso di me il segretario lavorava, voleva la patria mi desse un lavoro adatto, la patria aveva tanti eroici figli da gratificare e forse era un po' smemorata. Il segretario voleva gli raccontassi episodi della guerra, del generale Bergonzoli detto « barba elettrica » era tifoso, proprio come se Bergonzoli fosse un giuocatore di calcio o un torero. Io gli raccontavo cose di Bergonzoli che avevo letto sui giornali, quella barba io non l'avevo mai vista; e poi gli raccontavo gli episodi piú atroci che avevo visto, roba da fare sputare sul fascismo; glieli raccontavo nudi nudi, senza metterci una sola vibrazione di sdegno. Ascoltava e il suo entusiasmo cresceva. – Eh sí – diceva – i villani sono una brutta razza (voleva dire i contadini), se li tratti bene ti mordono... E anche gli zolfatari, ci sono quelli come te, ma in maggioranza è gente che va trattata col bastone... La Spagna in mano volevano, eh?... Ma il duce veglia, sul mare nostro il comunismo non deve affacciarsi...

– Veramente – io dicevo – comunisti in Spagna ce ne sono pochi; i piú sono anarchici repubblicani e socialisti.

– Tutti rossi sono – diceva il segretario – tutti servi di Mosca. E gli anarchici sono piú pericolosi di tutti, belve feroci sono.

Mi fece chiamare un giorno, ché la patria aveva risposto alle sollecitazioni sue: si era ricordata di me e mi offriva un posto di bidello in una scuola, ma i bidelli della patria, cioè i posti di bidello di cui lo Stato disponeva, stavano nelle città dove c'erano scuole medie e superiori, i bidelli delle scuole elementari non erano *statali*; bisognava dunque, il segretario ne era spiacente, che io andassi a prendere il mio posto in una città, magari in una città vicina...

– No – io dissi – è meglio in una città lontana: fuori della Sicilia, una città che sia grande.

– E perché? – chiese meravigliato il segretario.

– Voglio vedere cose nuove – dissi.

Indice

*Stampato per conto della Casa editrice Einaudi
presso le Officine Fotolitografiche s. p. a., Casarile (Milano)*

C.L. 3475-1

Ristampa   Anno

14 15 16 17 18   89 90 91 92

Nuovi Coralli